« COÛT » DE FOLIE

HÉLAN BRÉDEAU

« COÛT » DE FOLIE

Éditions : BoD – Books on Demand,
12/14 rond-point des Champs-Élysées, 75008 Paris
Impression : BoD – Books on Demand, Nordersedt, Allemagne

ISBN : 9782322151950

Dépôt légal : février 2019

Un bruit familier. Un bruit de clé. La porte se referme derrière moi. Je ne me retourne pas. C'est bizarre, au lieu de ressentir du soulagement, un sentiment de liberté, de la joie à me retrouver dehors, enfin, je ne ressens qu'un sentiment d'abandon, de solitude. Je suis là, debout sur le trottoir, avec mes presque soixante ans, mon sac à mes pieds et je suis seule, seule pour décider quoi faire de ma vie maintenant. Mais comment faire puisque depuis dix ans, je ne décide de rien ! Des personnes désignées décidaient de tout pour moi, quand se lever, quand se laver, quand manger, quand dormir, tout, décidaient de tout. Un juge avait décidé que j'étais coupable, un jury avait décidé que j'étais coupable, même chose pour mon avocat commis d'office, pour la presse, pour tout le monde... moi seule savais que je n'étais pas coupable. Mais à cette époque de ma vie, je m'en fichais complètement. Je m'étais emmurée en moi-même, refusant d'affronter la réalité, me réfugiant dans le silence, un silence prouvant ma culpabilité avait dit le juge en prononçant la sentence. Alors, qu'est-ce que cela pouvait bien me faire qu'ils m'enferment. Au contraire, cela m'arrangeait de fuir une vie dont je ne voulais plus sans lui. Ils pouvaient faire de moi ce qu'ils voulaient, j'étais morte à l'intérieur.

Mais en dix ans, j'avais eu tout le temps pour casser cette carapace sous laquelle je m'étais enfuie, enfouie et comme l'oisillon qui découvre la vie, sa petite tête émergeant de sa coquille difficilement fendue, je l'avais redécouverte et acceptée cette vie. C'était un peu comme si je ressuscitais.

Maintenant je suis dehors. Un peu perdue, mais dehors. Durant ces années d'enfermement, j'avais eu beaucoup de temps, un temps nécessaire pour essayer de comprendre. Je ne savais pas encore comment, mais j'allais découvrir, qui, m'avait envoyée en prison, ainsi que les personnes responsables de la mort de celui qui était tout pour moi. Pour quelles raisons « ils » l'avaient supprimé… Mais par quoi commencer … Tout d'abord, quitter ce trottoir.

Tout avait débuté par un coup de folie. J'avais alors quarante-six ans, un mari oublieux, deux grands enfants occupés par leur jeune vie d'adulte, et j'avais croisé sur ma route ce bel homme, jeune, trop jeune pour moi, mais je n'avais pas pu résister. J'avais tenu bon trois mois, héroïquement, mais je n'avais pas pu tenir un jour de plus. Pour lui, cela avait été un coup de foudre immédiat, me disait-il et j'avais beau lui seriner que j'étais bien trop vieille pour lui, il ne voulait rien entendre. Il se fichait complètement de mon âge. Je lui disais qu'il cherchait une maman, espérant toucher un point sensible, mais rien de ce que je pouvais dire ne réussissait à le faire changer d'avis. Il me disait tout ce que mon mari ne me disait plus et des sensations oubliées renaissaient insidieusement au creux de mon ventre.

Le jour où j'ai accepté un vrai baiser, je n'ai pu réprimer un cri de jouissance et j'ai su que j'allais me laisser noyer, emportée dans un courant impétueux par cet homme.

Je me rappelle, c'était un jeudi, il faisait un temps de chien et j'étais tombée en panne d'essence en plein Paris ! Essayez de trouver une station d'essence à Paris ! Je tentais de repérer un agent de la circulation qui pourrait peut-être me renseigner, mais je ne voyais personne à l'horizon. N'ayant rien pour me protéger, juste ma veste sur la tête, je commençais à être trempée quand par miracle, un parapluie était arrivé au-dessus de moi arrêtant d'un coup les grosses gouttes d'eau qui tombaient d'un ciel plombé n'annonçant aucune trêve prochaine.

- Merci, c'est gentil, mais faites attention, vous n'allez pas tarder à être mouillé vous aussi. Pour moi c'est trop tard !
- Ne vous inquiétez pas, je suis imperméable, je ne crains rien.

Il me répondit avec une voix rieuse et sympathique. Je me retournai afin de voir quelle était cette personne si gentille avec moi, quelle tête avait mon sauveur et je le vis. Un bel homme, jeune, grand, à la peau brune, aux cheveux d'un châtain très foncé, des yeux de rapace, brillants de malice, des dents éclatantes dévoilées par un sourire charmant. Charmant, c'est le cas de dire, car je le fus, charmée, immédiatement. Aussitôt j'eus la vision de ce qu'il pouvait voir de moi. Une femme mûre, trempée, les cheveux dégoulinants, le maquillage en vrac, enfin tout ce qu'il faut pour ne pas être séduisante et cela me fit sourire.

- Vous faites quoi, au juste ? Vous semblez chercher quelqu'un. Je vais vous abriter le temps que la personne arrive.

- Hélas, je n'attends personne, j'essayais juste de repérer un agent pour un renseignement.

- Vous renseigner, peut-être que je peux le faire, je connais Paris comme ma poche.

- Seriez-vous mon sauveur ! Je suis en panne d'essence et je voudrais bien trouver une station.

- Oh si ce n'est que ça, je peux vous dépanner ! Est-ce que vous avez un bidon vide ?

- Même pas, j'espère qu'ils en auront à la station si station il y a...

- Remontez dans votre voiture et attendez-moi, je reviens très vite...

Ce que je fis, sans me faire prier. Il avait déjà ouvert la portière de ma voiture comme si je n'avais pour seul choix que celui d'obéir. De toute façon, dans ma situation, je ne pouvais rien faire d'autre qu'attendre son retour et je dois avouer que cela ne me déplaisait pas du tout même si je savais qu'il ne pouvait rien se passer, vu mon âge, vu le sien, et puis je n'avais pas le mental à ça.

Mais qu'un si beau jeune homme s'intéresse à ma personne me faisait vraiment très plaisir.

Assise dans ma voiture, en attendant son retour, je réfléchissais à ce garçon. Il avait peut-être été scout où quelque chose comme ça et il aimait rendre service, où alors, il pensait que ça aurait pu être sa mère dans la même situation. Oui, c'était certainement ça, il avait pitié d'une femme qui aurait pu être sa mère. Je commençais à avoir très froid. Le chauffage de la voiture n'étant plus entretenu par le moteur avait disparu et il faisait aussi froid dedans que dehors. Je me ratatinai dans mon siège le plus possible afin de garder le maximum de chaleur. Je somnolais à moitié quand un vibrato sur la vitre me fit ouvrir un œil. Il était là.

-Vous avez l'air frigorifié !

- C'est rien de le dire ! Vous avez trouvé quelque chose ?

- Un bidon de cinq litres, ça vous va ?

- Mais c'est génial ! Je peux tenir un moment avec cinq litres !

- Ouvrez votre réservoir, je vais vider le bidon dedans.

- Mais non, vous en avez déjà bien assez fait ! Je vais le faire !

- Chut chut ! Pas de discussion ! Débloquez le bouchon je vous dis !

Comme la pluie redoublait et que je n'avais toujours pas de parapluie, j'étais bien contente de rester à l'abri.

- Merci, vraiment vous êtes trop gentil !

Il lui fallut juste quelques minutes.

- Voilà. C'est fait vous allez pouvoir repartir !

- Combien je vous dois pour l'essence ?

- Oh !...ça va être cher, très très cher !

Un instant, je me demandai si je n'étais pas tombée sur un escroc où quelque chose comme ça. Après tout, pourquoi pas. Il y a de tout partout et avec son air si charmeur il était facile à cet homme d'entourlouper n'importe qui, surtout une pauvre femme comme moi. Devant mon air interrogateur, il éclata de rire.

- Ne vous inquiétez pas, cela va vous coûter un café ! Juste de quoi nous réchauffer un peu surtout vous. Regardez, le bar n'est pas loin.

En effet, si je n'avais pas été aussi occupée à chercher un agent, je l'aurais repéré ce bar. J'aurais même pu aller y boire un bon chocolat chaud, et demander le renseignement dont j'avais besoin. Moi qui ai toujours rêvé de parcourir le monde avec un sac à dos, je ne suis pas encore prête pour la grande aventure ! Une vraie nunuche !

- C'est une très bonne idée. Je rêve de chaleur.

Nous étions fin octobre et le temps s'était pas mal rafraîchi depuis quelques jours.

Après avoir fermé ma voiture, je rejoignais cet homme que je ne connaissais pas à la porte du bar. Durant le temps qu'il nous fallut pour boire notre café, je n'eus pas du tout l'impression d'avoir à faire à un homme plus jeune que moi. Nous nous retrouvions sur des tas de sujets. Avec mon mari, il y avait des années que nous ne partagions plus grand-chose, si ce n'était en rapport avec les enfants. Nous continuions à avoir des relations sexuelles, par habitude, sans grands désirs, ni d'un côté, ni de l'autre. Nous nous entendions bien, facile, car lorsqu'on a plus rien à se dire d'important, il n'y a plus de disputes possibles.

La vie confortable, avec son train-train, sans à-coups ni menaces ….

Et là, avec cet homme, tout semblait clair, limpide, avec aucune envie que cela s'arrête.

Pourtant, il fallait que je rentre.

- Je dois partir.

- C'est si urgent ?

- Non, mais je n'ai pas l'habitude de rentrer trop tard.

- Je n'ai pas envie que vous partiez.

- Mais vous ne me connaissez pas !

- Maintenant si, et je voudrais vous revoir.

- Avez-vous une petite idée de mon âge, jeune homme ? J'ai quarante-six ans. Et vous ?

Je savais très bien que je ne les faisais pas mes quarante-six ans, avec mon allure sportive, une silhouette mince, un visage encore épargné, mais je ne voulais justement pas qu'il se trompe sur mon compte.

- J'ai aussi quarante-six ans !

- Ne dites pas de bêtise, vous êtes très jeune !

- Mais qu'est-ce que cela peut faire quand on est bien ensemble, et moi je me sens bien avec vous !

- Moi aussi je suis bien avec vous, mais vous avez des amis de votre âge, une amie aussi, sans doute de votre âge ! Nous ne vivons pas de la même façon !

- Et alors ! Je vous ai trouvée par hasard, mais est-ce par hasard que vous êtes tombée en panne d'essence justement là où je devais passer ? Moi je crois que non, et nous devons nous revoir.

Il n'en fallait pas plus pour me convaincre, je n'attendais que cela. Après tout, pourquoi pas. J'étais une grande fille libre de ses actes.

- Écoutez, je reviens à Paris la semaine prochaine. Nous pourrions boire un café ?

- Une semaine ! Ça va être très long ! Mais d'accord. Ici, au même endroit ?

-Ici, au même endroit.

- Donnez-moi un numéro de téléphone, au cas où … je vais vous donner le mien.

- Vous parliez de hasard, tout à l'heure, alors laissons faire le hasard. Si nous devons nous revoir, le hasard en décidera et nous aussi.

Je pensais bien que d'ici une semaine, il m'aurait oubliée, et même si j'avais envie de le revoir, je trouvais cette fin plus raisonnable. Un petit éclair aura traversé ma vie, me prouvant que je n'étais pas tout à fait vieille et que je pouvais encore séduire.

Et voilà, la semaine d'après, il était là. Le hasard avait décidé, enfin pas tout à fait tout seul. … Nous nous sommes revus, une fois deux fois, dix fois, et plus ça allait, plus il nous était difficile de nous séparer. J'ai tout raconté à mon mari qui d'un coup s'est réveillé, mais trop tard. J'ai prévenu les enfants qui n'ont pas compris, j'ai fait mes valises et je suis partie.

Très vite la nouvelle est arrivée sur mon lieu de travail où tout le monde est resté bouche bée, pensant que nous formions un couple uni avec mon mari. L'âge de mon nouveau conjoint faisant naître des sourires narquois sur les visages des hommes de la boîte, par contre, chez les femmes, il y avait plutôt un petit air de jalousie.

Ce qui est incroyable, c'est que si je trouvais ce garçon très charmant au début de notre rencontre, j'étais loin d'imaginer qu'un jour je partagerais sa vie. J'avais moi aussi quelques arrières pensées sur les relations entre jeunes hommes et femmes mûres. J'étais persuadée que chacun y trouvait un intérêt, le garçon, l'intérêt lucratif et la femme, une jeunesse retrouvée. J'étais très flattée qu'un homme s'intéresse à moi, émue par les sentiments qu'il exprimait, mais je ne voulais pas croire à un amour aussi soudain, aussi fort, pensant qu'il se lasserait et retournerait rapidement vers ceux de son âge. J'imaginais aussi qu'il cherchait autre chose dans cette relation, que je l'entretienne par exemple. J'étais DRH dans une boite d'informatique et je gagnais très bien ma vie. Mais il n'avait pas l'air d'un chômeur. Ce que je ne voulais pas, c'était m'investir dans cette relation de peur d'en souffrir lorsqu'il me quitterait car je croyais fermement que c'est ainsi que les choses se dérouleraient.

Mais plus le temps passait, plus le piège se refermait. Je ne pouvais plus me passer de lui. Il me faisait tout doucement entrer dans sa vie intime, partager son quotidien. Je n'avais pas eu besoin de rencontrer sa famille, enfant né sous x, il n'en avait pas. Je n'ai pas eu peur quand j'ai su qu'il fréquentait une certaine couche de la société, un monde parallèle, dangereux, pas très honnête, un monde dont on entend parler aux infos, dans le journal, mais qu'à mon niveau, on ne croise jamais. Je pensais ne jamais avoir à faire avec ce côté de sa vie que j'occultais complètement. Je me trompais.

Ouvrez !!! Police !!!

Des coups frappés contre la porte, violents, et ces cris … Je sortais d'une espèce de brume, j'avais du mal à comprendre ce qui se passait.

- Oui oui, j'arrive, j'arrive. Je titubais, pourtant je n'avais pas bu. Juste un café.

À peine la porte ouverte, des hommes en uniformes entraient dans l'appartement, tandis qu'un des leurs me prenait les deux bras et les croisait dans mon dos.

- Mais … mais, qu'est-ce qui se passe ? Pourquoi, vous faites ça ?

Une voix dans l'autre pièce.

- Il est là. Une balle dans la tête.

- Qui est là, une balle dans la tête ? Où est Raphaël ? Le brouillard dans ma tête se dissipait. Raphaël !!! Raphaël !!! Où tu es ??? Réponds-moi !!!

- Ce n'est pas la peine madame, nous savons que vous l'avez tué.

- NONNNNNNNNNNNNNNNNNN !!!!!!!!!!!!!!!!!!!!!

Un cri sauvage comme jamais je n'aurais pensé pouvoir en émettre sortit de ma gorge et me réveilla d'un coup. Mes forces décuplées, j'échappai à l'emprise du policier et me précipitai dans la pièce d'où était partie la voix annonçant la balle dans la tête.

À nouveau mon cri de bête emplit l'appartement quand je découvris Raphaël étendu sur le lit, la tête en sang. Mais déjà ils m'avaient rattrapée, m'empêchant de prendre Raphaël dans mes bras. C'est là le plus affreux souvenir de toute mon histoire. Ne pas avoir pu le prendre dans mes bras. J'étais persuadée que si je l'avais serré contre moi, il se serait réveillé. Cette image de ses yeux s'ouvrant en me regardant, un sourire sur les lèvres avait nourri mon imaginaire durant des mois. J'avais occulté sa mort et survécu grâce à ces images que j'avais ancrées dans mon cerveau.

- Mais je ne l'ai pas tué ! Ce n'est pas moi ! Je l'aime trop !
- Nous savons bien que vous l'aimez trop, c'est pour cela que vous l'avez tué. Il allait vous quitter.
- Mais non ! Qu'est-ce que vous racontez ! Raphaël ! Raphaël ! Oh non !!!!
- Nous avons retrouvé le pistolet. Dans le tiroir du meuble du salon.

Le pistolet dans le tiroir du meuble du salon… c'est normal, c'est moi qui l'y ai mis, il traînait sur la table hier soir…

Et soudain … je compris d'un coup la situation … quoique je dise, quoique je fasse, j'étais la coupable idéale. Raphaël m'avait prévenue qu'il devait s'absenter quelques jours afin de régler une affaire, mais comme je ne voulais pas entrer dans son système, je n'avais posé aucune question. Je ne posais jamais de questions, c'était très bien ainsi. Il avait son monde, j'avais le mien, et nous avions le nôtre. Mais quand était-il rentré … ???

Je savais déjà, avant toute analyse, que c'était ce pistolet qui avait tué l'homme que j'aimais, que mes empreintes étaient dessus. Il n'y avait rien à dire. J'avais beau comprendre que des gens avaient assassiné l'amour de ma vie, je me foutais complètement de ce qui allait se passer. Raphaël n'était plus là et plus rien ne m'intéressait. Ils pouvaient faire de moi ce qu'ils voulaient. À partir de ce moment-là, je me suis laissée couler dans une espèce d'engourdissement, obéissant à toutes leurs demandes. À partir de ce moment-là, je me suis inscrite aux abonnés absents. Je me suis réfugiée dans les images de notre vie, m'enivrant de tout cet amour, me projetant dans tout ce qui ne pouvait plus être. Je refusais obstinément la mort de Raphaël. Je refusais de ne plus jamais le revoir même si de temps en temps, un flash pervers me montrait l'homme de ma nouvelle vie gisant dans notre lit d'amour, immobile, la tête ensanglantée. Mais très vite je faisais réapparaître ce jeune homme plein de vie qui avait ensoleillé ma vie durant un peu plus de deux ans.

Je fus condamnée à quinze ans de prison. Assassinat sans circonstances atténuantes. Vous comprenez, une femme d'âge mûr, avec un si jeune homme, cela ne pouvait finir qu'en drame. Puis après avoir creusé un peu, les enquêteurs avaient découvert une partie des activités un peu louches de Raphaël. Malgré le fait que ses activités soient restées très discrètes, les rentrées d'argent avaient été évoquées, et personne n'avait voulu croire que je ne savais rien.

L'enquête avait été bâclée. Si les policiers avaient été plus attentifs, moins convaincus de ma culpabilité, ils auraient constaté que je n'étais pas dans un état normal, ils auraient pu demander qu'on me fasse une prise de sang, car maintenant, je suis sûre d'avoir été droguée ce soir-là. Mais s'ils ne l'ont pas fait, c'est sans doute parce qu'il fallait que je sois la coupable ... Et Raphaël qui devait être absent, que faisait-il dans notre lit ? Et pourquoi n'y avait-t-il pas eu d'autopsie de son corps ? Il allait falloir tirer tout ça au clair. Mais Raphaël ayant été incinéré, cela n'allait pas être facile …

Ce dont j'étais sûre, c'est que quelqu'un était suffisamment bien placé pour avoir pu intervenir au sein de l'enquête et empêcher certaines investigations. Il n'y avait pas d'autres explications. Les jurés n'avaient pas eu pitié de moi. On n'abandonne pas un mari, ses enfants, mêmes grands, pour une partie de jambes en l'air, de plus avec un truand. Vous vous rendez compte, toute sa famille lui a tourné le dos, c'est dire …

Enfermée dans mon armure, j'entendais des bribes de phrases, et cela me faisait presque sourire. Ils ne savaient rien de ma vie d'avant, rien de ma nouvelle vie, rien de cet amour peut-être inconsidéré, mais tellement fort. Je ne me souviens pas avoir connu cela avec mon mari. Je l'avais épousé parce-que je l'aimais, mais pas avec cet amour fou, quelque chose de plus raisonnable, me semble-t-il. Nous étions étudiants dans la même université. Nous partagions les mêmes idées sur la vie, maison, enfants, confort.

Mais se souvient-on vraiment de tout …

2

Bon, il faut que je me décide. J'ai froid. Je ne vais pas rester encore dix ans sur ce trottoir. J'ai toujours notre appartement du côté de Belleville, que Raphaël avait mis à mon nom, par prudence, à cause de sa situation délicate. Je ne m'y étais pas opposée, sachant que je ne le quitterais jamais, et que si lui me quittait, je le lui rendrais. J'avais suffisamment d'argent en banque à l'époque de mon incarcération pour que je puisse garder ce bien. Et puis il y avait cette petite clé, bien cachée que Raphaël m'avait laissée. Il m'avait dit qu'un jour j'en aurais peut-être besoin, s'il lui arrivait quelque chose, ce que je n'avais pas voulu entendre. C'était peu de temps avant sa mort. La clé d'un coffre. Là encore, par mesure de sécurité, il était loué à mon nom. J'avais signé les papiers dans une banque à l'autre bout de Paris, mais je ne savais rien du contenu. Que pouvait-il y avoir dans ce coffre …De l'argent c'est sûr, mais quoi d'autre pour que ce soit si secret …

Le bus arrive. Pourvu que je ne me trompe pas de ligne une fois à Paris. J'ai du mal à me déplacer sans qu'on m'y autorise, sans un ordre sec et tranchant. J'hésite. Le chauffeur me demande si je monte ou si je compte rester là, sur le trottoir. Je quitte Fresnes, ville dans laquelle j'espère ne jamais revenir. Me voilà en route pour une nouvelle vie, encore, mais laquelle …de vie. C'est bizarre, je regarde défiler les immeubles, les bouches de métro et tout est pareil ! En dix ans rien n'a changé ! J'ai l'impression de revenir après une journée de travail, sauf que je suis dans un bus et que ce n'était pas mon habitude. Je ne prenais que le métro et le plus souvent un taxi.

Je ne me suis pas perdue, j'ai trouvé les bons bus et je me rends compte que c'est toujours aussi difficile de circuler dans Paris. C'est long, mais ça m'arrange. Je n'ai pas envie d'arriver trop vite. J'ai peur. Je reconnais mon quartier. Le bus s'arrête. Je descends. Je reste un moment sur le trottoir, encore. L'émotion me gagne, mon cœur bat un peu plus vite. La dernière fois que je me suis retrouvée sur ce trottoir, c'était pour la reconstitution, reconstitution bidon, comme le reste, mais je n'en ai aucun souvenir. Mes seuls souvenirs des lieux, je les ai avec Raphaël. Pourtant bien des fois j'étais restée seule ici, quand il partait pour ce qu'il appelait «une mission», mais je savais qu'il revenait, et je l'attendais.

Chacun de ses retours, même après seulement deux jours d'absence était de vrais moments de folie. Parfois il me disait ne pas rentrer et il m'attendait caché dans l'entrée, me surprenant. Parfois c'est moi qui faisais semblant de ne pas être là. Il m'appelait, je ne répondais pas. Il me cherchait et me trouvait allongée dans notre chambre ou dans la chambre d'amis, vêtue de son déshabillé préféré. Et la fête commençait.

Je prends la petite rue qui mène à un bel immeuble dans le 20ème arrondissement de Paris, un vieil immeuble entièrement rénové, avec beaucoup de cachet. Notre appartement se trouve au 5ème et dernier étage, avec une jolie terrasse. Il y avait de belles plantes …

Quand elle venait me rendre visite à la prison, Jacky me disait les entretenir du mieux qu'elle pouvait.

-N'attends pas de miracle, je n'ai pas la main verte me rappelait-elle.

Et je lui répondais que les plantes étaient le dernier de mes soucis.

Tous les objets apportés par Jacky m'ayant été restitués, je récupère ma clé au fond de mon sac. Je tremble un peu en la mettant dans le trou de la serrure. Qu'y-a-t-il derrière cette porte ? Si seulement je pouvais retrouver Raphaël, là, derrière cette porte, Raphaël assis dans un canapé, un verre à la main et un sourire charmeur sur ses lèvres gourmandes. Ne serait-ce que le fantôme de Raphaël. Mais je suis une personne sensée et j'ai perdu mes illusions. Je sais bien que c'est impossible. Je ne peux empêcher les larmes, de grosses larmes de couler. Je ne suis pas aussi forte que je le croyais. Dix années n'ont pas suffi.

La clé tourne normalement. Je m'attendais presque à ce que la porte ne s'ouvre pas ce qui est idiot puisque mon amie Jacky est venue régulièrement dans l'appartement afin de l'aérer et il y a deux jours pour préparer mon retour. S'il y avait eu le moindre problème, elle m'en aurait avertie. Je pousse la porte, doucement.

Mais ce n'est ni Raphaël ni son fantôme qui m'attendent …

3

Dans l'appartement mitoyen de celui de Sabine Galache, un homme est installé dans un fauteuil, un des seuls meubles de ce logement, ne voulant pas perdre une seconde du déroulement de l'arrivée de la femme chez elle. Il est en place depuis qu'ils sont au courant de la date de sa libération, mais le petit appartement dans lequel il vit depuis deux semaines était réservé depuis plus de deux ans, dès qu'il s'était retrouvé vide de ses occupants, « au cas où ». Il fallait profiter de l'aubaine même si un studio se libérait plus facilement qu'un quatre pièces. Pas question de laisser passer l'occase, et tant pis pour les frais. L'agence n'était pas très regardante quant aux dépenses de ce genre. L'argent récupéré lors de certaines missions servait à payer ces extras... Ils comptaient sur une remise de peine de prison pour cette femme, remise de peine fréquemment attribuée, afin que le paiement de leurs loyers dure le moins longtemps possible. Leur vœu avait été exaucé ... Fred Beaupas se doutait bien que son directeur avait œuvré dans ce sens ... Mais la principale question était « va-t-elle revenir vivre dans cet appartement ? » après ce qu'il s'y était passé… Encore un vœu exaucé.

L'homme peut surveiller Sabine Galache grâce à un écran relié à des caméras placées dans chaque pièce de son logement, travail qu'il avait eu tout le temps d'effectuer sans être dérangé. Sauf une fois, quand Jacky l'amie fidèle était passée et qu'il ne s'y attendait pas. Il s'apprêtait à ouvrir la porte quand elle était sortie de l'ascenseur. Heureusement, elle ne l'avait pas vu faire. Il avait collé son oreille contre la porte, l'air de rien et remis son passe dans sa poche. Il avait inventé un vague prétexte de bruit de gouttes d'eau entendu de l'autre côté du mur et elle lui avait répondu qu'elle vérifierait. Elle l'avait remercié. Ils s'étaient salués.

Les caméras avaient été placées de telle sorte qu'elles étaient invisibles pour un non-initié. Il ne fallait pas que sa voisine découvre qu'elle était surveillée. Sa vie avait déjà été assez perturbée. Après tout, elle ne savait peut-être rien. Elle avait payé très cher pour un meurtre perpétré par d'autres. C'est un peu pour cela qu'il était là, ils voulaient être sûrs à l'agence qu'il ne lui arrive rien de plus « méchant » encore que la prison. Les patrons de l'unité spéciale à laquelle ils appartenaient lui et Raphaël n'avaient pu intervenir en sa faveur, ne pouvant se mettre à découvert. Il fallait que la mission de Raphaël reste secrète celui-ci n'étant pas seul en cause. Souvent des agents spéciaux se retrouvaient sur la même enquête, mais sans le savoir et sans se connaître. La recherche de renseignements se trouvait alors assurée par deux personnes ce qui multipliait par deux les chances d'arriver au bout de la mission.

Si un agent était découvert, il en restait un autre sur place. Les risques, ils les connaissaient, c'est la raison pour laquelle ils vivaient en solitaires. Ces risques, Raphaël n'auraient jamais dû les faire prendre à une compagne. Il avait fait preuve d'une grande faiblesse. Ils faisaient partie d'un monde parallèle, souterrain dont personne ne devait rien savoir. Mais croiser le grand amour n'est pas donné à tout le monde, et sentiments et raison n'ont jamais fait bons ménage. Si cette femme avait quelque chose en sa possession, une chose que lui aurait confiée son compagnon avant d'être tué, il était là pour découvrir de quoi il s'agissait. Il pensait à une clé USB, une puce, quelque chose comme ça. Tel qu'il le connaissait, Raphaël n'était certainement pas mort sans avoir laissé une trace. C'était un vrai professionnel et les quelques éléments qu'il avait réussi à faire passer avant de disparaître donnaient une idée du cloaque dans lequel il se trouvait empêtré.

Lui et Raphaël s'étaient rencontrés lors d'une mission. Ils avaient très vite sympathisé et compris qu'ils venaient du même monde obscur. Ce constat leur avait permis de s'épauler et de rester en vie.

Mais l'homme derrière son écran n'avait pas prévu ce qui allait se passer et qu'il avait suivi image après image. Il en avait conclu qu'ils n'étaient pas les seuls à penser que cet appartement détenait un secret ! D'autres s'en doutaient. Mais comment pouvaient-ils savoir …? Qu'ils aient mis dix ans pour intervenir prouvait que l'information était récente ! Eux même n'étaient sûrs de rien. Seulement après l'assassinat de Raphaël, tous les doutes étaient permis. Celui-ci travaillait sur une affaire sensible et il avait dû découvrir des choses très gênantes pour qu'on l'élimine…Après que sa compagne fut arrêtée, après que les enquêteurs eurent quitté les lieux, d'autres personnes, de vrais professionnels, avaient entièrement fouillé le logement, minutieusement centimètre par centimètre, mais d'une façon très discrète, afin qu'il n'y ait aucune trace de leur intervention.

L'amie qui venait aérer et s'occuper des plantes ne devait se poser aucune question. Ils n'avaient rien découvert. S'il y avait vraiment un secret caché dans cet appartement, il fallait attendre le retour de la prétendue tueuse, la seule susceptible de savoir ... Ils pensaient que peut-être ... Attendre et surveiller ... L'homme était un habitué de ce genre de mission. Il s'était donc préparé pour le retour de Sabine Galache. Et là, après ce saccage désorganisé, il n'y avait plus de doute. Quelqu'un savait et depuis peu de temps, et il semblait y avoir urgence ! Ce n'était pas des professionnels qui avaient œuvrés, sinon les caméras auraient été découvertes. Si d'autres cherchaient, c'est bien qu'il y avait quelque chose à chercher...quelque chose de très dérangeant ...

Il avait tout de suite appelé ses supérieurs afin de leur faire part du problème, mais personne n'avait pu le renseigner. Aucune information ni bruits de couloir. Ils allaient faire des recherches. Lui-même n'avait pu reconnaître aucun visage. Peut-être avec les films des caméras... Les moyens d'investigation étaient très sophistiqués de nos jours. Mais des truands embauchés juste pour le travail ne les mèneraient probablement pas au cerveau de l'affaire. Au mieux, au chef de la bande. De fil en aiguille, ils finiraient peut-être par arriver jusqu'au commanditaire.

C'est le bruit qui avait alerté l'agent en place, car tant que sa voisine n'était pas rentrée il n'avait aucun besoin de regarder son écran. Il vérifiait seulement quand il entendait le bruit de la porte de l'ascenseur puis celui de la porte d'entrée de l'appartement voisin au cas où … Il n'était là que depuis quelques jours, et seule l'amie de Sabine Galache était passée. Mais là, pas de bruit d'ascenseur, pas de bruit de porte, discrétion absolue. Ils avaient donc un double des clés ou bien un passe, comme lui en avait un. C'est quand il avait entendu les bruits de craquements suspects qu'il s'était demandé ce qui se passait à côté. Il avait alors assisté à la démolition en règle de tout ce qui pouvait receler un objet, très certainement un petit objet. Puis les vandales étaient repartis. Avaient-ils trouvé ce que tout le monde cherchait … ? En tout cas, ils n'avaient pas un air de vainqueurs en quittant le champ de bataille, les coups de pieds portés çà et là en témoignaient, ce qui voulait probablement dire qu'ils n'avaient rien trouvé. Leur sortie fut tout aussi discrète que leur arrivée. Qu'ils n'aient pas craint de faire tout ce vacarme à l'intérieur prouvait au moins qu'ils ne savaient rien de la planque de l'agent.

4

Je suis sur le pas de la porte. Un spectacle apocalyptique s'offre alors à mes yeux. Mais c'est étrange, je regarde tout ce désastre, et je ne ressens rien. Je ne suis même pas étonnée. C'est comme si je m'y attendais. Je reste un moment à regarder, je n'entre pas. La première réflexion qui me vient, est, ce n'est plus mon chez moi... c'est mieux. La deuxième, je vais devoir tout jeter... c'est mieux. La troisième, je vais devoir tout racheter... c'est mieux. Et la quatrième est ... la clé !

Mon amie de toujours, Jacky, avait proposé de venir me chercher à la prison pour m'accompagner à mon domicile. Mais j'avais refusé. Je souhaitais, après toutes ces années, revenir chez moi toute seule. Je ne savais pas comment j'allais réagir. Je ne voulais pas de témoin. Et puis quelque chose, une petite voix me disait de rentrer seule. Je sentais que Raphaël était toujours là donc je n'étais pas vraiment seule. Je voulais me retrouver chez nous, avec lui.

De là où il se trouvait, il avait tout vu. C'est lui qui me guidait. J'avais une certitude, je devais d'abord retrouver cette petite clé, enfin si elle était encore là, et personne ne devait savoir à propos de cette clé. Personne ne devait poser de question concernant le saccage de l'appartement, je ne voulais pas que Jacky soit mêlée à tout ça, pourtant je ne pourrais pas lui cacher bien longtemps ce qui s'était passé. Demain elle sera là. Fine mouche comme elle l'est, dès qu'elle découvrira les dégâts, elle devinera très vite que quelque chose a été cherché ici, que tout n'a pas été cassé gratuitement et sans raison, et qu'on a appris très récemment que ce quelque chose était caché ici, sinon le saccage aurait eu lieu bien avant ma sortie de prison et elle l'aurait tout de suite constaté. Non, elle ne doit rien savoir, je dois la protéger. Je lui dirai que je ne suis au courant de rien, que je ne sais pas ce qu'ils cherchent et ayant connu Raphaël et sa double vie, elle me croira. Mais il fallait le moins de témoin possible. Il ne fallait pas non plus que quelqu'un de trop zélé fasse un super ménage et balance tout à la décharge avant que j'ai pu récupérer cette fameuse clé. Je dois la retrouver très vite, avant que Jacky ne passe, parce qu'avec elle, tout sera mis à la décharge en un rien de temps. Elle ne comprendra pas si je lui demande d'attendre.

Je me décide. J'entre en faisant de grands pas. Il y a de tout par terre, des papiers, des morceaux de verre, des tableaux éventrés, des vases, des lampes, tout en mille morceaux. Fauteuils et canapés éventrés, déchirés, dépecés, les meubles vidés, démolis, la vaisselle pouvant dissimuler un objet, cassée, les sacs de farine, de sucre, de café déchirés, leur contenu étalé dans l'évier. Tous les achats de Jacky ! Quel bordel !!!!!!!

J'avance. Dans la chambre, c'est le même décor. La seule réflexion qui me vient complètement décalée, est, où je vais dormir ce soir …

Une douce musique. C'est le téléphone. Jacky a pensé à tout. Mais où est-il ? Ah le voilà.

- Allo, oui ma Jacky, je suis arrivée. Si tout va bien ? On peut dire ça. Je te raconterai demain. Non, ça ira, je te remercie. À demain et merci pour tout ce que tu as fait pour moi.

Jacky n'avait pas cru un seul mot de ce qui avait été raconté au tribunal. Elle me connaissait bien. Elle avait rencontré Raphaël et elle savait que jamais je n'aurais pu le tuer et que lui n'avait aucune envie de me quitter. Mais son témoignage avait été vain et aucune oreille présente n'avait voulu l'entendre. Mon attitude n'arrangeait rien.

Elle avait bien essayé de me raisonner, de me secouer, mais là où j'étais partie, rien ne pouvait me faire revenir. Elle m'avait accompagnée durant ces dix années sans jamais faiblir, elle s'était occupée de tout, du courrier, réglait les factures et ce qui se présentait. Elle avait organisé mon retour, fait le plein du frigo et une bonne bouteille devait m'attendre sur la table. Mais quelle table ? Il n'y a plus de table … Quand sont-ils venus ? Hier ? Pourquoi ont-ils attendu dix ans ?

À nouveau la douce musique.

- Allo… Je ne peux plus dire un mot. À l'autre bout j'entends allo, allo ! Maman ?

C'est ma fille. Je ne peux plus respirer. Un oui timide sort de ma bouche.

- Maman, je t'appelle parce-que je sais par Jacky que tu es sortie. Maman, je voulais te dire, je comprends et je te demande pardon.

Ne pouvant plus dire un mot, ni l'une ni l'autre, chacune a raccroché de son côté. Plus de dix ans que je n'avais parlé à mes enfants. Mon fils avait gardé le contact avec moi durant ma relation avec Raphaël. Il avait voulu le rencontrer et cela s'était très bien passé. Mais lors du procès, quand il avait eu connaissance de la vie plus que trouble de mon compagnon, il n'avait pas compris que j'ai pu tomber amoureuse d'un truand et il avait coupé les ponts lui aussi.

À nouveau la douce musique. Je trouve que c'est agréable après les bruits de la prison, des bruits pourtant auxquels on s'habitue, des bruits qui rythment la vie de chaque jour. Des bruits qu'on attend ... Je décroche.

- Allo ... C'est toi ma chérie ?

- Oui. Je voudrais te voir maman. Enfin si tu en as envie…

- Si j'en ai envie !!! J'en rêve depuis plus de douze ans ma puce !!! Si tu savais comme vous m'avez manqué !!!

- Moi aussi, maman, tu m'as manqué ! Au début, je ne me rendais pas compte combien tu me manquais, puis petit à petit c'est venu mais je n'osais pas aller vers toi alors que je t'avais abandonnée. Tu sais, je n'ai jamais cru que tu l'avais tué.

- Merci ma chérie. Si tu savais le bien que tu me fais. C'est mon plus grand bonheur depuis des années …

- Tu veux que je vienne chez toi ?

Je répondis peut-être un peu trop vite.

- Non non, voyons-nous dehors. Prenons un café dans un bar. Je te laisse le choix, je n'ai plus beaucoup de références dans le domaine.

- C'est d'accord. Je te rappelle. Je t'embrasse maman.

Comme ce mot est doux à mon oreille et je me remets à pleurer.

- À bientôt mon cœur.

La sonnerie de la porte d'entrée retentit. J'ai peur. Je jette un œil par le judas. C'est un homme. Je ne connais pas cet homme. Je mets la chaîne de sécurité puis j'entrouvre la porte en bouchant bien l'angle avec mon corps de façon à ce qu'il ne puisse rien apercevoir de l'intérieur dévasté de mon chez moi.

- Excusez-moi de vous déranger, mais vu le bruit que j'ai entendu avant votre arrivée, je voulais m'assurer que tout allait bien. Je savais que vous n'étiez pas rentrée alors j'ai trouvé tout ce bruit bizarre.

- C'est très gentil mais tout va bien. Sans doute quelques amis qui mettaient un peu d'ordre avant mon retour. Ils ont sans doute fait les fous.

- Ah bon ! Je suis rassuré. Bonsoir madame.

- Bonsoir.

Je referme la porte, tranquillisée. Bon, par quoi commencer ? Enlever l'inutile, garder tout ce qui est en bois, et reconstituer chaque meuble afin de retrouver le fameux tiroir.

5

- Alors ???

Un «alors» impatient se fait entendre par le moyen d'un téléphone à l'oreille du voisin.

- C'est bon, elle est arrivée. J'ai déjà pris contact avec elle. Mais je ne suis pas entré dans l'appartement, elle avait mis la sécurité et je n'ai pas voulu insister. Elle est méfiante, elle sait quelque chose, c'est sûr, sinon elle aurait déjà prévenu la police en découvrant l'état de son appartement.

- Bon tu sais ce que tu dois faire. Surveille là.

- Ok boss.

L'homme pose son mobile sur une table. Il n'y a pas beaucoup de meubles dans ce logement. Une table, une chaise, un fauteuil, une télé et dans la chambre, un lit de camp.

En principe il ne doit pas rester longtemps, et heureusement, car dans un confort aussi spartiate, il risque la dépression nerveuse. Dès qu'il aura sa réponse, découvrir ce que tout le monde cherche il déménagera. Il lui faut juste sympathiser avec la voisine, un peu, mais pas trop car il ne faudrait pas qu'elle ait l'idée saugrenue de lui rendre visite. Sa déco le trahirait.

Ils avaient pourtant tout fait pour trouver la « chose », ils en avaient les moyens. Ils avaient décortiqué tout ce qui pouvait se décortiquer dans l'appartement, en remettant soigneusement tout en place. Mais rien, rien de rien. La chose en question devait être bougrement bien cachée … si elle se trouvait cachée là … Il le saurait très bientôt en suivant les faits et gestes de sa voisine et à condition que cette femme connaisse l'existence de la « chose » ce qui n'était en rien prouvé. Après tout, son compagnon ne lui avait peut-être rien dit ou peut-être pas eu le temps de lui dire… Mais alors, on en revient à la même conclusion, pourquoi n'a-t-elle pas alerté la police … ???

Dans ce foutoir gigantesque, autant chercher une aiguille dans une botte de foin. Mais ce que pouvait révéler la chose devait être explosif pour que des hommes aient été contraints de saccager cet appartement. Par qui et par quels moyens avaient-ils appris …? Quelqu'un a parlé tout récemment… mais qui … ?

L'homme est installé dans son fauteuil et regarde son écran. La voir se débattre avec tout ce fatras lui donne envie d'aller l'aider. Mais il ne peut pas.

Pas de démarches suspectes. De toute façon elle ne le ferait pas entrer comme ça. Son attitude après avoir découvert le carnage démontrait bien qu'elle savait pourquoi son appartement avait été mis à sac.

Donc elle sait où est la « chose ». Donc elle va la chercher et moi je vais la récupérer dès qu'elle l'aura retrouvée, se dit-il. Tout semblait si simple...

6

Était-ce le changement de rythme après ces années d'enfermement, le choc du retour, la découverte du saccage de son appartement, toujours est-il que Sabine Galache ressentit d'un coup une immense fatigue. Plus elle regardait autour d'elle tout ce fatras, plus elle triait, fouillait dans tous ces décombres, et plus elle retrouvait des bouts d'objets et aussi des objets intacts qui la ramenaient douloureusement vers sa vie avec Raphaël. Une tonne d'émotion, d'un coup, se mit à l'écraser et elle tomba au sol criant et sanglotant, appelant son amour qui ne reviendrait plus jamais. Loin de chez eux, elle s'était remise, tout doucement, mais là, au milieu de leurs souvenirs, toute sa vie d'avant s'étalait, brisée, tout comme elle. Jamais elle n'avait pu faire le deuil de son amant, jamais elle n'avait pu pleurer sur sa dépouille. Jamais elle n'avait pu l'enlacer une dernière fois. Ils lui avaient volé Raphaël. Ils habitaient au dernier étage de l'immeuble, avec une belle terrasse et tout devint clair pour elle. La seule issue possible, elle venait de la trouver. Elle allait retrouver Raphaël.

Elle se releva sans essuyer les larmes qui noyaient son visage et se dirigea vers la baie vitrée, un brouillard devant les yeux. Elle poussa la porte coulissante qui s'ouvrit sur un drôle de jardin. Les plantes sorties de leurs pots gisaient sur le sol, condamnées elles aussi à mourir si personne ne venait rapidement à leur secours. La terre fouillée, éparpillée recouvrait les jolis carreaux italiens qui décoraient le sol de la terrasse. Mais rien ne pouvait plus émouvoir Sabine Galache, pas même le spectacle de ses jolies plantes exotiques agonisantes. Au contraire, leur mort allait l'accompagner dans la sienne. Elle descendit la petite marche menant à la terrasse et se retrouva dehors. La fraîcheur de l'air ne la sortit pas de cette espèce d'engourdissement qui la gagnait peu à peu depuis qu'elle avait décidé de son sort. Tant pis pour sa vengeance contre les tueurs de Raphaël, contre ceux qui l'avaient faite enfermer. De toute façon, toute seule elle ne pourrait rien faire contre eux. Ils étaient trop forts pour elle. Elle jetait l'éponge. La clé, ils ne l'avaient pas trouvée, alors … ce qu'il pouvait y avoir dans ce coffre … personne ne le découvrirait. Tant pis.

Elle était arrivée au bout de sa route. Elle n'avait pas peur, puisqu'elle ne ressentait rien, juste le manque de Raphaël, mais elle allait le rejoindre. Elle savait qu'il serait là pour l'accueillir. Elle n'avait aucun doute, elle était sûre qu'il l'attendait. Elle allait mourir avec son image devant les yeux, rien que lui et elle. Elle agrippa le bord de la rampe en fer forgé qui bordait la terrasse, mis un pied sur le rebord du muret surplombant la rue et levait son autre pied afin d'enjamber la rampe, quand ….

- HOHO, HOHO !!! Vous êtes sûre de ne pas avoir besoin d'aide ? S'il y a des choses lourdes à remettre en place je pourrais vous aider !!!
En même temps qu'il prononce ces paroles, il se dit zut ! Mais pourquoi je dis ça ! Bof, dans l'état où elle est …

Le fameux voisin qui l'espionnait sur son écran avait très vite compris où elle voulait en venir. Au début, il ne pensait pas qu'elle avait comme projet de se jeter de sa terrasse dans la rue tout en bas, il voyait juste un énorme chagrin, mais quand elle s'était levée, perdue, hagarde, il s'était dit qu'il fallait agir et vite. Trop tard pour faire le tour et sonner à sa porte. Elle aurait eu tout le temps de sauter. Il ne lui restait plus qu'à aller sur le balcon et l'appeler, cela devait suffire à la stopper dans son élan destructeur, enfin c'est ce qu'il espérait. Sinon, ce boulot aura été le plus bref de sa carrière.

Sabine entend la voix et se demande qui vient la déranger, la troubler dans sa communion avec Raphaël. À cause de cette voix, elle vient de perdre son image. En même temps elle sort lentement de sa torpeur.

- Hein ? Quoi ? Qu'est-ce que vous voulez ? Elle repose son pied au sol.

- Je vous demandais ne pas hésiter à me demander mon aide si vous aviez besoin de quelque chose !

- Non, non … merci … je … je ….je vais rentrer, il fait un peu frais.

- Vous avez raison, je vais rentrer moi aussi. Je buvais un verre sur le balcon, mais le vent est froid ce soir. Vous voulez un verre ?

Il se dit qu'il est un peu dingue de l'inviter, mais cette femme lui fait pitié. La voir ainsi perdue dans sa solitude lui fait de la peine. Passer dix ans en prison pour rien, ce n'est pas rien …Il n'aime pas ce qui est injuste. Il a encore ce côté chevaleresque bien difficile à garder de nos jours où on ne respecte plus grand-chose, surtout dans la profession qu'il exerce où il faut tromper, trahir pour la défense et l'honneur de son pays …tromper, trahir, des mots qui ne s'accordent pas très bien avec le mot honneur … Mais tout le monde s'arrange avec ça … Il y a l'argent à gagner bien sûr, mais pour lui, pas à n'importe quelles conditions. Si on lui avait demandé d'exécuter cette femme après avoir récupéré la clef, il aurait refusé tout net. Tuer un truand, un ennemi, pas de problème, cela fait partie du boulot, mais quelqu'un qu'il sait n'être coupable de rien, il ne le pourra jamais, enfin il espère, sauf si sa vie à lui en dépendait bien sûr.

Après tout, si elle dit oui, il pourra toujours raconter qu'il vient d'emménager et qu'il n'a pas encore reçu ses meubles. Qu'il revient de l'étranger et que ses meubles sont bloqués dans un container sur un quai quelconque. C'était tout à fait plausible.

- Merci, une autre fois peut-être.

Problème résolu ….

Elle rentre. Le brouillard qui embrumait son cerveau s'est dissipé. Boire un coup, oui c'est ça, se dit-elle, je vais boire un bon coup ! Jacky, la fidèle, ayant pensé à tout, une bouteille de vin rouge, épargnée par les vandales trônait sur le frigo. Une chance qu'ils ne l'aient pas bue ! Les verres n'avaient pas été brisés. Tout ce qui se trouvait en miettes au sol, étaient les objets pouvant cacher quelque chose. Les meubles avaient le plus souffert. La table de la cuisine, démantelée, celle du salon également, et le vieux guéridon trouvé aux puces, un coup de foudre lui aussi, n'existait plus. Quant au petit meuble bas, au buffet chinois et aux éléments suspendus n'en parlons plus.

Le verre lui fit plus de bien qu'elle ne l'imaginait. C'est comme si son énergie revenait d'un coup et avec son énergie, ses projets aussi étaient de retour.

Elle décide de s'attaquer en premier à la salle de bains. C'était la plus petite pièce et puis il fallait bien commencer par quelque chose. Un vrai bain ! Elle en rêvait depuis si longtemps. Le carrelage avait été enlevé par endroits, là où ça sonnait creux sûrement. Les meubles, vidés de leur linge de toilette dans la baignoire avaient des portes trop fines pour cacher ne serait-ce qu'une petite clé, ils étaient donc encore entiers et les portes fermaient. Les étagères étant directement posées contre le mur laqué, rien ne pouvait être dissimulé dans ou derrière ce meuble. Pas de saccage gratuit. Elle dirait presque merci aux saboteurs.

Après avoir mis le carrelage en tas dans un coin, elle passe une éponge imbibée de produit de nettoyage sur les étagères puis remet les serviettes à leur place. Elles attendront un peu pour passer au bain elles aussi. Son séjour en prison n'avait rien eu d'un séjour dans un cinq étoiles, elle n'avait plus les mêmes valeurs. Avant, elle ne se serait jamais servi de linge ayant été touché par des mains inconnues, mais ce soir, après son bain, elle aura ses serviettes sur la tête et autour de son corps sans aucun scrupule. Elle balaye le plus gros, puis passe l'aspirateur après avoir remis une poche, car lui aussi avait été visité. Ils n'avaient rien laissé au hasard ! C'est déjà mieux. Elle verrait demain pour les gravats, avec Jacky. Elle devait tout lui dire. Elle allait avoir besoin d'elle, même si elle aurait préféré ne pas la mêler à tout ça. Mais comment faire autrement … ?

Elle se dit que la chambre, avec son matelas éventré, trop lourd à bouger et le dressing attenant complètement chamboulé, démonté, pouvaient attendre. Heureusement que le sommier était fait de lattes, sinon il y serait passé lui aussi.

Après la salle de bain, le salon. Les coussins des deux canapés avaient eux aussi été éventrés, mais contrairement au matelas, ils n'étaient pas lourds donc faciles à replacer, et recouverts d'une couverture, les canapés retrouveraient un aspect presque normal. L'un d'eux fera un bon lit pour ce soir pensa-t-elle. Que de bons moments passés sur ces canapés. Raphaël avait préféré ça à des fauteuils. Il avait sa petite idée quant à leur utilité… Combien de fois s'étaient-ils écroulés dessus en rentrant, impatients de s'étreindre, de se retrouver nus l'un contre l'autre, nus l'un dans l'autre. Parfois ils n'avaient pas le temps de se déshabiller, débordés par le désir impérieux qui les possédait. Ils ne se lassaient pas de se caresser, de s'embrasser. Combien de temps cela aurait-il duré ? Deux ans d'amour fou c'était déjà un beau record. Elle avait survécu dix ans grâce aux souvenirs de cet amour, souvenirs faisant renaître des sensations dont elle avait besoin pour continuer à vivre. Si Raphaël était pour toujours dans son cœur, il était aussi pour toujours dans son corps.

Après tout, se disait Sabine, nous n'aurons pas connu la sournoise descente vers le train-train, l'ennui, l'indifférence. C'était peut-être mieux ainsi même si cela avait été atroce de le perdre.

La cuisine attendra un peu. Il faut juste qu'elle mange un morceau et pour ça, Jacky avait certainement fait le nécessaire. Jacky, Jacky, ma grande amie, se dit-elle, qu'est-ce que je serais devenue sans toi, sans ton soutien pendant ces années de galère.

Elle se fraye un chemin jusqu'au réfrigérateur qui est intact. La ou les personnes venues visiter l'appartement étaient tout de même assez intelligentes pour penser que de la nourriture fraîche dans un frigo ne pouvait pas dater de dix années, et donc qu'aucun objet caché depuis tout ce temps ne pouvait y être dissimulé, et dans le frigo, pas de cachettes possibles.

7

De l'autre côté du mur, le voisin ne quitte pas son poste d'observation. Il regarde Sabine s'agiter et attend patiemment. Il préfère la voir comme ça que dans l'état second de tout à l'heure. Il a quand même eu peur qu'elle se jette dans le vide. Il s'en est fallu de quelques secondes. Pour le moment, elle ne semble pas avoir encore récupéré quoi que ce soit. Elle trie, le verre par ici, le bois par-là, elle met d'un côté ce qui est récupérable, les objets auxquels elle tient, cassés mais qu'elle pourra recoller et d'un autre tout ce qu'elle doit jeter. L'homme s'étire dans son fauteuil et voudrait bien qu'elle s'arrête un peu, car il commence à avoir faim. De toute façon, se dit-il, même si elle trouve la « chose », elle ne pourra rien faire ce soir, et comme tout est enregistré, je peux aller manger tranquillement. La voyant se diriger vers sa cuisine, il n'hésite pas à faire de même.

Il part vers la sienne où son cuisinier ne l'attend pas et il sait que son repas sera une fois de plus réduit au minimum. Un plat préparé à chauffer dans le four micro-ondes. Heureusement, il est quand même sorti acheter du pain frais, un peu de fromage et quelques fruits, mais il n'a aucun ustensile pour cuisiner. Tout ça, c'est une question d'habitude. Chez lui ce n'est pas mieux, il est célibataire et fait très peu de cuisine, il préfère aller au restaurant dans lequel il a ses habitudes. Il se sert un verre de vin puis s'installe en attendant que son couscous soit chaud, demain midi, ce sera choucroute ou resto, selon les résultats des recherches.

8

Après avoir dîné, Sabine se remet à son travail de tri. En tirant un peu fort sur un morceau de bois accroché encore par une vis récalcitrante, la planche ayant cédé d'un coup est allée heurter la lampe centrale du plafond, la faisant se balancer d'avant en arrière. Un bref éclair attire alors son regard. Chaque fois que la lampe part en avant, quelque chose brille dans l'orifice d'aération de la cheminée, orifice protégé par une petite grille. Plus la lampe se balance, entraînée par son élan, plus Sabine repère ce qui est caché dans cette ouverture. Elle n'a plus de doute, elle est surveillée. Elle aurait dû s'y attendre suite à la découverte de l'état des lieux, mais elle n'avait pas encore suffisamment d'expérience pour tout ça … l'esprit pas suffisamment éveillé … ça viendra se dit-elle, ça viendra...

Durant les dix années qu'elle venait de passer en prison, il y avait d'abord eu sa période de zombi, période pendant laquelle toutes les autres filles l'avaient laissée tranquille puisqu'elle ne répondait à aucune attaque, qu'elle soit mentale ou physique. Elle leur faisait presque peur cette nana, avec ce masque figé, cette allure de fantôme. Elle mangeait machinalement, quand elle mangeait, se lavait de même, et se couchait quand on lui disait de le faire. Les gardiennes, un peu effrayées elles aussi ne lui adressaient pas la parole. Elles pensaient toutes que cette femme détruite finirait par y passer, elle maigrissait de jour en jour, comme si elle voulait disparaître. Elles avaient peur que tout le malheur qui écrasait cette femme soit contagieux et rejaillisse sur elles. Mais elles se trompaient, Sabine Galache n'était pas encore tout à fait morte. Cela s'était produit une nuit. Une petite lumière avait fini par s'allumer au fond de son cerveau engourdi. Alors qu'elle dormait profondément, elle fut surprise par un orgasme soudain, imprévu et violent. Il avait éclaté tout seul, comme ça, d'un coup ! Elle avait resserré ses jambes sur les spasmes de son sexe, des spasmes oubliés, trop forts, presque insupportables, qui l'avaient faite gémir, comme lorsqu'elle était dans les bras de son amant. Puis elle s'était mise à pleurer, à verser des litres de larmes qui n'attendaient que l'occasion de s'échapper. Le barrage venait de céder. Ses yeux qui ne voyaient plus rien depuis des mois, s'ouvraient à nouveau, comme si quelqu'un venait de tirer le store qui les occultait. Elle se réveillait, enfin, après des mois de coma. Pour elle, cette manifestation de ses sens était un signe, un signal que Raphaël lui envoyait. Il lui demandait de vivre. Il fallait qu'elle vive afin de trouver la vérité. Elle pensait qu'il était venu pour lui demander de faire justice, qu'elle le venge. C'est ainsi qu'elle avait traduit le message.

Après sa période de zombi, tout avait changé dans son comportement. Durant les années qui avaient suivies, elle s'était intéressée à ce qu'elle pouvait faire d'utile dans la prison. Puis elle s'était mise à étudier le droit, à creuser un peu plus l'informatique, même si dans le domaine elle avait déjà pas mal d'expérience, à faire du sport, principalement les sports de combat, ce qui n'avait pas été facile vu l'état dans lequel se trouvait son corps. Elle était très amaigrie, les muscles avaient disparus. Mais la force qui la poussait vers l'avant lui donnait l'énergie dont elle avait besoin. Grâce à l'expérience de quelques compagnes de galère, celles qui l'avaient vue ressusciter petit à petit, à qui elle s'était confiée, enfin ce qu'elle estimait pouvoir être dit, elle avait appris beaucoup de choses dont elle aurait besoin à sa sortie, pour son enquête, comme ouvrir des serrures sans clés, repérer des caméras de surveillance dans les magasins, dans la rue et toute chose suspecte, enfin tout ce qui était susceptible de lui être utile. Autour d'elle se trouvaient quelques spécialistes qui se révélèrent être de bons professeurs ...Elle ne savait pas si cet apprentissage lui serait utile à sa sortie mais au moins, elle serait prête en cas de besoin. Elle se fichait pas mal de son âge. Son seul et unique but était de venger Raphaël, de retrouver les commanditaires de son assassinat.

Au lieu des quinze ans, elle en avait fait dix, relaxée pour bonne conduite.

Sabine observe toujours le lustre qui fait la balançoire. Elle reste perplexe, elle ne peut pas aller vérifier si une caméra est bien présente, car si on la surveille, il faut qu'elle laisse croire qu'elle n'a rien vu. Elle calme le balancement de la lampe puis se remet au travail. Elle se dit que tout l'appartement devait être sous surveillance, donc il lui faudra être prudente dans ses recherches, ne rien laisser paraître si elle trouve la clé. Mais que peut-il y avoir de si important dans ce coffre pour que tout le monde soit à l'affût !!!

Elle est fatiguée et décide de se coucher. Il faut qu'elle prenne une douche. Elle a un moment d'hésitation en pensant que quelqu'un la regarde, puis se raisonne en pensant à ces années où elle n'a connu aucune intimité. Ils veulent tout voir, eh bien qu'ils voient, je m'en fous ! Elle va à la salle de bains, se déshabille et prend sa douche. Puis elle va chercher sa couette, et s'installe sur le canapé. Tant pis pour la housse, je la mettrai demain, se dit-elle, je n'ai pas le courage ce soir. Elle s'allonge, imagine Raphaël tout près d'elle et s'endort sans aucun problème.

9

Sabine Galache dort encore quand la sonnette de la porte d'entrée se met à vibrer impatiemment. Elle sort de son nid douillet et va regarder par l'œilleton. Qui vient la réveiller aussi sauvagement. Elle ouvre.

- Jacky !!! Qu'est-ce que tu fais là ?

- Je ne pouvais plus attendre ! Il fallait que je vienne voir mon amie chérie de retour dans ses meubles ! Alors ?!!! Tu me laisses entrer où tu me laisses dehors ???

Jacky pousse un peu son amie pour passer l'entrée, mais s'arrête net avec un,

- NOM DE DIEU !!! MAIS QU'EST-CE QUI S'EST PASSÉ ICI !!!!!

- Entre, je vais te raconter.

Jacky n'en finit pas de regarder autour d'elle, la main sur la bouche, les yeux exorbités, ne cessant de répéter,

- Oh mon Dieu, oh mon Dieu !!!! Mais il faut que tu appelles la police !

- Pas pour le moment, assieds-toi sur le canapé ma petite Jacky.

- Mais qu'est-ce qui s'est passé ? Une tornade subite et locale est passée par la fenêtre ?

- J'aurais préféré, mais ce n'est pas ça. Je pense que des personnes mal intentionnées sont venues chercher quelque chose. Une chose qu'ils n'ont pas trouvée. Mais en la cherchant, cette chose, ils ont tout saccagé.

- Et ta belle armoire chinoise ?

- Plus d'armoire chinoise.

- Mais ils cherchaient quoi, au juste ?

- Si je le savais, cela m'arrangerait, mais je ne suis au courant de rien. Et pourquoi chercher maintenant ? Ils ont eu dix ans pour le faire !

Sabine se sachant surveillée, ne voulait rien dire qui puisse la trahir, et surtout ne pas mettre son amie en danger. Tant qu'ils croyaient qu'elle ne savait rien, il ne pouvait pas lui faire de mal.

- Mais pourquoi tu ne veux pas appeler la police ?

- Parce que d'une part je sors de prison au cas où tu l'aurais oublié, et d'autre part, si Raphaël a caché quelque chose ici, je dois essayer de le trouver. Cela doit être bigrement important à voir les moyens déployés. Pour le moment, je dois jeter tout ce qui est foutu et remeubler cet appart. En attendant, je prendrais bien un bon petit déjeuner, avec des croissants tous frais, bien moelleux ! Je m'habille et on va au café du coin !

Elle veut emmener sa copine dehors afin de pouvoir parler sans témoins gênants. Et puis la pensée de croissants tout chauds n'était pas étrangère à sa décision. Elle va se rafraîchir dans la salle de bains, s'habille et rejoint son amie.

Elles sont de la même taille, elles ont la même corpulence et cela depuis toujours. Au lycée on les prenait pour deux frangines, deux fausses jumelles. Cela les amusait beaucoup et elles savaient en jouer. Jacky était plus brune, avec de jolis yeux noisette brillants de malice. Sabine avait la chevelure plus claire, genre blond vénitien et de grands yeux bleus qui attendrissaient le plus sévère des professeurs.

Jacky était en pantalon, Sabine avait remis celui qu'elle portait la veille, n'ayant pas eu le temps, ni le courage de chercher un autre vêtement dans le dressing par peur de l'odeur que ses vêtements aient pu prendre en dix ans et si elles étaient suivies, il fallait qu'elles aient le même style, tout ça en prévision des plans à venir de Sabine... Elles sortent.

10

Il y a un homme, à côté qui n'est plus du tout sûr du bien-fondé de sa mission mais pas vraiment décidé à abandonner.

-Allo ! Patron ! Ma première impression est qu'elle ne sait rien du tout. Raphaël n'a sans doute pas eu le temps ou pas voulu la prévenir qu'il détenait une bombe. En tout cas, quelqu'un a très peur que cette bombe lui éclate à la gueule ! Je vais rester sur place, au cas où elle aurait besoin d'être protégée. On a déjà perdu Raphaël, pas question qu'il lui arrive malheur à elle après ce qu'elle a vécu.

- Ok, tu restes sur place, mais sois très discret. Enfin tu fais comme d'hab. Dès que nous sommes certains qu'il n'y a rien à trouver et que les autres abandonnent aussi, tu rentres au bercail. Reste quand même prudent.

- Ok boss.

Il n'était pas question que Fred Beaupas abandonne son poste. Il ressentait comme un devoir d'être là pour la compagne de son ami, son ami mort depuis dix ans maintenant mais qu'il n'oubliait pas. Ils en avaient effectué des missions ensembles, de toutes sortes, mais la dernière attribuée à Raphaël avait sans aucun doute été la plus dangereuse. Il était seul au milieu d'une jungle hostile, il aurait été moins en danger parmi les bêtes sauvages. Dans cette mission, il avait dû passer au-dessus de beaucoup de ses principes, mais le jeu en valait la chandelle, sauf que ce n'était pas un jeu et qu'il était mort. Fred se consolait en pensant que sa mort avait été rapide. Elle aurait pu être beaucoup plus douloureuse si ses employeurs du moment avaient su ce que Raphaël cherchait vraiment. Il avait été découvert ou dénoncé et il fallait l'arrêter avant qu'il n'aille trop loin. Avait-il réussi à aller aussi loin que ses employeurs craignaient qu'il n'aille ? Ou bien avaient-ils réussi à le stopper avant ? D'un côté il pensait que non, et d'un autre côté, en voyant le saccage de l'appartement de Raphaël, il pensait que oui... Les jours à venir allaient être décisifs pour résoudre son dilemme.

Les deux femmes étaient sorties, il devait les suivre. Que pouvait-il faire de plus en restant assis chez lui. Il s'habille, met un chapeau et sort, essayant de ne pas perdre leur piste, mais en restant discret...

Il voit les deux femmes entrer dans un bar, et il décide de s'installer dans celui d'en face. C'est fou ce qu'il y a comme troquets dans Paris ! On n'y est pas prêt de mourir de soif !

Il s'installe près de la vitre qui donne sur la rue, afin de ne pas les perdre de vue, mais de façon à ce qu'elles ne le repèrent pas. Il ressent une drôle d'impression, l'impression qu'il n'est pas le seul dans ce bar à surveiller les deux amies. Il prend un journal et se cale dans son coin, l'air le plus anonyme possible.

Les deux femmes sont attablées, chacune devant un grand crème fumant, un croissant bien doré à la main, tel qu'en salivait Sabine depuis des années.

- Je vais te raconter quelque chose Jacky, mais ton visage doit rester le même, garde un air souriant.

- Ah bon ? C'est quoi ce délire ?

- Nous sommes probablement surveillées et personne ne doit comprendre de quoi nous parlons, donc je te parlerai le croissant près de ma bouche, tu sais comme font les joueurs de tennis quand ils jouent en double et tu feras de même afin que personne ne puisse lire sur nos lèvres de ce dont nous sommes en train de parler.

- Mais tu deviens parano ma chérie !

- Chut et écoute-moi. Si on a fouillé mon appartement, c'est parce qu'on y cherche quelque chose, et ce quelque chose, je sais où il est caché.

- Mais tout à l'heure tu m'as dit que tu ne savais rien !

- Le croissant, Jacky, le croissant !

- Ah oui, excuse-moi.

- Je t'ai dit ça parce-que j'ai repéré une caméra dans le salon et je suis sûre qu'il y en a d'autres.

- Nom de Dieu !

- Théoriquement, pour ta sécurité, tu ne dois rien savoir. Mais j'ai besoin de toi.

- Dis-moi tout. Je prends le risque.

- S'ils ont tué Raphaël, c'est que ces gens sont dangereux, et je ne veux pas que tu en fasses plus que ce que je te demande. Promets !

- D'accord chef ! Je promets.

- J'ai besoin que ton fils et quelques copains viennent sortir les gravats de chez moi.

- Pour ça pas de problème.

- Tout à l'heure, quand nous reviendrons, tu devras me demander ce que je compte faire du bois. Je te répondrai, rien du tout, je vais tout jeter, alors tu me demanderas si tu peux le récupérer comme bois à brûler pour ta cheminée, sachant que la mienne ne fonctionne pas bien.

- Mais elle marche très bien ta cheminée !

- Oui, mais ils ne le savent pas, et je dois chercher la chose qu'ils recherchent dans un des morceaux de bois, donc je dois le faire à l'abri des regards indiscrets …

- Oui oui oui…, je commence à comprendre. Quand veux-tu faire ça ?

- Je le ferais bien aujourd'hui, mais tu travailles.

- Est-ce que tu aurais oublié que nous sommes dimanche, et que le dimanche je ne travaille pas, ainsi que le lundi. Nous avons donc deux jours devant nous et plus si je demande à ma vendeuse de s'occuper du magasin ce qu'elle fera sans aucune réticence.

Jacky tenait un magasin d'objets de déco depuis sa sortie de fac. Elle avait le nez creux pour deviner à l'avance ce qui serait à la mode. Elle fabriquait aussi des bijoux très originaux qu'elle n'avait aucun mal à vendre. Elle était débordante d'idées et avait le commerce dans la peau.

Les deux femmes sont de retour dans l'appartement de Sabine et le voisin a lui aussi retrouvé le sien, toutefois sans les suivre de trop près afin de vérifier si ses soupçons se confirmaient. Ceux-ci s'avérèrent bien réels. Il n'était pas le seul à les suivre. Il s'était dissimulé sous un porche et avait attendu. C'est là qu'il avait repéré un suiveur, lequel, arrivé devant l'immeuble de Sabine Galache, était monté dans une voiture aux vitres teintées, garée tout près. Impossible de savoir si cet homme était seul ou accompagné ...Par mesure de précaution et afin de ne pas se faire repérer, Fred Beaupas avait fait le tour du bâtiment et était entré par une porte latérale, utilisée seulement par la personne s'occupant des poubelles.

Le voilà de nouveau installé devant son écran, tout en étant vigilant à tout bruit non habituel qui se ferait entendre. Si l'autre débarquait, il serait là lui aussi.

Sabine s'adresse avec tout le naturel possible à Jacky.

- Jacky, est-ce que ton fils avec deux ou trois copains pourrait m'aider à déblayer tout ce bazar.

- Comme je te l'ai dit au bar, pas de problème. Pour l'instant il doit dormir encore, je ne sais pas à quel heure il est rentré de boite, mais sûrement très tard ou plutôt tôt ce matin, mais dès qu'il sera réveillé, je lui en parle. Tout ce bois, tu ne veux pas le garder pour ta cheminée ?

-Elle ne fonctionne pas bien, elle fume. Elle est là juste pour le décor.

- Alors si tu n'y vois pas d'inconvénient, je le garde pour la mienne. Mais ça me fait mal au cœur de brûler ton armoire chinoise. Tu pourrais faire un autre meuble avec les portes, ce ne sera pas ton armoire, mais on peut faire quelque chose de très joli !

- Si tu as une idée, je te laisse faire. Tu as raison, on peut sûrement récupérer des morceaux de bois. La table aussi peut-être.

- Écoute, j'ai un copain ébéniste, je lui donne tout ça et nous verrons ce qu'il peut en tirer. En attendant il y a des sacs poubelles dans la cuisine, des grands, que j'avais apportés pour que tu fasses le tri des vêtements de Raphaël. Comme tu ne voulais pas qu'on y touche ...Nous pouvons déjà mettre dedans tout ce qui est cassé.

Les vêtements de Raphaël... Jacky n'avait pas voulu faire quoi que ce soit tant que son amie n'était pas en état de décider. Mais une fois sortie de son état comateux, Sabine avait refusé qu'elle les jette ou les donne. Se séparer des vêtements de Raphaël aurait été le perdre une seconde fois. Elle se disait que si elle se sortait de ce pétrin, de les toucher ce serait le retrouver encore un peu. Jacky avait donc seulement lavé et rangé ce qui se trouvait dans le panier à linge. Au bout de dix ans, Sabine ne se faisait pas d'illusions quant à un éventuel reste d'odeur. Un parfum ne résiste pas aussi longtemps, mis à part la lavande ou bien la naphtaline des armoires de nos grands-mères.

N'ayant pas pu pleurer sur sa dépouille et ainsi faire son deuil, elle avait besoin de retrouver des choses qu'il avait portées, de les serrer contre elle, de pleurer sur elles.

Dans le dressing, tout était en vrac sur le sol, ses vêtements à elle mêlés à ceux de Raphaël. Il fallait commencer par trier tout ça.

- Si cela ne t'ennuie pas, je voudrais ranger le dressing afin de retrouver mes affaires et je voudrais rester seule pour le faire.

- Mais bien sûr, je comprends très bien.

- Mais toi, prends des gants pour ramasser les débris, tu pourrais te couper. J'en avais toujours en réserve dans le placard de l'entrée. Ils doivent être par terre eux aussi.

- Je vais les trouver, ne t'inquiète pas pour moi. Va ma chérie. Prends ton temps.

Jacky la fine mouche avait bien compris pourquoi son amie avait besoin de s'isoler un peu. Tout n'était pas encore réglé pour elle. Dix ans d'enfermement, ce sont dix ans durant lesquels on ne vit plus sa vie, on ne vit plus non plus dans celle des autres, on reste spectateur, et de loin. Tout est à refaire ...Il faut repartir du début...et le début, pour elle, c'était la mort de Raphaël. Tant qu'elle n'aurait pas pleuré tout son soûl sur le lieu, l'image, tous les souvenirs de ce jour maudit, rien ne serait totalement réglé. Il fallait que cela se fasse.

Chacune était affairée de son côté quand le téléphone se mit à sonner. Jacky étant la plus près décroche.

- Allo ? Oui bien sûr, je l'appelle, ne quittez pas. Sabine, téléphone pour toi !

Sabine répondit la voix un peu éteinte,

- Oui, merci, je prends l'appel dans ma chambre.

D'avoir mis le nez dans les souvenirs éparpillés à ses pieds avaient été une rude épreuve pour Sabine. Au début de son tri, elle n'arrivait pas à se séparer des vêtements de Raphaël qu'elle touchait. Le pull qu'il portait le jour de leur rencontre, les chaussettes rouges qu'elle lui avait achetées lors d'un voyage en Hollande, le costume qu'il aimait porter. Chacun lui parlait et lui racontait une histoire. Elle avait même réussi à rire en retrouvant la chemise colorée qu'il ne mettait jamais mais dont il ne pouvait pas se séparer, cadeau d'université d'un copain africain. Mais elle s'était raisonnée et avait fini par faire un tas pour lui et un tas pour elle. Il ne fallait pas qu'elle retombe dans sa nostalgie. Elle avait mieux à faire. Le grand sac poubelle attendait son chargement et il fut bientôt débordant des vêtements de Raphaël. Il en fallut un deuxième, dans lequel s'ajouteraient tous ceux qu'elle ne souhaitait plus porter. Elle décroche.

- Oui, allo ? Ah ma chérie comme je suis contente de t'entendre. Oui, d'accord, je te rejoins. À tout de suite.

Jacky toujours curieuse demande,

- Alors, c'était qui ?

- C'était Élise, ma fille, elle me demandait si je voulais déjeuner avec elle et j'ai dit oui. Ça ne t'ennuie pas ma petite Jacky ?

- Bien sûr que non, je suis contente pour toi. Je vais continuer un peu et ensuite, j'appelle les garçons !

- Attends que je sois de retour pour tout emporter.

- Pas de souci ! De toute façon, le temps qu'ils émergent …

11

Le voisin ne juge pas utile de suivre Sabine. La discussion avec sa fille ne peut être que d'ordre sentimental et ne présente donc pas beaucoup d'intérêt pour lui. Ce qui l'intéresse pour le moment, ce sont les recherches concernant la voiture garée dans la rue, tout près de l'immeuble. Avec les numéros, ses collègues se sont mis au travail tout de suite, et il attend la réponse à ses questions. Qui est à l'origine du saccage, qui est le commanditaire du travail ???

Par contre, l'homme en surveillance dans sa voiture, dès qu'il voit Sabine sortir de l'immeuble, se met tout de suite en route. Ses patrons ne veulent perdre aucun moment de la vie à l'extérieur de Sabine Galache et ils lui ont ordonné de la suivre partout où elle irait. Donc, il la suit.

Sabine voit une jeune femme qui l'attend devant le restaurant. Elle gardait l'image d'une toute jeune femme de vingt-quatre ans et elle a devant elle une femme de trente-six ans. Elle se sent intimidée. Elle a presque envie de fuir, mais un geste et un appel la font courir vers cette femme, sa fille.

Après un court moment de retenue, les voilà dans les bras l'une de l'autre, riant, pleurant, heureuses. Elles entrent dans la brasserie et l'homme les voit parler, tour à tour, sans arrêts, elles pleurent, elles rient. Il pense qu'il n'y a rien qui peut l'intéresser dans ces retrouvailles mère-fille, il décide donc de retourner à sa voiture. Cette voiture est un véritable bureau : téléphone, ordinateur, appareil photos, tableau avec les photos de tous les proches de Sabine Galache. Il peut même y manger, dormir, c'est sa résidence secondaire. Il fait tout de suite un compte rendu de sa filature. Ses employeurs trouvent très intéressant que la fille renoue avec la mère. Cela peut s'avérer utile, un bon moyen de pression ...Il y a bien la copine, mais un enfant c'est encore mieux ...

Sabine est de retour à son immeuble, au même moment arrivent le fils de Jacky et ses copains. Après s'être embrassés, ils montent ensemble.
Le fils de Jacky est beaucoup plus jeune que les enfants de Sabine. Un amour tardif, un cadeau de la vie puis la note à payer. Enfin c'est comme ça que Jacky décrivait cet épisode de sa vie. Elle avait eu pas mal d'aventures, mais rien qui lui ait donné

envie de se fixer. Elle disait que les enfants de son amie lui suffisaient.

À trente-huit ans, lors d'un voyage, elle avait fait la connaissance du pilote de l'avion qui l'emmenait vers le Mexique, et boum, crash dans sa vie. Deux ans plus tard, naissance de Victor et malheureusement, quatre ans plus tard, crash, cette fois de l'avion et plus de pilote. Jacky avait eu quelques mois difficiles, heureuse d'avoir Sabine comme réconfort et Victor aussi bien sûr, mais comme elle et son compagnon étaient souvent séparés, qu'ils ne voulaient pas d'une vie plan-plan, Jacky n'avaient pas les mêmes souvenirs de sa vie de couple que Sabine. Elle avait repris assez vite une vie normale, trouvant, retrouvant des compagnons de passage. Mais elle ne souhaitait plus retrouver de liaison stable et durable, preuve qu'elle avait quand même bien souffert de la perte de cet amour...

- Coucou, c'est nous !!! J'ai trouvé les garçons sur ma route !

En un temps record avec tous ces bras jeunes et musclés, les sacs et le bois sont chargés dans la camionnette de Jacky, véhicule prévu pour ses approvisionnements. Pour les gros objets, elle se faisait livrer, mais pour le reste, elle se chargeait du transport. Elle descendait fréquemment dans le midi, allait souvent en Italie pour récupérer des objets fragiles qu'elle voulait être sûre de voir arriver entiers dans sa boutique.

Avec le chargement de bois, il y avait aussi les sacs contenant les vêtements de Raphaël. Sabine, après avoir hésité, s'était décidée à tourner la page. Elle avait juste gardé deux grands pulls qu'elle aimait bien porter, quelques tee-shirts, une chemise blanche et une écharpe qui étonnamment avait gardé une trace de l'odeur du parfum de Raphaël. Elle se l'était tout de suite mise autour du cou. Il y avait aussi quelques vêtements à elle dont elle ne voulait plus. Le reste de sa garde-robe ferait très bien l'affaire. Elle avait largement de quoi s'habiller.

La boutique de Jacky et son logement se trouvaient dans le quatorzième, pas très loin de la station de métro Alésia. Autant dire au bout du monde, surtout un dimanche soir, retour de week-end des parisiens. Jacky et Sabine ayant pris le métro arrivent bien avant les garçons et s'installent dans le salon, un verre de vin d'Alsace à la main.

Le logement dans lequel vivait Jacky et son fils était comme une vieille maison au fond d'une cour pavée et arborée. La campagne à paris. C'était une ancienne halte de fiacre, et la maison était un hôtel qui avait été partagé en plusieurs appartements. Elle avait gardé tout son charme d'antan. Habiter dans ces lieux était un vrai dépaysement, ramenant à une époque ancienne et disparue.

- Qu'est-ce que c'est joli chez toi ! C'est tout toi, chaleureux, accueillant. J'avais presque oublié comment c'était, ou alors tu as peut-être changé des choses ? Non ?
- Quelques-unes, oui, tu me connais, j'aime le changement ! Et puis en dix ans ...je ne voudrais pas dire !!! Tu m'as quand même abandonnée pendant dix longues années !
Un « ah..ah..ah... » grave et ironique est émis par Sabine.
- Je reconnais bien là ton humour !!! Mais ça me fait du bien ! J'ai besoin de relativiser tout ça, de dédramatiser surtout. Le drame il est derrière moi et je dois aller de l'avant. Pour ça j'ai besoin de toute mon énergie, d'une énergie forte et positive. Et pour la récupérer cette énergie, j'ai bien besoin

de la tienne ! Alors redeviens avec moi comme avant, ne prends pas de gants, bouscule-moi !
Je veux devenir comme toi et moins m'attacher aux choses. Je souffrirai moins !

L'homme toujours installé dans sa voiture assistait au chargement de tous les sacs de détritus. Il avait vu les deux femmes partir, mais il avait décidé de suivre la camionnette. Il était certain de retrouver tout le monde à l'arrivée. Un dimanche, tout étant fermé, les sacs ne pouvaient pas être jetés. Mais justement, pourquoi les trimbaler ces sacs puisque aujourd'hui on ne pouvait rien en faire … il suffisait d'attendre le jour des encombrants …
Donc, se garer près du domicile de Jacky Sémore et voir ce qui allait se passer …

Les garçons arrivent et déchargent la camionnette. Tout est déposé dans la cour. Sabine leur demande de mettre tout le bois dans la réserve de Jacky et de laisser les sacs dehors. Il lui faut reconstituer les meubles afin de retrouver le morceau de bois où est cachée la clé. Elle ne leur dit rien de plus afin qu'ils en sachent le moins possible. Elle n'avait qu'une hâte, celle de se mettre à chercher. Elle avait sa petite idée quant au morceau susceptible d'être la cachette, mais chez elle, avec la caméra espion, impossible de faire quoi que ce soit. Il fallait maintenant le retrouver au milieu de tous les autres ce petit morceau de bois. Donc patienter jusqu'à ce que les jeunes soient partis, ce qu'ils ne devraient pas tarder à faire ayant rendez-vous avec d'autres amis.

Sabine est ravie de leurs projets, car elle ne peut plus attendre. Il lui faut cette clé afin qu'elle puisse aller à la banque dès demain lundi. Dès qu'elle avait su quand elle allait être libérée, elle s'était renseignée sur les jours et heures d'ouverture de cette banque pensant récupérer la clé là où elle la savait cachée, pas perdue dans un tas de bois ….

Elle est impatiente. Il faut qu'elle sache pourquoi Raphaël est mort.

Jacky appelle par la fenêtre,

- Sabine, tu restes ici ce soir.

C'était plus une affirmation qu'une question.

- Il fait nuit, tu vas te retrouver toute seule … et moi aussi. C'est dit, je fais ton lit.

- Donc si je comprends bien, je n'ai pas le choix ? Attends-moi ! Je vais t'aider ! J'arrive !

- Mais non, cherche plutôt ton bout de bois !

- Ok !

Sabine est satisfaite. Elle n'attendait pas d'autre réponse et elle retourne dans la réserve sans perdre plus de temps maintenant qu'il n'y a plus personne pour gêner sa recherche.

Méticuleusement, elle prend les morceaux un par un, privilégiant les plus petits car ce qu'elle recherche, c'est la partie d'un tiroir. Elle met de côté ceux qu'elle aimerait bien récupérer, pour essayer d'en refaire quelque chose. La couleur d'une petite planche, un peu plus foncée que les autres attire son regard. Il doit y en avoir une autre comme celle-là. Voilà la deuxième. Son cœur bat un peu plus vite. Elle sent une chaleur humide lui couvrir le front. Elle les regarde l'une après l'autre attentivement et finit par repérer sur chacune, au même endroit, l'éventuelle cachette de la clé. Raphaël avait effectué un travail d'artiste. Impossible de détecter le moindre défaut sur une des planches. Il avait créé exactement le même schéma sur les deux morceaux afin qu'une disparité n'attire pas le regard.

Il lui faut un petit outil. Elle trouve sans problème ce qu'il lui faut et commence à attaquer le bois. La lamelle est très fortement collée et résiste à ses assauts. Elle cède. C'est le bon tiroir. La clé est là.

Fred Beaupas attend le retour de sa voisine. Mais il se fait tard et elle n'est toujours pas rentrée et la voiture du suiveur n'est plus là. Si celui-ci ne revient pas, c'est qu'elle est toujours là-bas, chez son amie Jacky et il est fort probable qu'elle ne rentrera pas ce soir. Il faut donc que demain matin très tôt il soit lui aussi en poste à Alésia. Il ressent une petite excitation intérieure, un signe chez lui qui veut dire, attention, ça va bouger. C'est chaque fois pareil. Certains ont une petite voix intérieure, lui, c'est une émotion particulière. Il prépare ce dont il aura besoin dans un sac à dos. Jumelles, appareil photos, micro-espion etc…

Sabine Galache s'assoit sur le sol et regarde cette fichue clé, se demandant bien ce qu'elle dissimule et pourquoi des gens sont si intéressés de le découvrir. Pourquoi Raphaël ne lui a t-il pas dit tout de suite de quoi il s'agissait … Pourquoi tous ces secrets … Des secrets qui lui ont fait perdre son compagnon et dix ans de sa vie, car elle est maintenant certaine que tout est lié.

- Jacky ! Ça y est, je l'ai trouvée. Dès demain je file à la banque. Je vais encore avoir besoin de toi.

J'espère seulement que ce ne sera pas dangereux. Je suis surveillée, à la maison et dehors aussi. J'ai repéré une voiture aux vitres teintées qui squatte dans mon quartier. Cette clé a l'air d'intéresser du monde. Voilà ce que nous allons faire, tu vas mettre mes vêtements, et moi je vais mettre les tiens. Tu prendras un taxi que nous aurons commandé, moi je vérifierai, en évitant de me faire voir, si une voiture démarre derrière le taxi, là, je t'appelle pour te prévenir, que tu sois sur tes gardes, et moi je prends un autre taxi pour aller à la banque.

- Je veux bien être toi, mais les cheveux …

- Nous mettrons des chapeaux. Avec cette température, rien de suspect à se mettre un truc sur la tête. Demain matin, j'irai acheter des croissants pour le petit dèj', avec les vêtements que tu portes aujourd'hui. Je mettrai un bonnet. Tu as bien deux bonnets ou deux chapeaux ?

- Oui oui, pas de problèmes, nous cacherons ces vilains cheveux !

12

Lundi. Enfin. C'est aujourd'hui que je vais savoir. Je suis très énervée. Je me lève, me lave, m'habille avec le pantalon et le blouson de Jacky, un chapeau-bonnet qui revient un peu sur le front, dissimulant mon visage. Je sors et inspecte discrètement les environs. Je ne m'étais pas trompée. La voiture aux vitres teintées est garée un peu plus loin. Je pars dans l'autre sens.

Le pisteur regarde la femme qui vient de sortir de l'impasse mais ne bouge pas. Il est très tôt et ce n'est pas cette femme qui l'intéresse. Il se réenfouit dans son duvet, mais il ne doit pas s'endormir.

Fred Beaupas arrive dans le quartier et cherche une place pour se garer. Pas facile dans le coin. En attendant de trouver mieux, il se met devant une sortie de garage d'où il pourra bouger en cas de besoin et dès qu'une place se libèrera, il sera le premier sur les rangs. Il voit lui aussi sortir une femme, mais à cette heure-ci, elle ne peut pas aller bien loin. Il pense avoir reconnu Jacky Semore.

Sabine revient avec ses croissants tous chauds. D'avoir repéré la voiture l'a rendu encore plus fébrile. Elle a peur pour Jacky. Pourvu qu'il ne lui arrive rien.

Elle n'a pas peur de ce qui pourrait lui arriver, à elle, mais qu'ils fassent du mal à son amie, elle ne se le pardonnerait pas.

- Jacky ! Me revoilà ! Les croissants sont arrivés et le café est chaud !

- Me voici, me voilà ! Ce n'est pas souvent que je suis réveillée avec cette bonne odeur ! La dernière fois, c'était ...avec mon dernier Jules ! Qu'est-ce qu'il était gentil celui-là ! Un peu trop gentil d'ailleurs, il a fini par m'agacer !

- Ce que tu es difficile ! Toi, il te faut un mec, à condition qu'il ne soit pas souvent là.

- C'est tout à fait ça ! C'est pour cela que le père de Victor était l'homme parfait pour moi. Amoureux, mais souvent absent. C'était la fiesta à chacun de ses retours. Bon, ne parlons plus de tout ça, sinon nous finirons en larmes dans les bras l'une de l'autre.

- Bien d'accord avec toi. En allant chercher les croissants, j'ai repéré une voiture que j'avais déjà vue. Si elle démarre derrière le taxi, surtout ne fais pas de zèle. Tu fais un tour, histoire de promener le suiveur, et ensuite, tu rentres directement, et tu t'enfermes chez toi, sans répondre à un seul coup de sonnette. On ne sait jamais …

- Bien chef !

- Tu rigoles, mais ces gens sont probablement très dangereux, et j'aurais préféré ne pas te mêler à tout ça. Mais toute seule, je n'y arriverai pas.

-Je te promets d'être très prudente. Et puis Victor va rentrer de chez sa copine, il a une commande à aller chercher pour le magasin.

Victor avait fait des études de commerce, marketing, et il entendait bien prendre la succession de sa mère. Il avait le projet d'ouvrir plusieurs magasins dans Paris et la banlieue et en attendant, il profitait de l'expérience de sa chère maman, ce qui lui était très profitable. Tout n'était pas enseigné dans les écoles.

Elles petit-déjeunent puis se préparent.

- C'est le moment Jacky. On y va.

- Je suis prête. Regarde comme je suis mignonne avec ce beau chapeau casquette !

- Surtout, ne fais aucun geste intempestif qui pourrait les alerter. Et ne regarde pas en arrière vers cette voiture. Il ne faut pas qu'ils soupçonnent que nous les avons découverts.

-Ne t'inquiète pas. Je vais rester très sérieuse. Et puis arrête avec tes mises en garde, tu vas finir par me faire peur !

Jacky attend le taxi sur le trottoir, Sabine est tapie derrière un poteau. Le taxi arrive, Jacky monte et s'en va. Aussitôt la voiture espion démarre elle aussi. Sabine s'apprêtait à sortir de sa cachette quand une deuxième voiture se met à suivre elle aussi le taxi. Et dans ce taxi, Sabine croit reconnaître le visage de l'homme installé au volant. Elle se demande où elle l'a déjà vu. Elle n'a pas vu grand monde depuis sa sortie de prison, à part Victor et ses copains. Ça y est ! Cet homme, c'est le voisin entraperçu par le petit espace de la porte et sur la terrasse. Mais qu'est-ce qu'il fait là lui aussi ... !!!! Il y en a combien à la suivre !!!!

Elle a presque peur de sortir. Ils sont peut-être une armée dehors .... Il faut pourtant qu'elle aille dans cette banque. Elle se dit qu'elle va faire tourner son taxi un moment avant de gagner l'établissement.

Le taxi est là. Elle monte et demande au chauffeur d'aller où bon lui semble pour le moment, qu'elle lui donnerait la destination un peu plus tard. Elle prétexte un amant jaloux. La voilà partie pour découvrir ce qu'elle pense être la clé de tout.

Après avoir tourné un moment, Sabine indique l'adresse de la banque située dans le treizième. Raphaël avait choisi ce quartier pour son intense activité, une population abondante toujours en mouvement, dans laquelle on pouvait aisément se dissimuler.

Ils sont arrivés. Elle entre dans l'établissement et se dirige vers le guichet le plus à l'écart. Elle décline son identité et demande l'accès à son coffre.

Un homme arrive et l'accompagne. Ils descendent en ascenseur dans les sous-sols de la banque. L'homme lui donne le coffre, lui demande si elle a la clé. Elle lui montre. Il s'éclipse. Les battements de son cœur sont au maximum. Elle se demande si ce cœur qui a tant souffert va pouvoir résister. Elle respire un grand coup. Elle place la clé. Elle tourne la clé. Un clic, le coffre est ouvert. Elle soulève le couvercle avec appréhension. Elle regarde le contenu. De l'argent, des papiers, une enveloppe à son nom, et des passeports. Un des passeports est aux noms de monsieur et madame Jacquier. Elle reconnaît la photo qu'il avait prise d'elle, avec des lentilles couleur noisette sur les yeux, une perruque brune et longue au cas où, lui avait-il dit, il leur aurait fallu partir incognito. Deux autres passeports, dont elle n'avait pas entendu parler avaient des noms différents, mais sa photo représentait sa physionomie actuelle moins dix ans.

Mais qu'est-ce qu'il pouvait bien faire mon Raphaël se demande-t-elle. Pourquoi aurions-nous dû fuir, et pourquoi sous une autre identité ? Mais elle aurait tout accepté de cet homme et elle ne lui avait posé aucune question au moment de la photo, ni questionné sur les raisons d'un éventuel départ.

Elle déplie une grande page sur laquelle s'affichent des noms, des adresses, des chiffres. Elle parcourt la liste des noms. Certains ne lui sont pas inconnus. Elle retarde le moment d'ouvrir la lettre, elle traîne le plus qu'elle peut. Elle sait qu'elle va retrouver un Raphaël vivant et l'épreuve à venir lui semble terrible.

Elle s'assoit et se décide. Elle déchire l'enveloppe. Dès les premiers mots les larmes sont là, et Raphaël aussi.

" *Ma petite vieille adorée,*"

Rien que ces quatre mots et de ses yeux déborde une déferlante, elle a du mal à étouffer les cris de son chagrin. Il adorait la faire bisquer en l'appelant sa petite vieille adorée. Est-ce qu'il l'aurait encore appelée ainsi, dix ans après … ? Elle s'apaise et continue.

Si tu es là, sans moi, face à ce coffre, c'est que j'aurai été victime d'un accident fatal, soit naturel, soit le résultat d'un règlement de compte émanant de personnes auxquelles je ne voulais pas que tu sois confrontée. Je voulais te garder loin de tout ça, loin de ma vie dont tu ne savais rien. Malheureusement tu vas te retrouver, malgré toi, mêlée à cette vie dont je ne fais plus partie au moment où tu lis cette lettre, très certainement à cause du contenu de ce coffre. Dans ce coffre, il y a une clé USB et une enveloppe contenant des noms, et des numéros. Ce sont des numéros de compte à l'étranger de personnes très en vue. Il y a également une liste de personnes assassinées ou disparues avec les noms des commanditaires à côté de chacun des noms, ainsi que des révélations de trafics en tout genre, des trafics dont profitent des gens au-dessus de tout soupçon. Tout cela, c'est de la dynamite. Tout est enregistré sur la clé USB.

Contrairement à ce que je t'avais laissé penser, je ne faisais pas partie de la pègre que je fréquentais.

J'étais un agent infiltré, un espion, en mission, et j'ai découvert bien plus que ce que je cherchais, trop sans doute… Il ne fallait pas que tu saches. Pardon mon amour. Combien de fois j'aurais aimé t'en parler, te dire que je n'étais pas un malfrat, mais je savais que ces aveux te mettraient en danger. Le fait que tu acceptes l'idée que j'étais un truand et que tu restes avec moi malgré tout me confortait sur la sincérité de ton amour. Dans notre métier, il est fortement déconseillé de s'attacher, d'avoir une famille, je n'aurais jamais dû t'entraîner dans cet enfer, mais tu ne peux savoir à quel point je t'aimais, et je n'ai pas envisagé une seconde, égoïstement, de me séparer de toi. Tu es la plus belle rencontre de ma vie et je suis le plus heureux des hommes d'avoir vécu avec toi ces années de bonheur, deux, au moment où j'écris cette lettre, même si j'aurais préféré t'accompagner jusqu'à la fin de ta vie ou de la mienne.

Il est vrai que vu ton âge, tu serais morte avant moi bien sûr ! Je rigole mon amour ! Tu sais combien j'adorais te railler sur cette différence d'âges que tu avais du mal à accepter. Moi, je m'en fichais complètement.

Je ne voudrais pas déjà te quitter, mais je dois repartir. Personne ne sait pour le coffre mais soit très prudente !!! Après ma disparition, des amis et des ennemis vont peut-être essayer de prendre contact avec toi. Ni les uns ni les autres ne savent ce que j'ai en ma possession, ni si je détiens des documents importants ... Tu peux tout détruire si tu veux ou bien tout dévoiler afin que les salauds payent...Si tu supprimes ces documents, malheureusement je ne pense pas que cela empêche ces gens de les rechercher s'ils ont un doute. Je me sens menacé. De quelle façon ont-ils su que je les espionnais, je n'en sais rien. L'argent ou d'autres moyens beaucoup moins agréables font ouvrir bien des bouches ...En tout cas, je n'aurai pas eu le temps d'étaler l'affaire sur la place publique, sinon, je serais encore avec toi mon amour. Pour ta sécurité, le mieux est de tout révéler au grand jour. Mais fais comme tu le sens. Je te le redis, sois très, très prudente, ces gens sont influents et dangereux. Si quelqu'un t'agresse pour avoir cette liste, tu la lui donnes sans lutter, mais tu gardes la clé et tu la remets seulement à quelqu'un de sûr, pourquoi pas à un journaliste d'investigation ou quelqu'un dans le genre. Méfie-toi, ces gens ont des complices dans la police, dans *la magistrature et dans le monde politique. Ils s'auto-protègent. J'espère qu'ils ne te feront aucun mal. Pardonne-moi encore une fois de t'avoir mêlée à tout ça.*

Je t'aime, je t'aime, je t'aime ma petite vieille adorée, je ne te quitterai jamais, je te surveillerai de là-haut. Je t'embrasse encore une fois.

Surtout, continue à vivre ... pour moi.

Ton Rapha pour la vie."

Elle tremble de tout son corps. Elle embrasse le papier touché par les mains de celui qu'elle aime encore de tout son cœur. Loin de l'oublier, Raphaël était un peu moins présent au cours des dix années passées. Mais le retour dans l'appartement, la clé, le coffre, la lettre ont fait ressurgir le passé en peu de temps. Se rendant compte qu'elle mouille le papier de ses larmes, elle l'éloigne de son visage, essuie ses yeux, mais n'arrive pas à tarir cette fontaine.

On frappe à la porte de la petite pièce où elle est installée.

- Tout va bien madame ?

Elle se remet un peu.

-Oui, merci. Je viens de retrouver des souvenirs et j'ai besoin d'un peu de temps encore.

- Prenez tout votre temps. Appelez-moi si vous avez besoin de quelque chose.

- Je n'y manquerai pas.

Il faut vraiment qu'elle se reprenne. Qui a parlé dans l'entourage de Raphaël ? Quelqu'un qui le surveillait lui aussi ? Quelqu'un qui l'aurait surpris fouillant un peu trop et qui aurait mouchardé ? Elle doit quitter cette banque. Elle range l'argent et la lettre dans son sac, remet les papiers compromettants dans le coffre et cache la clé USB dans un des bonnets de son soutien-gorge. Elle appelle la personne attendant derrière la porte. Le coffre est remis à sa place, la clé dans son sac puis elle quitte le quartier après avoir hélé un taxi. Dans le taxi, elle retire la clé du coffre de son sac, on n'est jamais trop prudent, et la met dans l'autre bonnet de son soutien-gorge. Heureusement, ce n'était pas une grosse clé. Raphaël avait dû choisir la banque en conséquence afin de pouvoir dissimuler cette clé plus aisément. Il n'avait sûrement pas prévu qu'elle finirait dans un soutien-gorge ... Quoique ...

Jacky obéissant aux directives de Sabine avait demandé à son chauffeur d'aller du côté de Clichy. Puis, direction porte de la Chapelle, ensuite le quartier de Montmartre, là où la circulation est particulièrement dense et fin de la balade, descente du taxi avenue Rochechouart. Si après tout ça le pisteur avait réussi à la suivre, chapeau !

Le pisteur étant un professionnel de la traque, il n'avait pas eu trop de mal à suivre le taxi. Mais il se demandait où Sabine Galache avait l'intention d'aller ...quand il l'avait vue descendre du côté de Rochechouard, il savait que pour lui, c'était fini, car comment se garer dans ce quartier ! Enfin, c'était déjà un petit indice... mais il se demandait pourquoi elle avait fait un si grand détour ... ? Ça, c'était louche ...À moins que ... À moins que la femme dans le taxi ne soit pas Sabine Galache !!!

- Merde, se met-il à crier, en tapant sur son volant, merde, merde et remerde !!! Je me suis fait avoir comme un bleu ! C'est la copine que je viens de suivre ! Pendant que l'autre est partie je ne sais où !

Dans l'autre voiture, Fred Beaupas était arrivé à la même conclusion. Cela compliquait beaucoup les choses, car cela voulait dire que Sabine Galache, un, avait sûrement quelque chose en sa possession, deux, maintenant elle savait, trois que les autres étaient très certainement au courant eux aussi et quatre qu'elle était donc en grand danger.

Sabine est de retour chez son amie. Cette dernière l'attendait avec impatience et fébrilité, curieuse de savoir enfin ce que contenait ce coffre. Sabine avait décidé de ne rien lui dire, afin de ne pas la mettre en danger. Elle lui parlerait juste de l'argent et de la lettre. Jacky fut très déçue du résultat des opérations.

- Alors tout ça pour ça ?

- Je suis très déçue moi aussi, je croyais découvrir pourquoi Raphaël avait été tué.

- Alors à quoi ça rime tous ces secrets ! Non, non, ma fille, tu ne me feras pas gober cette salade ! Une clé aussi bien cachée, pour une lettre et du fric ! Je n'y crois pas une seconde ! Alors maintenant, tu vas me dire de quoi il s'agit !!! Et tout de suite. Je ne te libèrerai pas tant que tu n'auras pas avoué !

Après un gros soupir voulant dire, je baisse les bras, Sabine se mit à tout raconter, un peu soulagée de partager ses lourds secrets.

- Quel bordel !!!! Jacky n'en revenait pas que Raphaël ait été un espion, mais cette révélation lui plaisait bien. Elle estimait beaucoup le compagnon de sa copine, mais elle avait du mal à accepter que ce soit un truand.

- Comme tu dis, quel bordel ! Je ne veux pas qu'on te fasse des misères, alors, on ne sait jamais, si quelqu'un te demande quelque chose, fait l'idiote, dis que tu ne sais rien, que tu as fait tout ça parceque je suis ton amie et que je te l'ai demandé, mais que tu n'es au courant de rien ! Promets !

- Je te promets que je ne sais rien de rien. Ça te va comme ça ?

- Ne rigole pas. Je crois que c'est très grave et très dangereux. Pour commencer, je vais rentrer chez moi, et tu viens avec moi. Nous allons redire ce que nous venons de dire. Ainsi ceux qui me surveillent sauront que tu ne sais rien.

Elles reviennent dans un appartement débarrassé de tous les déchets, mais bien vide.

-Demain, je prends ma journée et nous faisons les magasins de meubles !

- Mais je peux le faire toute seule, tu as ta boutique !

- Taratata, tu ne vas quand même pas me priver de faire les magasins avec toi ! Ça fait dix ans que j'attends ça ! Et puis tu ne connais plus rien !

- Alors si tu veux ma grande. Je n'aurais pas osé te le demander mais je t'avoue que je suis un peu perdue. Tout me tombe dessus d'un coup et je ne sais plus où aller. J'avais peur de m'ennuyer à ma sortie de prison, mais c'est tout le contraire, un peu trop même ! Tu te rends compte ... en même pas trois jours !

- C'est sûr, pour une sortie originale, c'est une sortie originale. Tu continues bien sur ta lancée, car l'entrée ne l'avait pas été moins ...originale ... si tu vois ce que je veux dire ...

13

En deux jours, les achats sont faits et livrés. Ce n'est plus le même lieu de vie qu'avec Raphaël mais Sabine est très satisfaite de ses choix. Cette nuit, elle dormira dans sa chambre, sur un matelas tout neuf. Jacky doit voir avec son ébéniste ce qui peut être récupérable dans les meubles détruits. Ce soir, le coffre et son contenu sont presque oubliés, presque parce que les clés dissimulées la journée dans la lingerie de Sabine se rappellent indélicatement à son bon souvenir. La nuit, elle les glisse sous son oreiller.

Pour Sabine c'est un repos bienvenu.

Il est dix heures. Elle se réveille complètement reposée, étonnée de ne pas avoir entendu de cris d'appel, de bruit de chariot, de clés. C'est le silence. Même les bruits de la rue ne montent pas si haut. Il faut dire que l'appartement ne donne pas sur l'avenue, et que les fenêtres ont toutes un double vitrage. Sabine savoure ce moment de tranquillité, de solitude, de paix. Elle a l'impression d'être en plein rêve mais que la réalité va reprendre trop vite sa place. Elle n'ose pas sortir de sa chambre, n'en ayant pas reçu l'ordre. Puis elle éclate de rire, un rire qui lui fait du bien. Elle balance sa couette sur le sol, se lève et se met à danser autour de son lit.

- Tu vois Raphaël, je suis vivante, bien vivante, complètement vivante, pour toi. Je vais vivre pour nous deux et je vais découvrir qui t'a assassiné !

À ce moment-là, dans sa douce folie, elle avait complètement oublié les caméras. Mais pas Fred Beaupas qui se réjouissait de voir le moral revenu chez sa voisine. Il préférait la voir ainsi plutôt que prête à sauter du balcon. Mais en entendant ses derniers mots, il se dit que pour lui le moment n'était pas encore venu de partir. Elle allait se lancer dans une dangereuse aventure. Mais il restera là, près d'elle, en bon chien de garde.

Sabine quant à elle, réfléchissait à une stratégie. Elle n'avait pas beaucoup d'atouts en mains. Les deux seuls éléments étaient ses deux suiveurs. Tant qu'elle ne saurait pas à qui elle avait à faire, à qui elle pouvait donner cette liste secrète en toute confiance, rien ne pouvait avancer. Il fallait qu'elle bouge. Mais par où et quoi commencer … ? Elle en était arrivée à une seule conclusion. Elle devait suivre le suiveur. Mais lequel ???

Celui qui se trouvait être probablement son voisin n'allait pas se sauver, donc c'est celui avec la voiture aux vitres opaques qu'elle devait prendre en filature. À condition qu'il se décide à bouger. Pour qu'il bouge, il lui fallait une raison. Et la meilleure raison, était la disparition de sa proie. Donc, Sabine Galache allait disparaître. Le seul bémol à sa décision fut l'idée de quitter son nouvel appartement dans lequel elle avait si bien dormi …et aussi de faire de la peine à son amie Jacky qui allait être très contrariée par ses nouveaux projets. Les deux jours qui suivirent, furent consacrés à l'organisation de la fuite de Sabine. Jacky n'était toujours pas ravie de sa décision, mais ne pouvait pas s'y opposer. Elle comprenait son amie et le fait qu'elle veuille savoir. Le fils de Jacky avait été chargé de l'achat d'une barbe, d'un costume d'homme dans une friperie, ainsi que d'un chapeau sans savoir à quoi ces choses allaient servir. Il fallait juste que les vêtements aient l'air d'avoir vécu. Pour les chaussures, pas de problème. Sabine en avait besoin. Elle était allée dans un magasin pour hommes et femmes et avait acheté une paire de mocassins femme et une paire de boots homme. Elle avait fait ses achats en toute discrétion. Le suiveur suivait toujours.

Afin de pouvoir se sauver sans mettre en cause Jacky, il fallait qu'elle parte de son domicile très discrètement. Avec les deux à ses trousses, cela n'allait pas être facile ... elle avait donc encore une petite chose à régler ....à condition que ses déductions soient les bonnes ...

Il est deux heures du matin. Sabine se lève. Elle va dans la cuisine se servir un verre d'eau. Elle en profite pour regarder chez le voisin par la terrasse. Tout est noir, il doit dormir. Elle avait remarqué que si les rideaux étaient tirés, la porte vitrée n'était jamais fermée complètement. Raphaël faisait ça lui aussi. Toujours avoir une porte de sortie disait-il.

Elle revient dans sa chambre, toute lumière éteinte, va dans son dressing et à tâtons se met en quête de trouver les vêtements qu'elle sait avoir gardés. Le voisin, si c'est bien l'homme qu'elle a reconnu et si c'est lui qui la surveille avec les caméras, n'allumera probablement pas son ordinateur cette nuit, donc même s'il y a une caméra dans le dressing, il ne regardera les images qu'une fois réveillé. Il croit qu'elle dort, donc il n'a rien à surveiller. Encore faut-il que ce soit lui le responsable des caméras de surveillance... Elle va le savoir très vite. Elle reste dans l'obscurité. Elle enfile un legging noir, des socquettes noires, des chaussons de gym noirs, et un pull noir. Elle avait ces vêtements du temps où elle faisait de la gym et elle comptait bien s'y remettre. Une fois habillée, elle a l'impression bizarre de se retrouver dans un vieux film dont elle ne se souvient pas du titre.

Elle sort sans bruit sur la terrasse, et enjambe la balustrade afin de sauter sur le balcon du voisin. Ah si ! Ça lui revient, une histoire de chatte, la chatte sur un toit, quelque chose comme ça … sur un toit brûlant.

Elle se cramponne en évitant de regarder en bas. L'espace entre les deux terrasses n'est pas très important, mais en dessous, ce n'est pas pareil …. Il faut juste qu'elle ne rate pas l'accrochage. Elle ressent les battements de son cœur jusque dans son ventre. Ne pas trembler. Ne pas hésiter. Elle se dit que plus elle attendra plus ce sera difficile de sauter. Après tout, si elle se trouvait au sol, elle n'aurait aucun mal à franchir cette distance. C'est ça, je suis au sol, se dit-elle, il n'y a pas de vide. Elle ne réfléchit plus et saute ! Voilà c'est fait. Elle attend un peu en restant cramponnée à la barrière en fer forgé, les deux pieds en appui sur le rebord du balcon, voulant être sûre qu'elle n'a pas réveillé le voisin. En se plaquant contre le mur, il ne pourra pas la voir s'il vient sur le balcon. Il faut aussi qu'elle retrouve sa sérénité, que les battements de son cœur reprennent leur rythme normal. Rien ne bouge. Elle est sur la terrasse. Elle s'oblige à respirer calmement afin de calmer son excitation. Elle pousse doucement la porte qui obéit sans un seul grincement. Elle écarte le rideau et ses yeux s'étant habitués à l'obscurité, la petite veilleuse de l'ordinateur lui fait l'effet d'un halogène. Elle peut tout visualiser sans entrer plus loin. Le vide de cet appartement la conforte dans son idée que cet homme est bien là pour elle. Ce n'est pas un lieu de vie, juste un lieu d'attente. L'ordinateur n'est pas là pour rien...

Il faut qu'elle débranche tout ce qu'elle voit à débrancher. Elle entre, elle ne risque pas de se taper dans un meuble, il n'y a rien. Elle suit chaque fil et elle débranche. Elle ne sait pas si cela suffira à arrêter les caméras, mais au moins, cela retardera peut-être la diffusion des images et c'était le but de l'opération. Il bouge, son lit fait du bruit, un bruit de ressort. Pourvu qu'il ne se lève pas. Sabine est tétanisée. Elle ne peut plus faire un mouvement. Son cœur s'emballe à nouveau. Elle a l'impression qu'on peut entendre chacun de ses battements. Elle attend. Il ne se passe rien. Elle repart, s'y reprend à deux fois pour enjamber le balcon encore sous le coup de l'émotion, et rentre chez elle. Elle n'a pas sommeil mais elle a encore du temps devant elle. Elle s'allonge et voudrait bien dormir un peu, la lettre de Raphaël contre sa poitrine, sur sa peau.

L'alarme du réveil caché sous son oreiller la tire d'un profond sommeil. Elle avait fini par s'endormir. Il est cinq heures. Pas de douche afin de ne pas faire de bruit. Petit-déjeuner, puis transformation. C'est un vieux monsieur qui sort de l'appartement, vêtu d'un costume ayant bien vécu, un chapeau sur la tête et pour finir, autour de son cou, l'écharpe de Raphaël, écharpe dont Sabine n'avait pas voulu se séparer. Elle a aussi une petite sacoche accrochée à la ceinture du pantalon, mais côté peau, avec de l'argent en vrac. Un portefeuille aurait fait un relief suspect, car elle compte bien garder cette sacoche en permanence sur elle, comme les clés dans son soutien-gorge. Elle a aussi mis les différents passeports. Elle va en avoir besoin.

Avec sa canne, sa barbe, son allure hésitante, c'est vraiment un vieil homme qui sort de l'immeuble.

14

Il est six heures trente. Fred Beaupas est réveillé. Il aime se lever tôt, cela lui permet de traîner un peu devant son café. Il sait que sa voisine n'est pas encore levée, il n'a entendu aucun bruit venant de l'appartement voisin.

Il se sert un café et va le boire sur son balcon. Il n'a pas encore remarqué que l'ordinateur était éteint. Il n'est pas tard, mais la ville est déjà en mouvement. Il voit un vieil homme sortir de l'immeuble et monter dans un taxi. Il se dit qu'il ne l'avait pas encore vu ce papy. Il est vrai que ça ne faisait pas si longtemps que cela qu'il habitait l'immeuble et n'en connaissait pas tous les occupants. Et puis les personnes âgées ne sortent pas beaucoup. Il en déduit donc que le vieux monsieur devait rester chez lui la plupart du temps... Pourtant, quelque chose chez cet homme attire un peu plus son attention. Juste une petite chose mais l'idée sitôt arrivée s'est aussitôt envolée. Il prend le temps de boire tranquillement son café en regardant les passants. Certains marchent tranquillement, ils ont le temps, mais d'autres n'ont pas dû entendre le réveil. Ils courent vers la bouche de métro la plus proche.

Depuis qu'il se tient à son poste d'observation, qu'il prend son café sur son balcon, il a remarqué que c'était toujours les mêmes qui couraient. Quelques voitures aussi, mais dans cette rue retirée, il n'en passait pas beaucoup. Là aussi, ce sont toujours les mêmes. On se croirait presque dans un bourg. Après avoir bien pris le temps de siroter son petit noir, il rentre.

- Merde !!!! Qu'est-ce que c'est que ça !!!!

Il vient de remarquer que son ordi est éteint et que ce n'est pas une coupure de courant puisque la lampe du plafond fonctionne. Il se rend compte que tous les fils sont débranchés. D'un coup, le petit truc du vieillard qui l'avait perturbé un court instant, revient à la surface. Il fait un bond.

- L'écharpe ! Bon Dieu, l'écharpe !!! C'est celle de Raphaël !!! Il la portait tout le temps !

Fred Beaupas se parle à lui-même, tout haut.

- C'est elle ! Elle s'est tirée ! Mais où ???!!! Elle ne se rend pas du tout compte dans quel merdier elle va se fourrer !!!!

Il prend son téléphone.

- Allo ! Oui, c'est moi ! Il faut que vous me retrouviez tout de suite quel taxi est venu en bas de l'immeuble charger un vieux monsieur !

À l'autre bout, la personne n'a pas l'air de comprendre.

- C'est urgent ! Merde ! Je vous expliquerai plus tard !

Il raccroche et fait les cent pas. Il faut qu'il la retrouve et très vite ! Cette fois, il va tout lui dire afin qu'elle lui confie ce qu'elle sait et qu'il puisse l'aider.

15

Ils sont arrivés boulevard St Germain. À cette heure matinale, la circulation dans Paris est assez fluide. Sabine avait choisi ce quartier en raison de sa grande fréquentation. Plus il y a de monde et moins il y a de risque de se faire repérer. Le chauffeur avait vu un vieux monsieur entrer dans son taxi et c'est une femme qu'il voit ressortir. Mais dans sa longue carrière il en a vu bien d'autre, et il ne se pose pas de question. S'il racontait tout ce qui lui est arrivé …

Sabine n'avait pas donné au chauffeur l'adresse exacte de son hôtel. On ne sait jamais …elle fait donc une centaine de mètres à pied en vérifiant que personne ne l'avait suivie puis elle entre dans l'hôtel où sa chambre est réservée, réservation faite depuis un téléphone public, et demande sa clé. En échange, la réceptionniste lui demande son passeport. Sabine est toujours en costume, mais elle a enlevé sa barbe. Après tout, il y a des femmes en costume … mais une Chantal Jacquier avec une barbe … Par contre elle a gardé le chapeau afin de cacher ses cheveux. Comme le chauffeur de taxi, la réceptionniste de l'hôtel était elle aussi habituée à l'originalité de certains clients. Elle arbore son joli sourire commercial et n'a aucun regard ambigu vis-à-vis de la tenue de la dame se tenant devant elle.

Sabine prend l'ascenseur et monte à sa chambre. Avant de faire sa réservation, elle s'était assurée qu'il y avait une issue de secours à chaque étage. Elle avait prétexté un accident passé, un incendie dans un hôtel dans lequel elle séjournait... la personne responsable des réservations avait très bien compris et l'avait rassurée quant aux issues de secours.

Elle commence par enlever les lentilles de ses yeux, étonnée de si bien les supporter. Elle les avait achetées le jour de l'achat des chaussures, pour ressembler à la photo du passeport et au cas où elle aurait fait une mauvaise rencontre en sortant de son immeuble. Puis elle se déshabille. Ce vieux costume traînait une vieille odeur de lavande un peu écœurante. Elle le range dans la penderie au cas où il devrait resservir. Sur les cintres, divers vêtements sont déjà là. Sabine avait fait livrer directement à l'hôtel des achats récents. Se sachant surveillée, elle ne pouvait pas quitter son appartement avec un sac de voyage. Cela aurait paru trop suspect à son voisin s'il l'avait vue et reconnue sous le déguisement d'un vieil homme. Déguisée, et en plus avec un sac de voyage … Adieu le départ incognito … Elle se dirige vers la salle de bain et y trouve le produit nécessaire à son relooking.

Une demi-heure plus tard, c'est une femme aux cheveux bruns qui la regarde dans la glace.

Finalement, elle ne se trouve pas si mal en brune.

Afin que la transformation soit encore plus complète, elle décide de se faire couper les cheveux. Qu'en penserait Raphaël ?

Elle se parle dans le miroir comme si elle s'adressait à lui.

- Est-ce que tu te rends compte mon chéri dans quel pétrin tu m'as fourrée ??? Je me demande bien comment je vais me sortir de tout ça. Tu n'as pas intérêt à me laisser tomber ! C'est maintenant que j'ai besoin de toi ! Guide-moi mon amour ! Donne-moi des indices pour pouvoir continuer ! Aide-moi !!!

Elle s'étonne elle-même de ne pas pleurer et pense que c'est bon signe.

Elle descend à la réception de l'hôtel et demande si les clés de la voiture de location qu'elle a réservée ont été déposées. Elles sont là. Elle les met dans son sac puis sort dans la rue. Elle sait qu'à Paris certains salons ouvrent de bonne heure.

Mais elle se demande si dans le quartier il y a ce genre de commerce. S'il n'y en a pas, tant pis, elle patientera devant un grand crème en attendant l'ouverture du salon le plus proche. Elle entre dans une boulangerie pour acheter un gros croissant tout chaud et en profite pour se renseigner. Il y a en effet un salon tout en haut de la rue qui ouvre à huit heures tous les jours sauf le dimanche.

Voilà, les cheveux sont coupés. Elle est partie de chez elle à 6h30, il est 8h30. Elle a perdu le moins de temps possible. Elle se sent bien et va vers sa voiture. Elle y a mis de quoi survivre, de la nourriture, à boire et de quoi se tenir au chaud. Direction son immeuble. En route, elle s'arrête pour faire l'acquisition d'un smartphone avec carte prépayée, afin de préserver son anonymat. Elle ne connaissait pas ces engins-là. Quelques codétenues avaient bien en douce des mobiles, mais pas aussi sophistiqués. Elle n'en revenait pas de pouvoir faire des photos et d'avoir internet avec un si petit appareil même si elle savait que ça existait, mais comme cela ne l'intéressait pas …

Après avoir vérifié que la voiture de son pisteur était toujours là, et mémorisé son immatriculation, elle se gare discrètement dans son quartier à une distance raisonnable de l'autre véhicule. Pas question de se faire repérer, c'était elle le chasseur désormais. Elle avait choisi une voiture discrète, gris foncé, aux vitres fumées. Le plus difficile pour elle avait été de se remettre au volant. Mais c'est un peu comme le vélo, où comme nager, ça revient très vite.

16

Le téléphone de Fred Beaupas vibre dans sa poche. Il n'en peut plus d'attendre.

- Allo ! Alors ? Du côté de St Germain vous me dites ! Quel hôtel ? Comment ça pas de nom ?

Il savait maintenant dans quel coin la retrouver. Mais où exactement …mystère. Il allait devoir faire tous les hôtels du coin. Futée comme elle est, il se dit qu'elle avait dû changer de nom. Mais comment ? Il faut présenter une pièce d'identité à l'hôtel. À moins que …

Il reprend son téléphone.

- Allo ! Oui, c'est encore moi ! Pouvez-vous m'envoyer dans l'instant, tous les noms qui figurent sur les passeports qui ont été fournis à Raphaël. Oui ! Je sais ! Ça fait plus de dix ans ! Mais vous voulez savoir pourquoi il est mort ou pas !!!! Nom de Dieu ! Magnez-vous le cul ! Sa femme est en danger !!! Ok ! J'attends. Envoyez tout sur l'ordi !

En attendant d'avoir sa réponse, il tourne dans cet appartement inconfortable comme un lion de cirque dans sa cage trop exigüe. Le temps passe. Il sait bien que la recherche ne doit pas être simple.

Tout cela date de plus de dix ans ! Mais tout est gardé, référencé. Ils vont trouver.

Fred Beaupas fait d'incessantes allées et venues, de l'intérieur de l'appartement vers le balcon et vice et versa. Mais le temps ne passe pas plus vite pour autant. Enfin l'ordinateur l'appelle. La réponse est là. Il y a cinq noms. Il prend la liste et sort en courant. Il sait qu'il n'a pas de temps à perdre. Il en a déjà trop perdu.

Il file vers St Germain en passant devant une Sabine étonnée de voir son voisin partir aussi vite. Puisqu'elle est là … après qui peut-il courir ainsi …???

C'est difficile de rester assise dans une voiture et d'attendre sans s'endormir. Afin d'être sûre de rester éveillée, pour ne pas louper un éventuel départ de son suiveur, elle programme son mobile de façon à ce qu'il vibre tous les quarts d'heure. Elle a emporté de la lecture, des jeux mais elle n'oublie pas de regarder vers la voiture aux vitres sombres.

Ah, il bouge. Une des portières vient de s'ouvrir et Sabine se demande ce que l'homme va faire. Il descend de sa voiture et se dirige vers l'immeuble.

L'homme n'ayant pas vu Sabine depuis la veille commençait à se poser des questions. Il se demandait où elle était passée. Le plus simple pour le savoir se dit-il, c'était d'aller vérifier chez elle. Après tout, elle ne le connaissait pas. Et puis, on pouvait se tromper d'appartement… Cela arrive.

Il sonne à la porte de l'appartement de Sabine qu'il n'a pas eu besoin de chercher, puisqu'il était présent lors de la « fouille »… Il re-sonne. Personne ne répond. Il commence à transpirer. Il surveille l'entrée depuis ce matin et les personnes qu'il a vu sortir, ce sont ceux qui partent au travail, ceux qui vont acheter le journal et le pain, rien de plus. Ah si, se dit-il, il y a bien eu ce petit vieux ce matin …je ne l'avais pas encore vu … c'était un peu tôt pour une sortie à son âge. Peut-être partait-il en voyage … sans sac ? Et si c'était …. !!!

- Nom de non de non de non !!!! Elle nous a bien eus !!!

Il prend son téléphone et appelle en courant vers sa voiture.

- Je crois bien qu'elle nous a possédés. Elle n'est plus là ! J'ai vu un petit vieux sortir ce matin et je suis sûr maintenant que c'était elle. Je ne l'avais jamais vu ce petit vieux ! Très bien, j'arrive.

Il retourne à sa voiture un peu énervé. Il démarre sans penser une seconde qu'il pouvait être suivi.

Sabine démarre à son tour, attend un peu, laisse deux voitures entre elle et lui, et commence sa filature. Ce n'est pas facile de circuler dans Paris, et c'est encore plus difficile quand il faut suivre quelqu'un et qu'on n'a pas conduit depuis longtemps. Mais heureusement, les vieilles habitudes en sommeil depuis dix ans refont surface et Sabine est de plus en plus à l'aise dans cette ville qu'elle connaît presque comme sa poche.

Ils arrivent dans le 7ème, rue saint Dominique, le quartier des ministères ... Que vient-il faire dans ce quartier ??? La voiture passe un porche et disparaît. Sabine arrive devant la façade de l'entrée et lit *"MINISTÈRE DE LA DÉFENSE"*.

Ministère de la défense ... !!! Aïe, se dit Sabine. Qu'est-ce que cet homme vient faire dans un ministère ...et qui vient-il rencontrer dans ce ministère. Comment je peux faire, moi, toute seule, sortant de prison pour avoir accès à de pareils endroits. Une grande lassitude, l'envie de tout abandonner, un profond désespoir l'envahissent. Après tout pense-t-elle, s'ils m'attrapent, j'aurai au moins la satisfaction de savoir qui ils sont et peut-être me donneront ils la raison de tout ce merdier avant de me supprimer …

- NON !!! Je n'abandonnerai pas !!! J'ai déjà tout perdu, je n'ai plus rien à perdre !

Elle pleure et tape sur le volant. Elle se reprend. Elle ne venait pas de découvrir grand-chose, mais c'était déjà un premier indice. Une direction dans laquelle elle pouvait chercher. Elle se parle à elle-même dans la voiture.

-Il va me falloir de l'aide. Quelqu'un qui peut entrer partout ou presque. Oui, en fait, j'ai juste besoin de … l'homme invisible !!!

Cette réflexion la fait sourire. Son énergie est de retour. Premier point important Il fallait savoir qui était son suiveur. Quand il était sorti de la voiture pour monter chez elle, elle avait eu le bon réflexe de prendre une photo de lui. On ne le voyait pas très bien, mais cela pouvait être suffisant pour découvrir qui était cet homme et pour qui il travaillait.

Mais à qui je peux demander ça !!! À qui ???

Malheureusement, je ne peux rien demander à la police, se dit Sabine, … alors qui pourrait m'aider …

Elle passe en revue dans sa tête les gens qu'elle connaît, plutôt qu'elle connaissait, mais ne voit personne susceptible de l'aider. Cela fait plus de dix ans qu'elle a perdu tout contact. Pourtant un truc lui trotte dans la tête. C'est flou, un nom peut-être, enfin pas vraiment un nom, un son, quelque chose en *"an"*. Voyons, qui je connais avec le son *"an"*. Ercan, Decan, Marcan, Marchand ! Oui c'est ça Marchand ! Philippe Marchand !!!

Philippe Marchand était un journaliste persuadé de son innocence, qui avait tout fait pour entrer en contact avec elle. Mais elle était dans un tel état à ce moment-là, que personne ne pouvait l'aider, personne ne pouvait communiquer avec elle, personne n'arrivait à traverser l'épaisseur de son chagrin et le journaliste était reparti en lui disant de l'appeler, quand elle serait prête. Il avait insisté en lui donnant son nom, le répétant plusieurs fois. Elle l'avait oublié ce nom, mais il faut croire qu'il s'était imprimé dans un recoin de son cerveau. À moins que Raphaël ne soit passé par là ...

L'homme ressort et reprend sa voiture, Sabine à ses trousses.

Pas facile la rue saint Dominique. Mais où va-t-il maintenant ? On dirait qu'il se dirige vers le 6ème, après tout je m'en fous, je n'ai que ça à faire, le suivre. Il ne faut pas que je me fasse repérer, c'est tout. Tiens, clignotant à droite, il s'arrête ou il tourne ?

Sabine ralentit un peu afin de ne pas être obligée de le doubler. Il s'arrête et se gare dans l'unique place disponible de la rue.

- Merde ! Pas de place ! Je vais devoir passer devant lui ! Pourvu qu'il n'ait pas remarqué ma voiture !

Avec ses cheveux et ses lentilles foncés, elle sait qu'il aurait eu bien du mal à la reconnaître. Sabine elle-même ne se reconnaissait pas dans la glace. Elle continue sa route, sans regarder l'homme en le doublant, sans pouvoir s'arrêter. Elle est obligée de continuer si elle ne veut pas se faire repérer. Elle le perd et jure en frappant son tableau de bord. Revenir, ce serait se trahir.

- Merde !!!! Merde !!!! Je n'ai plus qu'à retourner à l'hôtel. Je vais essayer de retrouver ce Philippe Marchand.

17

Fred Beaupas n'a pas perdu de temps. Dès qu'il a su où le taxi ayant transporté le vieux monsieur s'était rendu, il est immédiatement parti pour le quartier saint Germain. Il a commencé par visiter tous les hôtels proches de l'endroit où le « vieux monsieur » était descendu. Mais il croyait cette femme suffisamment maligne pour ne pas avoir fait arrêter le taxi juste devant l'hôtel où elle avait probablement réservé une chambre. Il ne voyait pas pourquoi elle aurait quitté son appartement, déguisée ainsi, pour une autre raison. Elle se savait surveillée et voulait partir incognito. Il avait en sa possession cinq noms susceptibles d'avoir été utilisés, car il se doutait bien que Sabine Galache ne s'était pas inscrite sous son propre nom. Mais lequel avait-elle choisi… ?

Afin de ne pas paraître suspect dans sa recherche, dans chaque hôtel visité, Fred Beaupas avait prétexté une réunion d'anciens élèves et donné les cinq noms en sa possession, mais expliquant qu'il n'était pas sûr de lui, que certaines personnes avaient peut-être changé de nom par mariage. Après avoir fait les hôtels un par un, l'un après l'autre, et ce ne sont pas les hôtels qui manquent dans ce quartier, après avoir élargi sa recherche, enfin, une Chantal Jacquier avait réservé dans un des hôtels inscrits sur la liste qu'il avait en main. On le prévint que cette dame était sortie. Il demanda expressément que personne n'avertisse la dame de sa présence, afin disait-il de lui faire une surprise. Il s'installa dans le salon et attendit patiemment que Sabine Galache revienne. Mais quelle Sabine … ? Comment serait-elle travestie … ??? À quoi pouvait-il la reconnaître … ? Aura-t-elle gardé autour de son cou l'écharpe de Raphaël … ? Il l'espérait. Cette écharpe restait son principal repère.

Comme tout bon détective, il prit un journal en faisant bien attention de le mettre dans le bon sens, on peut être trahi par presque rien, mais ce presque rien pouvait pourtant se révéler être une erreur fatale dans le métier qui était le sien. Derrière son journal il ne quittait pas le hall d'entrée des yeux. Et si elle s'était déguisée en homme … ? Non, avec un prénom de femme, cela aurait été ridicule. Qu'est-ce que je ferais en premier pour me dissimuler, se demanda-t-il alors.

Je changerais de coiffure et surtout de couleur de cheveux. Donc, comme elle est plutôt blonde, je dois chercher une brune ou bien une rousse ….

Les gens entrent et sortent incessamment. Paris est plein de touristes toujours en mouvement. Ceux qui sortent, il s'en fiche, il ne contrôle que ceux qui entrent. Il sait qu'elle est dehors. Elle est en chasse. Mais c'est pourtant bien elle le gibier et ceux qui la traquent n'en feront qu'une bouchée s'ils lui mettent la main dessus.

Une femme arrive. La corpulence, l'allure. C'est elle. Il en est certain. Il l'a suffisamment espionnée pour reconnaître sa façon de bouger, même si la traque avait été de courte durée. Son œil est aguerri par des années d'expérience. Il se lève. Elle prend sa clé. Il fait chut avec un doigt sur sa bouche en direction de la jeune fille de la réception qui lui répond par un signe de tête et un sourire complices. Il suit Sabine Galache qui ne l'a pas remarqué jusqu'à l'ascenseur. Ils ne sont pas seuls. Il se fait tout petit derrière les autres personnes. Certaine de ne pas avoir été suivie, sans suspicion aucune, elle ne l'a pas reconnu. Elle sort. Il sort à sa suite avec un homme et sa compagne. Elle se dirige vers sa chambre et dès qu'elle a ouvert la porte, il se précipite et la pousse à l'intérieur en lui bloquant la bouche d'une main.

- N'ayez pas peur. Ne criez pas. Je suis un ami de Raphaël et je suis là pour vous aider. Je vais enlever ma main. Surtout ne criez pas.

Sabine fait un signe de tête voulant dire oui.

- Voilà, c'est bien.

- Qu'est-ce que vous me voulez ? Comment m'avez-vous retrouvée ?

- Je veux vous aider parce que vous êtes dans un sale pétrin. Et pour vous retrouver, cela n'a pas été très compliqué. Et si cela ne l'a pas été pour moi, ce ne le sera pas pour ceux qui vous poursuivent. Ils ne vont pas tarder à débarquer. Il faut partir et très vite.

- Mais où ? Où je peux aller pour être tranquille ???!!! Ces gens ont l'air important. Qu'est-ce que je peux faire contre eux ???!!!

- Pour le moment, juste changer de quartier.

- Oui, ça semble facile, mais allez trouver une chambre libre dans un hôtel en plein Paris, et dans un quartier où il y a du monde ! J'ai eu assez de mal à trouver celui-là ! Et encore parce que la personne ayant réservé avait annulé sa réservation juste avant que j'appelle !

- Je sais, ce n'est pas facile, mais je suis justement là pour vous trouver un endroit sûr. Préparez vos affaires et sortons le sourire aux lèvres, nous sommes de vieux copains.

- Ah oui ? Et pourquoi je vous ferais confiance, à vous ?

- Parce que vous êtes encore en vie. C'est tout.

Sabine ne trouva rien à répondre à cela. Elle s'affala sur un des deux fauteuils présents dans la chambre et elle craqua.

- Qu'est-ce qu'ils me veulent ces gens ? Pourquoi veulent-ils me supprimer ?

- Parce qu'ils pensent et moi aussi je le pense, que vous êtes en possession de quelque chose de très compromettant pour eux.

- Mais non, je n'ai rien !!!

- Allons, allons ...Vous ne seriez pas en train de vous cacher comme ça si vous n'étiez au courant de rien. Vous auriez tout de suite prévenu la police du saccage de votre appartement. Or, vous ne l'avez pas fait. Il y avait quelque chose de dissimulé quelque part, chez vous, quelque chose que vous vous vouliez retrouver. Une chose laissée par Raphaël une chose dont vous ne saviez rien mais que Rapha vous avait dit être très importante. Je me trompe ?

Sabine pousse un profond soupir, presque soulagée que cet homme ait deviné. De plus, qu'il ait appelé Raphaël «Rapha » n'était pas anodin. Il devait l'avoir connu, dans une autre vie … Elle décide de parler à cet homme.

- Non, vous ne vous trompez pas. Il s'agit de la clé d'un coffre dans une banque. Je savais où Raphaël l'avait cachée. Je l'ai retrouvée. Je suis allée à la banque.

- C'est le jour où nous avons suivi votre amie, le jour où vous nous avez tous semés ?

- C'est ça. Ce coffre contenait une lettre de Raphaël, de l'argent et des papiers.

Elle s'abstient de parler de la clé USB.

- Ce serait bien que vous me remettiez ces papiers. Ils vous laisseraient tranquilles.

- Vous êtes sûrs de ça ???

- Non, pas vraiment.

- Alors ? On fait quoi maintenant ???

- Pour le moment, on déménage ! Et surtout, n'oubliez pas le sourire à la sortie. Gardez quand même cette chambre à votre nom d'emprunt. Cela peut les retarder un moment, avant qu'ils ne reprennent la chasse …

Ils font ainsi qu'il l'avait demandé. Sabine n'a pas un sac trop imposant vu le peu de vêtements à transporter. Grand sourire à la réceptionniste. Non je ne pars pas, je garde la chambre pour quelques jours encore. Ils sortent.

N'ayant pas une confiance totale en tous ses collaborateurs, vu ce qu'il était advenu de Raphaël et par ricochés de sa compagne, Fred Beaupas avait réservé un appart-hôtel via un réseau personnel avant de partir à la recherche de Sabine Galache. Un studio dans le 15ème, quartier très animé lui aussi.

Sabine rejoint son véhicule de location. Par mesure de précaution, lui ne reprend pas sa voiture, laquelle avait peut-être été repérée auparavant, mais choisit un taxi, afin de suivre Sabine et vérifier que personne, à part lui, n'a encore retrouvé sa trace.

Tout va bien. Personne ne suit.

Sabine s'installe, et Fred Beaupas repart récupérer sa voiture. Il doit passer à son appartement voisin de celui de Sabine Galache afin de récupérer quelques petites choses. En chemin il s'assure à nouveau qu'il n'y a rien de suspect.

18

Un homme entre dans le hall d'un hôtel et se dirige vers la réceptionniste un grand sourire aux lèvres. Son sourire commence à ressembler à un rictus. Il en a assez de sourire, ce qui est contre-nature chez lui, et de poser les mêmes questions, hôtel après hôtel, alors qu'il déteste adresser la parole à ceux qu'il ne considère pas comme ses semblables.

- Bonjour mademoiselle, je suis à la recherche de plusieurs amies. Voyez-vous, nous avons une réunion d'anciens étudiants, mais je ne connais pas les noms de toutes celles qui se sont mariées.

Lui non plus n'avait rien trouvé de plus anodin comme prétexte.

- Vous aussi ! Décidément, c'est la période des retrouvailles. Vous faites peut-être partie du même groupe d'anciens élèves que le monsieur qui est venu aujourd'hui.

- Ah ! C'est possible, nous sommes plusieurs à écumer les hôtels pour retrouver tout le monde. Savez-vous s'il a trouvé ?

La réceptionniste prend alors un petit air de conspirateur et répond,

- Je crois bien que oui. Je les ai vus sortir ensembles. Mais elle va revenir, car la dame n'a pas annulé sa chambre.

- Vous pourriez me la décrire, afin que je n'aie pas l'air trop bête en la retrouvant.

- Bien sûr ! C'est une dame assez grande, brune, cheveux courts, allure sportive.

- Et le monsieur, à quoi il ressemblait ?

- Oh lui, un bel homme assez grand, mince, cheveux tirant sur le roux, les yeux bleus… C'est tout ce que je peux vous dire.

- Merci, c'est déjà beaucoup, vous m'avez rendu un grand service. Je vais essayer de les retrouver. Je pense savoir où ils sont partis. Merci encore !

L'homme ne sort pas, mais se dirige vers le bureau du directeur de l'hôtel, une petite idée derrière la tête … Les caméras de surveillance.

19

Sabine fait le tour de son nouvel environnement. Elle s'y sent en sécurité. Elle range dans un placard les quelques vêtements qu'elle avait fait livrer à l'hôtel, ainsi que quelques provisions alimentaires arrivées de la même façon dans la petite cuisine de l'appart hôtel, commandées par les amis de Fred Beaupas.

Elle aimerait téléphoner à Jacky, mais ce ne serait pas prudent. Ils ont peut-être installé des micros dans son magasin et à son domicile. Ces gens ont l'air si puissant. Ils sont capables de tout. Avec tous les moyens dont ils disposent ils pourraient repérer sans peine d'où vient l'appel. Mais il y a quelqu'un qu'elle peut appeler. Philippe Marchand. Il faut qu'elle le retrouve.

En entrant elle a vu qu'il y avait une salle avec des ordinateurs disponibles pour les clients.

Elle remet ses lentilles enlevées en arrivant puis descend à la pièce réservée aux ordinateurs.

Un journal. Quel journal ? Allez, cherche ma vieille. Tu as passé la majorité de ta vie sur un ordi, alors cherche !

Sabine passe en revue tous les journaux qui s'affichent, les différents journalistes qui y travaillent, mais rien de rien, elle ne retrouve pas son Philippe Marchand. Elle se dit que si cet homme s'était tellement intéressé à son cas, il avait certainement écrit un article à son sujet. Inlassablement, elle continue sa recherche. Elle lit tous les articles de l'époque la concernant et tombe enfin sur son affaire. Philippe Marchand avait bien fait un reportage ou il disait sa certitude d'un coup monté, coup monté afin de dissimuler des choses qui ne devaient pas être étalées, qui devaient être étouffées. Un petit encart indépendant du texte disait qu'il avait été remercié à la suite de ses allégations et de son entêtement considérés comme injustifiés.

Où est-ce qu'elle allait pouvoir le retrouver ? Elle avait déjà vérifié dans l'annuaire mais n'avait trouvé aucun nom correspondant. Son seul lien était le journal dans lequel il avait travaillé. Il ne lui restait plus qu'à téléphoner à ce journal, quelqu'un savait peut-être ce qu'était devenu Philippe Marchand… Elle remonte dans son studio. Sans plus attendre, elle compose le numéro du journal où travaillait le journaliste.

La standardiste avait très bien connu Philippe, mais ne savait pas où il était. Par contre, un de ses plus vieux potes était toujours au journal.

- Je vous le passe.

Sabine n'en croyait pas ses oreilles. Le sort en aurait-il assez de s'acharner contre

 elle … ?

- Allo ? … Allo ?

- Oui, heu …bonjour monsieur … heu … excusez-moi, je ne m'attendais pas à ce qu'on me réponde aussi vite. Excusez-moi encore.

- Bon, quand vous aurez fini de vous excuser …

Merde se dit-elle, les vieilles habitudes de la prison sont toujours là !

- Oui, exc… heu, voilà, je suis à la recherche de Philippe Marchand et la standardiste m'a dirigée vers vous car vous le connaissiez bien.

- Oui, en effet. Et pourquoi il vous intéresse Philippe Marchand ?

Sabine décida d'être la plus honnête possible.

- Et bien voilà. Je suis Sabine Galache et monsieur Marchand a tout fait pour m'aider à une certaine époque de ma vie et je souhaitais le remercier.

- Oui oui oui …. Sabine Galache ! L'affaire Sabine Galache ! C'est grâce à vous s'il a perdu son job !

- J'ai lu ça aujourd'hui et j'en suis désolée. Je viens de sortir de prison.

- Il s'était démené le pauvre ! Il était sûr de votre innocence !

- Pour ça, il ne s'était pas trompé et je voulais justement lui dire que son combat n'avait pas été vain, même si je venais de faire dix ans de prison.

- Vous ne pouvez pas savoir à quel point il va être heureux de vous entendre ! Il attend votre appel depuis dix ans ! Dix longues années qu'il pleure sur votre sort ! Mais on lui a bien fait comprendre de ne pas chercher s'il voulait rester en bonne santé.

- Qu'est-ce qu'il est devenu ? Où pourrais-je le rencontrer ?

Le vieux copain donna tous les renseignements nécessaires à Sabine. Lorsqu'elle raccrocha, des larmes coulaient le long de ses joues, mais pour la première fois, c'était des larmes de joie. Elle ne se sentait plus toute seule dans son combat. Elle savait que cet homme l'aiderait.

- Allo ?

- Allo ? Philippe Marchand ?

- Oui.

- C'est Sabine Galache.

Un grand silence. Sabine eut soudain peur que cet homme raccroche, trop surpris par cet appel.

- Allo ??? Allo ???

- Oui, excusez-moi Sabine ! La surprise ! La joie ! Mais comment … ???

- C'est une longue histoire, est-ce que nous pourrions nous voir

- Bien sûr ! Mais avant … dites-moi….

- J'étais innocente. Vous aviez raison d'y croire. C'était un coup monté.

- J'en étais sûr !!! Nous nous voyons quand vous voulez. Venez chez moi.

- Non, c'est impossible. On me recherche. Venez me rejoindre, je vais vous donner les coordonnées. Mais surtout, assurez-vous que vous n'êtes pas suivi.

- Ça fait dix ans qu'on ne me suit plus. Ils l'ont fait au début, afin de contrôler ce que je pouvais chercher, puis voyant que je n'avais rien trouvé, ils ont très vite abandonné. Mais pourquoi est-ce qu'on vous recherche ?

- Je vous raconterai tout. C'est lié au meurtre de mon compagnon. J'ai appris qu'à cause de moi vous aviez perdu votre travail. Que faites-vous maintenant ?

- J'écris, par-ci, par là …Je me débrouille pas mal.

- Je suis vraiment désolée que tout ceci soit arrivé à cause de moi.

- Détrompez-vous. Vous n'y êtes pour rien ! Ce sont les commanditaires du crime de votre compagnon qui sont les coupables et nous les trouverons ! Croyez-moi ! J'ai une revanche à prendre !!! Si vous saviez le bien que vous me faites ! J'ai tout d'un coup l'impression de revivre ! C'est comme si j'avais été engourdi toutes ces années et que la princesse était venue réveiller le prince charmant !

La réflexion qu'il vient de faire replonge d'un coup Sabine dans ses souvenirs et elle repense à son propre réveil. Il semble si lointain …

- Merci ! Vous me faites rire et cela ne m'était pas arrivé depuis longtemps !

- Dites-moi vite où je peux vous retrouver !

Après avoir parlé avec Philippe Marchand, Sabine se sentit ragaillardie et surtout un peu moins seule. Elle eut envie d'un petit remontant et trouva tout ce qu'il lui fallait dans le petit frigo de la cuisine de poupée. L'ami Fred avait commandé un petit approvisionnement en même temps qu'il avait demandé à ses amis d'effectuer la réservation, réduisant ainsi au minimum les risques d'indiscrétions. Il fallait que Sabine soit complètement autonome et qu'elle se fasse un peu oublier, donc pas de courses.

Depuis son poste de surveillance, il avait pu repérer certaines de ses petites faiblesses, dont le petit blanc … En ouvrant le frigo, Sabine eut un petit sourire en découvrant la bouteille. Elle ne pourrait pas cacher grand-chose à cet homme qui avait « partagé » son intimité.

Un petit verre, une douche et tout serait parfait s'il n'y avait cette meute à ses trousses.

Un léger bruit contre la porte d'entrée. Bien qu'elle se doute de l'identité du visiteur, son cœur s'emballe. Sa poitrine se bloque et ses jambes se mettent à trembler. Si c'était les autres ! Là où elle se trouve, elle est foutue. Pas de balcon. Pas moyen de sauter par la fenêtre.

Elle s'avance doucement vers la porte et attend encore un peu. Derrière, une voix étouffée.

- C'est moi … C'est Philippe …

Soulagée, Sabine ouvre la porte et Philippe entre précipitamment. La porte n'est pas refermée que déjà il la serre dans ses bras.

- Que je suis content !!! Mais que je suis content !!! Vous ne pouvez pas savoir !!!

Sabine se retrouve coincée par deux bras costauds, le nez à la hauteur du ventre d'un homme chaleureux, immense et elle se sent un peu étourdie par la démonstration de joie de cet homme qu'elle ne connaît pas ou si peu. Cela fait si longtemps qu'elle ne s'est pas retrouvée dans les bras d'un homme. Elle est toute raide et ne sait pas quoi dire. Philippe prend conscience de sa gêne.

- Oh ! Excusez-moi ! Mais j'ai tellement rêvé de ce moment !

- Ne vous excusez pas. Je comprends très bien. C'est juste qu'en prison j'ai perdu certaines habitudes.

Elle regarde ce géant à la voix grave et rassurante, à la peau brune, aux cheveux noirs un peu hirsutes, aux joues recouvertes jusque sous les yeux d'une barbe d'au moins trois jours. Suivant son regard, Philippe Marchand fut soudain gêné par son apparence un peu rustique.

- Je suis désolé de ne pas avoir pris le temps de me faire beau ! J'avais une telle hâte de vous rencontrer ! Allez ! Mettons-nous tout de suite au travail ! Je veux tout savoir !

Sabine se sentit tout de suite en confiance avec cet homme, cet homme qui avait osé risquer sa carrière pour elle. Elle pouvait se reposer sur lui sans arrières pensées. La tension qui la bloquait depuis qu'on la pourchassait venait de s'évanouir. Elle n'était plus toute seule. Il y avait bien Fred Beaupas, mais Raphaël lui avait demandé de ne faire confiance à personne, pour elle Fred Beaupas faisait partie du groupe « personne ».

Elle fit le récit de ses aventures à l'ancien journaliste en omettant toutefois de lui parler de la clé USB. Il ne pourrait pas parler de ce qu'il ne savait pas.

- Je me doutais qu'il s'agissait d'une grosse affaire, mais cette affaire est sûrement bien plus grosse que je ne le pensais et ces gens feront tout pour vous éliminer. Mais je crains qu'ils ne le fassent d'une manière définitive cette fois, sans prendre de gants mais pas avant de vous avoir soutiré les informations qu'ils pensent être en votre possession et ça par n'importe quel moyen. Vous êtes vraiment en grand danger. Je vais voir ce que je peux découvrir au sein du ministère. J'ai quelques amis fidèles qui y ont leurs entrées. En tout cas, c'est sûr, quelqu'un a parlé et très récemment, sinon ils vous auraient fait sortir depuis longtemps s'ils avaient eu le moindre doute.

- Vous croyez que ma libération est due à cette liste de personnes ?

- Cela se pourrait. Je ne crois pas que votre fameux avocat ait fait quoi que ce soit pour avancer votre libération. Une fois enfermée, vous n'intéressiez plus personne. Même vous, vous n'étiez pas intéressée, alors .... Ils vous croyaient tous cassée. Vous n'étiez plus un danger.

- C'est vrai et je m'en veux pour ça, mais mon chagrin était tellement démesuré que je me fichais de tout le reste. J'ai même regretté qu'il n'y ait plus la guillotine ! C'est vous dire !

- On laisse tout ça derrière et on repart en guerre ! J'aimerais bien rencontrer ce fameux Fred, l'ami de Raphaël. J'avais fait certaines recherches à l'époque et il pourrait m'aider à vérifier ce que je sais.

- Il est retourné à l'appartement voisin du mien, afin de récupérer certaines choses. Il ne devrait pas tarder à revenir.

- Bon, qu'est-ce qu'on a de concret pour le moment ?

- J'ai le numéro d'immatriculation de la voiture qui me suit.

- Très bien, c'est un début. Je vais le transmettre à un ami.

- J'ai aussi la photo de mon suiveur.

- AH ! Mais c'est encore mieux !

- Elle n'est pas très nette, je n'ai pas encore l'habitude de ce petit appareil.

- Pas grave, montrez-moi ça !

- Je ne connais pas ce type, mais je vais faire des recherches. Je vais prendre la photo.

- Ah non, je garde mon mobile !

- Ne vous inquiétez pas, je vais juste transférer l'image sur mon appareil. Je vais vous montrer… Vous voyez, c'est très simple.

- C'est magique !

- Et cette photo, comment l'avez-vous eue ?

- Je me suis mise à suivre ce gars et

- HEIN ? QUOI ? MAIS VOUS ÊTES FOLLE !!!!

- Il fallait bien que je commence par quelque chose !

- Vous ne savez pas de quoi sont capables ces gens ! Il ne vous a pas repéré au moins ?

- Bien sûr que non ! Sinon je ne serais pas ici avec vous !

- Et … Il vous a emmenée … où… ce monsieur ?

- Rue St Dominique , au ministère de la défense.

- Nom de Dieu !!! Je le savais !!!!

- Vous saviez quoi ?

- Que le ministre ou quelqu'un de très proche était mouillé dans l'affaire !!! Ça ne va pas être facile … Mais nous trouverons ! Je vous en fais la promesse !

- Surtout, ne mettez pas votre vie en danger pour moi !

- Ce n'est pas uniquement pour vous que je veux la vérité, mais aussi pour moi! J'ai une revanche à prendre ... Hum, ça m'émoustille la moustache !!!

- Vous n'en avez pas de moustaches, enfin pas de vraies !

- Non, mais elle va repousser ma moustache, comme avant ! Je l'avais coupée après avoir perdu mon boulot, mais j'avais juré que si du nouveau se présentait, je la ferais repousser ma belle moustache !

- J'ai une amie qui serait heureuse de trouver sur sa route une belle moustache, elle adore les hommes à moustaches !

- Il faudra me la présenter alors !

- Si nous sommes toujours vivants, pourquoi pas, mais pour le moment je dois la laisser en dehors de toute cette histoire. Elle m'a déjà beaucoup aidée depuis ma sortie de prison. Je ne veux pas qu'il lui arrive malheur, à elle ou à sa famille.

- Je comprends.

- En parlant de famille, il faut que je prévienne la mienne de ne pas essayer de me retrouver pour le moment. Mais je crains qu'ils n'aient mis le téléphone de ma fille sur écoute ...et vu mon emploi du temps en ce moment, je n'ai pas encore cherché le numéro de son travail.

- Je pourrais peut-être vous aider. Elle fait quoi votre fille ?

- Elle travaille dans une grosse boîte de produits alimentaires. Mais si quelqu'un la surveille, et par hasard vous reconnaît, cela la mettrait en danger. Vous avez un physique … particulier et très reconnaissable …De plus, elle ne sait rien de mes recherches.

- Ne vous inquiétez pas, je vais la joindre très discrètement. Quand je l'aurai mise au courant, elle sera rassurée si elle comprend que vous n'êtes pas toute seule à vous débattre dans tout ce merdier.

- Il faudra lui dire le minimum. Je ne veux pas que ma famille soit mêlée à tout ça.

- Je ferai attention. J'essaierai de répondre aux questions qu'elle ne manquera pas de me poser, sans dévoiler ce qui ne peut être dit. Vous vous doutez bien que votre fille posera des questions. Elle voudra comprendre et c'est normal.

- Oui, je sais. Merci. Merci d'être là. Je ne voyais pas comment je pouvais avancer sans l'aide de quelqu'un. De vous avoir à mes côtés me redonne espoir. J'en avais bien besoin.

- Je vais devoir partir, mais appelez-moi sur mon mobile dès que l'ami de Raphaël sera là. Je vais vous écrire le numéro, mais surtout ne le gardez pas ! Retenez-le. J'ai un rendez-vous. Je ne serai pas long. Et je m'occupe de votre fille.

Une fois la porte refermée sur Philippe le géant, Sabine se sentit bien seule. C'est fou la place que cet homme prenait. Quel âge pouvait-il avoir ? se demanda-t-elle. Il avait quoi à l'époque, une bonne trentaine d'années ? La quarantaine peut-être bien … il devait avoisiner la cinquantaine maintenant, un peu plus …. Mais la question était, est-ce que je peux vraiment faire confiance à cet homme … ? Après tout, elle ne connaissait de lui que ce qu'il lui avait raconté. Les gens peuvent changer avec le temps…

- NON !!! J'ai confiance en cet homme et puis je n'ai personne d'autre sous la main. Ah ma Jacky, si je pouvais aller te voir et bavarder avec toi un moment …

Les minutes, puis les heures passent. Toujours pas de Fred Beaupas. C'était inquiétant. Philippe avait appelé deux fois déjà. Il avait pu la rassurer quant à sa fille.

Sabine ne pouvait plus attendre sans rien faire. Il fallait aller voir. Prévenir Philippe ?

Non, il l'en empêcherait. Et si Fred n'était pas chez lui, ou bien qu'il ne lui puisse pas lui ouvrir la porte, elle passerait par la terrasse pour entrer dans son appartement. Il lui était arrivé quelque chose. Elle le sentait.

20

- Vous avez de bonnes nouvelles à m'annoncer j'espère !

L'homme aux trousses de Sabine Galache est en train de faire un compte rendu à son supérieur quant aux résultats de ses recherches.

- Oui, enfin presque.

- Comment ça presque ?

- J'ai retrouvé l'hôtel où elle loge en ce moment et je sais aussi qu'elle était accompagnée.

- Accompagnée ? Par qui ?

- Un ancien compagnon d'arme de Raphaël Mallone. J'ai vérifié sur les caméras de surveillance de l'hôtel. C'est Fred Beaupas. J'en étais presque sûr, rien qu'avec la description qui m'avait été faite par la réceptionniste de l'hôtel. Mais je voulais confirmer. Il est là pour trouver lui aussi.

- Il faut l'éliminer et vite. Procédez comme la dernière fois et faites lui porter le chapeau, à elle. Elle sort de prison, qu'elle soit la coupable ne sera pas difficile à faire avaler aux flics, nous les y aiderons, surtout si elle disparaît ensuite... Vous me suivez ..... Pas question qu'elle s'échappe une fois encore. Il nous faut trouver ce qu'elle cache.

143

Notre unique problème, c'est elle. Vous m'avez bien compris ?

- Tout à fait compris. Ce sera fait.

- Merci. Nous sommes tous dans le même bain. Elle se cache donc elle sait, si elle parle, nous sommes morts, vous compris.

21

Sabine se prépare et choisit dans sa maigre garde-robe des vêtements pratiques. Elle n'oublie pas de mettre autour de son cou l'écharpe de Raphaël. Elle en a besoin. C'est un peu Raphaël qui est avec elle. Sur les yeux, pas de lentilles afin de ne pas être gênée si elle doit escalader les balcons, mais une paire de lunettes de soleil achetée sur la route du smartphone. Les verres marron clair dissimulaient bien la couleur de ses yeux sans pour autant rendre sa vision trop opaque. Elle laisse sa petite sacoche qu'elle ne prend même pas la peine de cacher. S'il lui arrive quelque chose, ce sera une chose définitive, alors ...Elle sort le plus discrètement possible de son logement et se dirige vers le parking en sous-sol où est garée sa voiture de location. Elle roule en prenant soin de choisir plusieurs itinéraires, afin de vérifier que personne ne la suit. Pas de poursuivants. Sa voiture n'a pas encore été repérée.

Elle arrive dans son quartier, en fait plusieurs fois le tour, pas de voiture suspecte. Elle se gare, pas trop loin quand même au cas où il lui faudrait fuir en vitesse. Elle s'enveloppe la tête dans l'écharpe moelleuse, sort du véhicule et sans courir mais sans traîner se dirige vers son immeuble. Toujours personne à l'horizon. Cela la rassure un peu. Elle passe le hall d'entrée, prend l'escalier, l'oreille aux aguets, au cas où elle entendrait un bruit inhabituel.

Rien. Tout est calme. La voilà devant la porte de Fred Beaupas. Elle frappe doucement. Recommence. Toujours rien. Il n'a pas l'air d'être chez lui. Après tout il est peut-être en route pour la rejoindre. Elle s'est inquiétée pour rien. Il a juste été retardé. Puisqu'elle est là, elle décide de faire un petit tour chez elle. Par précaution, elle pose sa tête contre la porte, tout en se disant que si quelqu'un l'attendait à l'intérieur, ce quelqu'un ne ferait pas de bruit. Mais qui sait ... Aucun bruit... Elle tourne la clé. Elle entre et referme la porte derrière elle. Elle ne peut pas deviner qu'une alarme a été posée dans le coin sombre de son entrée, avertissant de toute visite dans son appartement. Une odeur... Une odeur bizarre arrive à ses narines. Une odeur qui lui rappelle quelque chose. Une odeur qui fait renaître des images, d'horribles images qui font rejaillir un désespoir enfoui. Son cœur s'emballe, ses poumons suffoquent. Elle a compris. Cette odeur, c'est l'odeur de la mort. Elle est replongée dix ans en arrière. Tout recommence. Seulement cette fois, elle n'est pas droguée. Elle se reprend très vite. Elle s'avance et découvre ce qu'avec cette odeur si particulière elle pensait malheureusement découvrir. Dans quel état, dans quelles circonstances trouverait-on Fred Beaupas, elle ne le savait pas, mais elle ne se faisait pas beaucoup d'illusions quant à son sort. En tout cas, ceux qui l'avaient exécuté avaient une fois encore bien monté leur coup. Qu'elle vienne ou pas dans cet appartement, elle serait de toute façon recherchée par la police, son portrait diffusé partout. Elle était la coupable idéale. Qu'elle soit venue avait dû combler leurs espérances.

Fred Beaupas est affalé sur le canapé du salon, un couteau de cuisine planté dans le ventre. Sabine n'a pas besoin de vérifier pour savoir si ce couteau est à elle, ni si l'homme est bien mort. Il l'est. Des bruits de sirènes se font entendre. Plusieurs sirènes donc plusieurs voitures.

Les salauds se dit Sabine, ils ont tout prévu, comme la dernière fois. Mais elle n'est pas surprise. Ils sont prêts à tout pour la faire disparaître. Une fois de plus, elle se pose cette question, QUI, veut sa peau ? Oui, sa peau, car ils ne lui laisseront pas la possibilité de raconter son histoire à qui que ce soit. C'est sa peau qu'ils veulent ! Sa peau après avoir récupéré ce qu'ils cherchent ! Ce qu'ils cherchent ...ce qu'ils cherchent ... ils ne savent même pas ce qu'ils cherchent ! Ils sont morts de trouille à l'idée que soit découvert ce qu'ils cachent. C'est donc qu'ils doivent avoir beaucoup à perdre !

Elle n'a pas le temps de s'apitoyer sur le sort de cet homme qu'elle a si peu connu. Son cerveau est en ébullition.

Vite, il faut que je me sauve, se dit-elle. Je ne peux plus sortir de l'immeuble. Je dois me cacher. Ici, c'est impossible. Je n'ai qu'une seule possibilité. Je vais me cacher chez Fred Beaupas. Je n'ai pas le choix. Le temps que les policiers fassent leurs premières recherches, fouillent mon appartement, j'ai un peu de temps devant moi.

Elle ne perd pas de temps. Elle sort sur sa terrasse et referme complètement la porte fenêtre derrière elle. De toute façon elle ne pourra pas revenir. Elle enjambe le rebord comme la dernière fois. La situation est critique mais elle se sent sûre d'elle et arrive de l'autre côté sans embûche. La porte fenêtre est entrouverte comme elle l'avait prévu et espéré. Elle entre, referme la porte derrière elle et attend. Elle entend à côté les sommations d'usage, puis le craquement de la serrure qu'on force. Ils sont entrés chez elle.

Sabine se dit qu'elle est prise au piège. Elle est en sécurité pour le moment, mais pour combien de temps … ??? Il lui faut trouver une vraie cachette… mais où ? Où se cacher …

Il est entièrement vide cet appart. Elle entre dans la chambre où trône, royal, le lit pliant. Un meuble dressing occupe toute la surface du mur face au lit pliant. Elle l'ouvre, il est presque vide, juste quelques vêtements de rechange et un sac de voyage. Ce meuble comporte un rayonnage haut, fermé par des petites portes. Sabine se demande si elle pourrait se glisser sur l'étagère de ce niveau à condition que ce ne soit pas compartimenté …Elle monte sur la seule chaise présente et ouvre le haut du placard. C'est bon, elle pourrait s'allonger. Comme il n'y a presque rien aux étages inférieurs, si quelqu'un vient la chercher ici, ce quelqu'un n'ouvrira peut-être pas le haut s'il voit qu'il n'y a presque rien en bas … c'est une chance à tenter. Elle descend de la chaise et la remet à sa place.

Elle profite du chahut que font les policiers à côté, pour essayer de grimper dans sa future cachette, après avoir ouvert une des portes du bas et celles du haut. Si elle arrive à escalader les premières étagères, elle pourra se glisser de tout son long dans le placard. Mais avant, il faut qu'elle grimpe. Pas facile sur un support tout droit, ce n'est pas comme une échelle. Elle ne peut pas s'aider de la chaise, une chaise devant le placard paraitrait trop suspecte. Elle serait comme un message « allez-y, montez, elle est là ». Elle s'y reprend à plusieurs fois en essayant d'être le moins bruyante possible lors des ratages et de ses atterrissages hasardeux. Heureusement, la moquette assourdissait tous les bruits. Elle arrive enfin à se hisser sur ses bras et à se rattraper avec un pied. Elle reste ainsi à moitié suspendue jusqu'à ce qu'après un bon coup de rein, elle arrive à poser son autre pied. Encore une fois elle se félicite d'avoir entretenue sa forme en prison, sans savoir ce qui l'attendrait dehors. Elle referme la porte du bas, puis, non sans peine, les petites portes du haut La voilà inconfortablement installée, mais pour le moment, c'est ce qu'elle espère, en sécurité.

Elle doit prévenir Philippe qui va lui crier dessus, c'est sûr et certain. Elle récupère tant bien que mal son téléphone et appelle.

- Allo Philippe.

- Allo, allo !!! Je n'entends rien ! Où êtes-vous ?

- Je ne peux pas parler fort. Écoutez-moi. Je suis cachée dans l'appartement de Fred Beaupas. Ils l'ont tué. Ils ont mis le cadavre chez moi.

- Nom de Dieu !!! Ça recommence !!!! J'arrive !!!

Elle n'a pas le temps de répondre qu'il a déjà raccroché. Elle n'a plus qu'à attendre.

Un bruit de clé. Quelqu'un entre. C'est impossible que ce soit déjà Philippe. Elle se fait la plus petite possible. Des hommes parlent entre eux, le ton rigolard.

- Il paraît qu'il faut fouiller cet appartement. Mais fouiller quoi ? Regarde-moi ça ! Y a rien là-dedans !!!

- Écoute, on est payé pour fouiller, alors on va fouiller.

- L'ordi c'est déjà ça. On emmène. Va voir dans la chambre.

Sabine tremble de tous ses membres et essaye de ne pas claquer des dents.

- Y a un lit de camp. Rien sous le matelas. Je regarde dans le meuble.

Cette fois, c'est foutu ! Sabine ne peut plus respirer. C'est sûr, elle va battre tous les records en apnée. Cernée de tous côtés par le bois, elle a déjà l'impression de se trouver dans un cercueil. Mais elle n'est pas encore morte ! Elle essaie de mettre un plan sur pied à toute vitesse. Si l'homme ouvre les portes du haut, elle lui tombera dessus, le plus lourdement possible. Avec l'effet de surprise plus le choc, cela devrait en mettre un hors d'état de nuire. Pour l'autre, elle aviserait le moment venu. Elle se tient prête en essayant de se recroqueviller le plus possible afin de tomber le plus vite possible.

L'homme ouvre les portes de la penderie, puis les portes latérales.

Elle espère que le meuble est bien fixé au mur et qu'elle ne va pas se retrouver par terre à moitié écrasée à côté du visiteur.

- Y a rien non plus. Je regarde pas en haut, c'est pas la peine. Le gars, il avait pas grand-chose ! Je vois pas ce qu'il aurait pu mettre en haut. On voit bien qu'il était là que pour surveiller.

Sabine se relâche. Elle a mal à tous ses muscles tant elle était crispée, tenant son corps prêt à bondir. À les entendre parler, Sabine est sûre que ce ne sont pas des policiers. Ce sont les autres. Mais quels autres ? Combien sont-ils sur le coup … ? Quels rapports ont-ils avec la police ? Qui sont-ils … ? Et ils avaient la clé apparemment … une clé prise sur le cadavre de Fred Beaupas, cela ne fait aucun doute. Elle ne peut empêcher une larme de couler. Si la police est dans le coup, avec « les autres », jamais elle ne pourra s'en sortir. Autant se rendre tout de suite et retrouver les copines à Fresnes. Mais cette hypothèse, c'était dans le meilleur des cas …

- Bon, on y va ? Fait quand même pas bon traîner dans le coin … Des fois qu'on nous poserait des questions gênantes …

Ils repartent en prenant bien soin de refermer à clé derrière eux. On leur avait demandé de rester discrets. Ils étaient entrés juste avant que les flics arrivent. Pas question que la flicaille attribuée à cette enquête vienne faire un tour ici trop vite. S'ils frappent et que personne ne répond, ils penseront l'appartement vide et ils n'insisteront pas. Dans le cas contraire, si la porte restait ouverte, ils pourraient se poser certaines questions en voyant l'état de cet appart, des questions qui les emporteraient peut-être trop loin avant que quelqu'un ne les arrête, ce qui avait pu être fait dans l'enquête d'il y a dix ans. Les deux hommes profitent du fait que tous les policiers sont occupés dans l'appartement voisin pour s'éclipser discrètement.

Après leur départ, Sabine bien que toute meurtrie décide de ne pas bouger et de rester dans son placard. Après tout, il n'est pas impossible que les policiers viennent eux aussi faire un tour dans cet appartement s'ils apprennent que leur victime y logeait. Par contre, eux n'oublieront certainement pas d'ouvrir le placard entièrement, et n'aurons plus qu'à cueillir le gibier dans sa cachette, et la suite … En attendant ce qui lui semble inéluctable Sabine reste allongée dans la position la moins inconfortable qu'elle a pu trouver. Les deux clés vont probablement laisser leur empreinte dans sa chair, mais tant pis. C'était le prix à payer.

Il faut que je prévienne Philippe que je viens d'avoir de la visite, se dit-elle, qu'il soit très prudent. Elle le rappelle.

22

Philippe Marchand, un sac à la main, arrive sur les lieux du crime. Les nouvelles vont vite. Il y a beaucoup de monde sur le trottoir, des curieux qui s'inquiètent de ce nouveau crime, un crime commis par la même personne qu'il y a dix ans. S'ils avaient douté la première fois, maintenant, ils se disent que cette femme est vraiment une meurtrière.

Il faut qu'il monte à l'appartement, mais le cordon de police empêche quiconque d'avancer. Heureusement, il garde toujours sur lui des cartes d'accès en tout genre, cartes bien utiles pour certaines investigations qu'il continue d'effectuer à titre personnel, qu'ensuite il vend au plus offrant. Quelle carte pourrait être le sésame aujourd'hui ? Croix rouge … Oui, croix rouge, ça marche bien la croix rouge. Avec sa corpulence, le rôle d'ambulancier sera tout à fait plausible. Mais il lui faudrait une blouse blanche… Une ambulance est stationnée tout près de l'entrée attendant que le corps soit descendu. Il se dit qu'il devrait y trouver son bonheur. Il s'approche du véhicule. Les deux ambulanciers discutent à l'avant du véhicule. Philippe se demande comment entrer dans l'ambulance... il faut qu'il invente un bobard ...un bobard qui soit crédible...Il cherche dans ses cartes celle qui imite les cartes de police. Il se décide.

- Bonjour messieurs !

Les deux hommes regardent ce grand costaud barbu et se demandent ce que cet homme leur veut. Ils répondent à son salut un peu froidement.

- Bonjour.

Philippe prend son air le plus aimable qui soit.

- Je suis désolé de vous déranger, je viens d'être appelé à l'aide par mon chef le médecin légiste mais je n'ai pas eu le temps de repasser au bureau et de prendre ma blouse, vous n'auriez pas quelque chose pour me dépanner ?

En même temps il leur fait rapidement passer sa carte bidon sous le nez, de façon à ce qu'ils n'aient pas le temps de la décortiquer. Pressés de retourner à leur conversation, les deux hommes ne se posent pas de questions.

- Regardez derrière, il doit bien y avoir un truc pour vous dépanner. Par contre, la taille ...

- Ce n'est pas grave, ce sera mieux que rien ! Je vous remercie !

Le journaliste trouve une blouse accrochée sur le côté de l'ambulance. Il est obligé d'enlever son pull pour pouvoir passer les bras. Une fois les deux bras passés, un bruit sournois lui signale que la couture du dos vient de rendre l'âme. Il attache les manches du pull autour de son cou, le reste du tricot cachant une partie de son dos. L'ensemble fait illusion. Il se présente à l'entrée de l'immeuble en brandissant sa carte croix rouge.

- Ambulancier croix rouge !

- OK ! Passez ! Non monsieur, vous, vous restez là !

Le vieux monsieur retenu contre son gré est fort mécontent.

- Mais je dois rentrer chez moi !

- Il n'y en a plus pour longtemps. Patientez un peu.

Philippe Marchand est entré, un petit sourire malin au coin des lèvres. Il arrive sur les lieux du crime et s'approche de celui qu'il sait être le chef. Il espérait que ce soit Mérieux, le même enquêteur qu'il y a dix ans, sinon, son plan était mort...

C'est bien lui, un peu plus gros, un peu moins de cheveux, un peu plus gradé.

- Bonjour.

- Qu'est-ce que vous faites là, monsieur, personne ne doit monter ! ...

Il regarde Philippe d'un peu plus près. Il a déjà vu cet homme ... un homme de cette stature ne s'oublie pas comme ça...

- Mais je vous connais vous !

- Philippe Marchand. Notre rencontre remonte à dix ans, quand j'étais journaliste reconnu. Dans une autre vie. L'affaire Mallone et Galache.

- C'est vrai ! Je me souviens de vous, défenseur acharné de Sabine Galache. Ils vous avaient viré après l'affaire si je ne me trompe… ?

- Vous ne vous trompez pas. J'ai essayé d'alerter un maximum de monde, mais vu ce qui s'était passé pour moi, les journalistes convaincus de l'innocence de Sabine Galache ont préféré jeter l'éponge. Tout seul, je ne pouvais rien. Et j'ai l'impression que ça recommence ! Vous ne trouvez pas ça bizarre ? Un cadavre ? Chez elle ? Juste après sa sortie de prison ????

- Si. Très bizarre … Mais avec les êtres humains, il faut s'attendre à tout, croyez-en ma longue expérience … mais le plus bizarre, c'est surtout la façon dont nous avons été prévenu … Une personne a appelé après avoir entendu des cris, soi-disant des cris horribles, venant de l'appartement de Sabine Galache. J'ai immédiatement été prévenu par un de mes collaborateur partageant mes idées d'il y a dix ans. Nous avons tout de suite pensé que ces cris pouvaient être ceux de Sabine Galache et nous étions inquiets pour elle. Nous avons donc envoyé du monde. Seulement, après enquête rapide du voisinage, il s'est avéré que personne n'avait entendu ces cris « horribles »... Comme madame Galache ne répondait ni au téléphone ni à la sonnette de l'entrée, les premiers inspecteurs arrivés sur les lieux ont forcé la porte et trouvé non pas le cadavre de madame Galache, mais celui d'un homme dont pour l'instant nous ignorons tout. Je suis arrivé très vite. Tirer un coup de feu, je veux bien, mais planter un couteau dans le ventre d'un homme, je dois dire que je vois mal cette femme faire cela. À l'époque, l'affaire m'avait déjà paru plus que bizarre, mais je peux vous le dire maintenant que je suis tout près de la retraite, j'avais reçu l'ordre de ne pas chercher. Mais ce n'est pas un scoop, vous vous doutiez de ce qu'il en était et de ce que j'en pensais. Mais les ordres sont les ordres ! Et quand on a une famille à nourrir ...Et puis je n'en connaissais pas les raisons de ce micmac ... Secret d'état m'avait-on répondu ! Formule magique qui évite de répondre à trop de questions ... C'est la raison pour laquelle aujourd'hui, même si je ne devrais pas être là, j'ai tenu à venir personnellement voir ce qu'il en était. Je ne crois pas du tout à ce que quelqu'un veut nous faire avaler. Et vous ... Vous êtes là pourquoi, au juste ? Vous n'êtes pas seulement venu me dire bonjour ?

Le policier regarde la blouse blanche très entrouverte sur la toison du journaliste, la fermeture totale de la blouse étant impossible.

- Vous avez changé de métier ? Vous êtes dans la médecine maintenant ?

Le journaliste l'entraine un peu à l'écart du va et vient des enquêteurs.

- J'ai besoin de vous… J'espérais que ce soit vous sur l'enquête, je ne vois pas en qui je pourrais avoir confiance, mis à part vous. Elle n'a rien fait et elle se trouve en grand danger. Elle se débat dans un beau panier de crabes. Trop de gens sont mêlés à cette histoire, et des gens qui se croient intouchables, et dans des milieux divers et variés. Enfin, d'après le peu d'indices que j'ai pu glaner çà et là.

- Je sais, je sais. Et je suis bien content de partir à la retraite et de ne plus avoir à faire avec tout ça. Les gougeons, eux au moins ne complotent pas. Ils mordent ou ils ne mordent pas. Point. J'ai hâte de me retrouver sur mon petit bateau au milieu de la rivière.

- Comme je vous comprends.

- Dites-moi … Qu'est-ce que je peux faire pour vous … ?

- M'aider à la sortir vivante de tout ce merdier.

- Hein … ??? Mais qu'est-ce que je peux faire ? Où est-elle ??? Tout le monde la cherche !

- Elle n'est bien loin …

- Ne me dites pas qu'elle est cachée dans cet appart. !

- Non, mais elle n'est pas loin … Est-ce que vous êtes prêt à m'aider, enfin à l'aider, elle ?

- Je joue ma retraite, mais oui, je suis avec vous. Pas question qu'elle soit à nouveau le bouc émissaire. Cette fois, je veux aller au bout de la vérité, la vraie vérité. J'espère que je ne me trompe pas …

- Vous pouvez être sûr que vous faites le bon choix.

- Où est-elle ?

Le journaliste a confiance, il n'hésite pas.

- Juste dans l'appartement voisin. Elle s'y est réfugiée en passant par les balcons. Vous aurez certainement une bonne collection d'empreintes à relever, car elle m'a averti que des hommes sont venus fouiller cet appartement qui était celui de votre victime, Fred Beaupas. Mais Sabine est bien cachée et ils ne l'ont pas trouvée. Ils cherchaient quelque chose mais apparemment ce n'était pas elle.

- Vous connaissiez ce Fred Beaupas ?

- Personnellement, non, mais il aidait Sabine et il devait nous rejoindre chez moi, mais il n'est pas venu … pour cause … et c'est pour ça qu'elle se trouve bloquée dans cet appart, elle se doutait qu'il lui était arrivé quelque chose.

- Nous irons faire un tour dans ce logement dès que possible. Les empreintes peuvent être intéressantes, on ne sait jamais…

- Ah j'oubliais ! Si ça peut vous intéresser, l'appartement de Sabine est truffé de caméras.

- Quel bordel ! Mais quel bordel !!! Tout ceci dépasse largement mes compétences, c'est du domaine des agents secrets ! Et je me demande où tout ceci va nous entraîner …

- Si vous ne voulez pas être mêlé à cette histoire, je comprendrai, mais aidez-moi juste à la faire sortir d'ici.

- Pas question…

Il n'a pas le temps de finir sa phrase, Philippe Marchand se méprend sur sa réponse,

- Quoi ???? Comment ça pas question !!!

- Hé ! Laissez-moi finir ma phrase, pas question… que je vous abandonne ! Que dois-je faire ?

Le policier savait que cette femme n'était coupable de rien, ni aujourd'hui, ni il a dix ans et s'il pouvait réparer un tant soit peu les années qu'elle avait perdues, il partirait encore plus heureux en retraite. Il en avait marre de tous ces secrets-défense, justifiés ou non.

- Voilà, je vous explique, je vais sortir de l'immeuble avec une vieille femme, assurez-vous que vos gars ne nous contrôlent pas.

En même temps qu'il prononce ces mots, Philippe Marchand se dit qu'il doit être un peu dingue de demander ce service au chef de la police, mais il sait aussi qu'il peut compter sur cet homme écœuré par trop de choses.

- À une condition, ajoute le commandant, vous me tenez au courant de tout ce qui se passe de votre côté ! J'espère que nous aurons un beau final et que je serai encore là.

Le journaliste l'assure de sa collaboration, le remercie et pénètre discrètement dans l'appartement voisin grâce à un passe qui lui fut bien utile autrefois, dans une autre vie, quand il traquait tout ce qui passait à portée de son appareil photo. Il regrettait d'avoir souvent été trop loin dans le viol des vies.

Le voilà en place. Il cherche le placard. Il le trouve. Il ouvre une porte. Sabine ne sachant pas qui est là ne fait aucun bruit. Il ouvre toutes les portes, ne la trouve pas et se demande où elle est cachée. Pas tout en haut quand même, comment elle aurait fait pour grimper se demande t'il. Il chuchote.

- Sabine ...Sabine ...

- Ah ! C'est vous ! Je suis tout en haut ! Elle pousse les portes avec ses pieds et ses mains. Qu'est-ce que j'ai eu peur ! Vous ne pouviez pas me le dire plus tôt que c'était vous!!! J'ai cru qu'ils étaient revenus !

Philippe Marchand ne peut réprimer une folle envie de rire en découvrant cette femme bloquée dans son placard. Il lui tend les bras et elle saute dedans sans se faire prier. Après tant de stress et d'inconfort, elle se met à sangloter et trouve réconfortant de se blottir dans deux bras aussi vigoureux.

- Et vous ça vous fait rire !

- Excusez-moi, mais de vous voir allongée dans cette penderie, je n'ai pas pu m'en empêcher ! Avouez que la situation a un côté comique.

- Peut-être pour vous, mais pas pour moi, croyez-moi !

- Vite, ne perdons pas de temps ! Je vous ai apporté un petit déguisement.

- Mais comment allons-nous sortir. Il doit y avoir des flics partout ???

- Ne vous inquiétez pas. Tout devrait bien des passer.

- Oui !!! Comme d'habitude !!!

- Vous vous souvenez du policier lors de l'enquête sur la mort de votre compagnon ?

- Vaguement ...

- Il avait essayé de vous parler lui aussi. Il ne vous croyait pas coupable.

- Peut-être ...

- En tout cas, il avait tout fait pour vous sortir de là, mais on l'avait réduit au silence.

C'est lui qui est chez vous et il va nous aider à sortir.

- Vous avez confiance ???

- Vous avez une autre idée ???

- Non.

- Alors, changez-vous. Vous entrez dans la peau d'une vieille dame de 90 ans ...

- Tel que c'est parti, j'ai bien peur de ne pas dépasser les 60 ans...

- Allons allons !!! Qu'est-ce que c'est que ce moral ! Ce n'est pas vous, ça !!!

- Vous avez raison, mais je me lasse. Finalement, j'étais bien tranquille en prison !

- Ne dites pas ça. Je sens que ces gens paniquent. Ils vont faire une erreur, c'est certain et leur erreur, c'est peut-être d'avoir tué Fred Beaupas. Ça en fait un de trop.

Pendant qu'ils discutent, elle se change. Il y a même un masque de mémé toute ridée. La voilà méconnaissable.

- Mais c'est qu'elle est toute mignonne ma petite mamie !

- C'est ça, moquez-vous !

- Allez, ne perdons pas de temps. Fuyons tant qu'il est encore temps. Hé !!! Vous êtes une mémé, alors ne courrez pas !!!

- Ah oui, j'oubliais.

Il déplie une canne restée dans le sac et la lui tend.

- Tenez, prenez votre canne.

Ils sortent, bras dessus, bras dessous, accompagnés par le commandant qui demande qu'on les laisse passer. Sabine est cachée sous l'écharpe, car le masque est un peu grossier. Mais dans l'ensemble, elle fait illusion. Le policier décide de les faire sortir par une porte latérale, au cas où la sortie de Sabine serait guettée. Il craignait aussi que des curieux indésirables reconnaissent le journaliste et fassent la liaison avec la vieille dame.

- Laissez les passer, je les connais.

Les voilà dehors. Sauvée une fois de plus, Sabine demande,

- Et maintenant, on fait quoi ?

- On va chez moi.

Rien de plus à dire. Le journaliste étant venu en métro, ils prennent la voiture de location de Sabine et sans avoir été inquiétés, quittent le quartier.

23

- Mais cette femme est impossible !!!!!!!!!!!! À croire qu'elle a été entrainée !!!!! C'était lui ou bien elle l'espion !!!??? Comment peut-elle disparaître comme ça !!!!!!!!!!!!!!!!!

L'homme qui parle au téléphone est hors de lui.

- Cette femme sort de prison, elle n'a plus d'amis ou très peu et nous les surveillons de près. Elle ne voit pas sa famille. ALORS !!!! COMMENT FAIT-ELLE POUR NOUS ÉCHAPPER, NOUS LES PROFESSIONNELS !!!!!!!!!!!

Il hurle. Il va faire une crise d'apoplexie s'il continue comme ça pense la personne à l'autre bout.

- Nous allons faire des recherches, vérifier les caméras de la rue, s'il y en a, ce dont je doute.

- JE M'EN FOUS !!!! JE VEUX CETTE FEMME ET SURTOUT PAS MORTE, ELLE NE NOUS SERVIRAIT PLUS À RIEN !!! NOUS DEVONS RETROUVER CE QU'ELLE CACHE ET VITE !!!

- J'essaie, Monsieur, j'essaie ...

- OUI, MAIS ESSAYER NE SUFFIT PAS SI VOUS VOULEZ RESTER EN VIE !!!

L'homme se calme.

- Et si je veux rester en vie moi aussi … vous ne savez pas à qui nous devons des comptes … et la facture s'allonge …le seul moyen que nous ayons pour nous sortir de là, c'est de découvrir ce qu'elle sait ou ce qu'elle cache et où elle le cache.

- Bien Monsieur, je continue.

- Excusez-moi pour cet emportement, mais je suis à cran depuis que nous avons appris que Raphaël Mallone avait eu le temps de laisser un petit souvenir à sa compagne. Nous étions certains à l'époque que son élimination suffirait, qu'il n'avait pas eu le temps de s'organiser, enfin d'après ce que nous avions appris et que lui, une fois disparu, le danger lui aussi disparaitrait. Les informations qu'il détenait et qu'il nous avait fait suivre ne nous mettaient pas en cause et donc pas en danger à ce moment de son enquête, il fallait qu'il n'aille pas plus loin, c'est tout. Mais il avait sûrement appris beaucoup plus qu'il n'en avait livré et ce qu'il avait découvert l'avait rendu méfiant vis-à-vis de nous. Il savait et nous ne nous sommes doutés de rien pauvres cons que nous sommes ! Tellement assurés de notre supériorité, de notre pouvoir ! De ne plus aller sur le terrain a dû nous ramollir le cerveau ! Et cette femme vu l'état dans lequel elle se trouvait au moment du procès, rien ne laissait supposer qu'elle savait quelque chose. Elle ne s'était même pas défendue ! Mais la bougresse, elle s'est réveillée, et ce n'est plus du tout la même femme ! Il faut que vous la retrouviez, et vite !

24

Sabine et le journaliste arrive dans l'appartement de ce dernier. Un bel appartement ancien où règne un désordre de célibataire qui ne s'attendait pas à recevoir de la visite. Mais un lieu accueillant, chaleureux, où Sabine se sent tout de suite à l'aise.

- Excusez le désordre, je n'avais pas prévu d'invités aujourd'hui.

- Ne vous inquiétez pas pour ça. N'oubliez pas que je sors tout juste de prison et non d'un cinq étoiles ! Pourtant, avec tous ces évènements, j'ai l'impression d'être dehors depuis plus longtemps que ça.

- C'est sûr ! Quand vous recommencez à vivre, vous ne le faites pas à moitié ! Est-ce que vous avez faim ?

- Je meurs de faim !

- Très bien, on mange, ensuite on parle.

Notre journaliste se révèle fin cuisinier et Sabine se régale.

- Il y a longtemps que je n'avais pas mangé un truc aussi bon !

- Vous ne les reconnaissez peut-être pas, mais ce truc comme vous dites, ce sont des saint Jacques.

J'en ai toujours au congélo. Je sais qu'en prison on ne vous sert pas ce genre de plats !

Sabine rit tout en sauçant son assiette et manque de s'étouffer avec la bouchée.

- Hé !!! Restez avec moi !!! Je ne veux pas vous perdre !!! Je pourrais être accusé de meurtre !

-Hum ! C'est trop bon ! Je sais bien que ce sont des saint Jacques ! C'était juste pour vous faire bisquer !

Un petit dessert, un café et les voilà prêts à discuter.

- Si vous souhaitez vous reposer, je comprendrai. J'ai une chambre pour vous.

- Non non, je me suis assez reposée dans mon placard. Allons-y.

- Il faut absolument que nous découvrions qui a pu arriver à cette conclusion que vous deviez détenir une information et comment ...

- C'est là tout le problème. Je ne vois pas comment. Je n'ai vu personne en prison à part l'avocat et mon amie Jacky à qui je n'avais strictement rien raconté. Tiens, en parlant de Jacky, elle est fin gourmet mais elle ne cuisine pas. Elle se régalerait avec vous.

- Dites-donc, vous me la vendez votre copine ou quoi ??? Déjà le coup de la moustache !

- Ben vous correspondez à ses critères de chasse, alors ...

- La chasse, revenons-y à notre chasse.

- Vous avez raison.

- Essayez d'aller au fond de votre mémoire, quand Raphaël vivait encore. Est-ce qu'il vous avait parlé de quelqu'un, quelqu'un à qui il aurait pu dire certaines choses, quelqu'un qui aurait fini par parler volontairement ou non ....

- Raphaël ne me parlait de rien. Ni de ses collaborateurs, ni de ce qu'il faisait. C'était une entente tacite entre nous. Je ne voulais pas savoir. Ah ! Si j'avais su ! J'aurais peut-être pu l'aider et il ne serait pas mort.

- Ne dites pas de sottises, dans ce milieu-là, moins on en sait et plus on a de chance de rester vivant. C'est parce qu'il leur fallait un coupable que vous êtes avec moi aujourd'hui. Il ne fallait surtout pas que quelqu'un cherche ailleurs. Sinon ils n'auraient pas hésité à vous supprimer vous aussi.

- Si vous le dites ...

- Bon ... alors ...où on va ???

- Si je réfléchis bien, les seules communications que j'ai eues, je les ai eues en prison. Attendez, attendez... oui oui ... J'ai parlé à une fille une fois, enfin une jeune femme. Elle n'avait pas le moral et voulait se suicider. Elle était en prison à la place de son jules. Moi j'en étais à ma septième année d'incarcération. Alors je lui ai raconté mon aventure, que j'avais eu envie de mourir etc... mais que je m'étais reprise et qu'elle allait s'en sortir elle aussi. Et je me souviens maintenant lui avoir dit qu'il fallait vivre pour faire payer les vrais coupables et que moi, j'avais de quoi me venger à la sortie ! OUI ! C'est ça, c'est certainement ça ! Je ne vois pas autre chose !

- Elle est sortie quand de prison ?

- Peu de temps avant qu'on me libère.

- Ça correspondrait tout à fait. Il faut qu'on la retrouve, savoir à qui elle a parlé. Son nom ? Vous rappelez-vous son nom ?

- Lili, c'est tout ce dont je me souviens.

- Je vais me renseigner tout de suite, j'ai un copain qui furète un peu partout avec ses ordinateurs. C'est un vrai magicien et j'ai confiance en lui. Il n'ira rien raconter. Ne bougez pas d'ici, reposez-vous.

- Faites attention à vous ! Si vous disparaissez, je suis morte.

Il part et Sabine se retrouvant seule aimerait bien téléphoner à son amie ou bien à sa fille, mais c'est impossible. Elle décide d'aller s'allonger un moment. Elle ne tarde pas à s'enfoncer dans un profond sommeil, emportée loin, très loin de tout ce bazar.

Un bruit de serrure la réveille d'un coup et elle plonge sous le lit. Elle attend de savoir qui est entré. Elle est sûre qu'il s'agit de Philippe, mais dans le doute, elle ne bouge pas.

Philippe de son côté ne la voyant pas, pense qu'elle se repose et fait le moins de bruit possible. Ce n'est qu'au bout d'une heure qu'il se décide à aller voir si tout va bien. Il entre dans la chambre mais ne voit personne dans le lit. Affolé, il appelle,

- Sabine, Sabine !!! Où êtes-vous !!!!

Une petite voix répond,

- Là, je suis là, sous le lit.

- Mais qu'est-ce que vous faites sous le lit ? Le matelas était trop inconfortable ???

- J'ai eu peur en entendant le bruit de la serrure et comme il n'y avait aucun bruit, j'ai préféré rester cachée.

- Bien sûr qu'il n'y avait aucun bruit ! Je ne voulais pas vous déranger !

Il éclate de rire.

- Vous alors ! Vous êtes incroyable ! Vous avez un sacré instinct de survie !

- C'est pour ça que je suis encore en vie ! Bon, vous avez trouvé quelque chose ?

- Oui, j'ai vérifié les entrées à la période de vos sept ans et les sorties à vos dix ans. J'ai cherché les jeunes femmes, les jeunes femmes maquées et je suis tombé sur une Liliane   Michel. Enfant abandonnée avec sa sœur, vie tumultueuse, est-ce que ça vous parle ?

- Je crois bien que c'est elle. Ça correspond à la Lili que j'ai connue. Une petite fille égarée dans une vie pour laquelle elle n'était pas du tout préparée. Elle avait une sœur qui venait la voir en prison. Ça se recoupe.

- Il faut qu'on la retrouve.

- Je crois qu'elle vivait, si mes souvenirs sont exacts du côté d'Aubervilliers. Mais où exactement, je n'en sais rien.

- Ce n'est pas grave, j'ai mon réseau d'informateurs. Nous allons la chercher. Je pars tout de suite.

- HÉ !!! Je vais avec vous ! Je vais mourir toute seule ici ! Je n'ai plus l'habitude de rester seule !

- C'est trop dangereux pour vous ! Regardez la télé !

- Et attendre, sans savoir où vous êtes, ce que vous faites, si vous êtes en danger ! Non non, je vous accompagne.

- Quelle tête de mule vous faites !

-Le problème, c'est … qu'est-ce que je mets … je n'ai plus rien.

- Ah oui … c'est vrai … je vous proposerais bien quelques vêtements personnels, mais je crains qu'il y ait un petit problème de taille …Ça y est ! Je sais ! Je vais vous chercher de quoi vous habiller autrement qu'en grand-mère. Ne bougez pas je reviens…

- Pas d'entourloupes ? Vous revenez !

- Pas d'entourloupes. Je promets ! Croix de bois, croix de fer !

Il sort et ne tarde pas à revenir les bras chargés de vêtements.

- je ne dis pas que tout est à la mode et à votre taille, mais essayez !

- D'où vous sortez tout ça ?

- Une friperie en bas. C'est une copine qui tient la boutique. J'ai promis de tout lui ramener ou de tout lui acheter. Attention, friperie, mais tout est propre.

- Tous mes critères d'avant ont bien changés… Je vais à l'essentiel et l'essentiel est de m'habiller, alors voyons cela de plus près…

Après avoir éliminé deux trois vêtements, il en restait suffisamment pour que Sabine trouve son bonheur et qu'elle en mette quelques-uns de côté. Elle part se changer dans sa chambre, puis revient habillée d'un jean, d'un pull à col roulé beige clair et d'une veste en jean elle aussi.

- Mais vous êtes super comme ça !!! C'est bien mieux que la mémé !!! Vous ne faites pas votre âge. La prison, ça doit conserver …

Il dit cela avec un gros éclat de rire rocailleux.

- Oui, ben vous, si vous voulez vous conserver, arrêtez de fumer !

- C'est fait, depuis dix ans… Mais les dégâts sont là. On y va ?

- On y va.

- Mettez cette casquette, elle vous cachera un peu le visage. Nous allons continuer avec la voiture de location. Je ne pense pas qu'elle ait été repérée, nous le saurions déjà …

Finalement, malgré le danger, après toutes ces années d'ennui, ces années sans surprises, toujours tout à la même heure, à la même vitesse,

Sabine commençait à prendre du plaisir à cette aventure, surtout depuis qu'elle n'était plus seule. Elle avait vraiment l'impression de renaître. La vie du dehors la gagnait, l'imprégnait et elle savait maintenant qu'elle voulait vivre ! Vivre pour retrouver sa famille, son amie, son appartement. Vivre non pas pour rattraper le temps perdu, mais pour profiter de tout ce qui passerait à sa portée.

Sans s'en rendre compte, elle se met à parler tout haut.

- Je veux un chat.

- Pardon ? Qu'est-ce que tu dis ? Oh excusez-moi, le tu, est arrivé tout seul.

- Il est le bienvenu. Au point où nous en sommes, nous pouvons bien nous tutoyer. Je disais que je voulais un chat.

- Un chat ? Comme ça ? ... Pourquoi pas ...

- Mais bien sûr quand je serai sortie de cette merde. Je ne voudrais pas mettre en danger un petit chat innocent.

- Je ne pense pas qu'il soit difficile de te contenter. On trouve des chats un peu partout.

- J'adopterai un petit chat abandonné, tout seul, comme moi. Enfin j'exagère, excuse-moi, je ne devrais pas dire ça, je ne suis plus seule depuis que je t'ai trouvé.

- On y va ? Demande-t-il.

- On y va.

Ils arrivent à Aubervilliers sans avoir beaucoup parlé. Leur seul sujet de conversation fut la circulation dans Paris et sur le périph. Sabine n'aurait pas su dire si elle était pire qu'il y a dix ans. Quand même, si, peut-être un peu plus chargée.

- Je vais me garer et faire un tour dans différents bistrots où j'ai quelques connaissances. Les femmes ne sont pas toujours les bienvenues, tout dépend de ce qu'elles ont à offrir ou à vendre. Alors toi ! Pas bouger ! Comprendo ... ???

- Comprendo chef ! J'attends sagement.

- Sûr ?

- Promis.

Philippe Marchand descend du véhicule et s'engage dans une rue un peu tristounette et guère avenante. Il disparaît de la vue de Sabine, laquelle profite de ce désœuvrement momentané pour se détendre. Elle abaisse le dossier de son siège et s'installe confortablement.

Un petit toc-toc contre la vitre, la portière s'ouvre et le journaliste monte dans la voiture.

- Pas facile le quartier. Mais j'ai quand même appris quelque chose. J'ai croisé une prostituée locale qui a ouvert la bouche après avoir vu les quelques billets que je tenais dans la main. EH ! NON ! Ne me regarde pas comme ça ! Pas pour ce que tu croies !

- Mais je ne crois rien du tout Philippe. Tu es un grand garçon. Tu fais ce que tu veux …Je comprends …

Elle se moque de lui avec un air complice.

- Et moi je me fais avoir ! Comme un bleu !

- Alors ????

- Alors, la petite Lili, elle se cache, parce que son mac vient de se faire descendre. On m'a vaguement parlé d'un chantage qui aurait mal tourné. Et si la Lili se cache, c'est parce qu'elle a peur. Et si elle a peur, c'est parce qu'elle sait de quoi il s'agit. Tu vois où je veux en venir … ???

- Je vois, je vois. Et nous pouvons la retrouver où notre Lili ?

- Aucune idée. La nana n'en sait rien du tout, mais avec quelques billets de plus, elle m'a parlé d'une frangine du côté de Clichy. Elle m'a donné une adresse, enfin juste un nom de rue. Lili s'y est peut-être réfugiée. On y va ?

- On est partis !

Les voilà en route pour Clichy. Le mobile de Philippe Marchand vibre dans sa poche. Il s'arrête.

- Allo ! Oui, c'est moi et non je ne suis pas seul. Mais la personne qui est à côté de moi a le droit de savoir. Nous progressons doucement et vous ?

Ensuite, Sabine n'entend que des « ah » de plus en plus graves. Des « ah » de plus en plus inquiétants et elle a hâte que la conversation se termine pour poser sa question, enfin.

- Qu'est-ce qui se passe Philippe ?

- Ce qui se passe ? Ce qui se passe ??? Rien de réjouissant. C'était le commandant de police.

Il traîne un peu à tout raconter.

- Alors !!!?

- Fred Beaupas n'a pas été tué sur place. Il a été emmené chez toi après sa mort. Mais il n'est pas mort à cause du couteau qui lui avait ouvert le ventre, il était là juste pour la déco ce couteau. D'ailleurs, vu le peu de sang qui avait coulé, on s'en serait douté m'a dit le commandant.

- Alors !!!?

- Alors ... Il est mort parce qu'ils l'ont torturé... à la gégène ... et son cœur a flanché.

- Oh mon dieu ! Quelle horreur. Je veux que tu arrêtes tout de suite Philippe. Je vais leur donner ce qu'ils veulent et basta ! Pas question qu'il t'arrive quoi que ce soit.

- J'ai droit à la parole monsieur le juge ? Je reste. De toute façon, ça ne changerait rien que tu leur donnes ces papiers, ils voudraient quand même te supprimer et moi aussi. Plus on avance plus je veux savoir. À cause de ces gens j'ai perdu ma vie d'avant. J'irai jusqu'au bout et cette fois ils ne pourront pas me réduire au silence. J'ai des collègues fins prêts à me rejoindre. Personne n'a compris ni accepté qu'on me mette à pied. Tout le monde sait qu'il y a une grosse affaire là-dessous. Mais les têtes ont peur. Peur de perdre leur statut, leurs relations, leurs trains de vie ! Alors c'est plus facile de sacrifier les subalternes. En attendant, nous devons changer de voiture et tout de suite. Fred Beaupas a peut-être parlé, peut-être pas, mais nous n'en savons rien. Il connaissait la voiture, donc elle devient un danger pour nous. Par contre, il faut la ramener dans une agence éloignée de ce quartier. Nos poursuivants feraient très vite le lien avec Lili et il faut que nous la retrouvions avant eux.

Ils repartent, cette fois vers la banlieue ouest de Paris, en descendant le plus possible. Ils finissent par arriver du côté de Boulogne-Billancourt où ils trouvent aisément leur bonheur. Ils repartent avec une Clio verte. S'ils espèrent trouver une voiture grise, qu'ils cherchent se disent-ils tous les deux.

Ils remontent vers Clichy. Pourvu qu'ils trouvent Lili avant qu'ils ne la fassent disparaître…

- On cherche la rue Simonneau. Nous ne devrions pas être loin. C'est dommage qu'il n'y ait pas de GPS sur cette voiture. Remarque, j'aurais pu programmer mon téléphone.

- Ah bon. On peut faire ça ?

- Je te montrerai tout ce que tu peux faire avec un smartphone.

- J'en ai des choses à apprendre ! Là, à droite, rue Simonneau !

- Cette fois, je pense que ce serait mieux si tu y allais. En me voyant, Lili, si elle est bien chez sa frangine, pourrait prendre peur et s'enfuir.

- Mais c'est bien ce que je comptais faire.

Ils roulent lentement. La rue n'est pas très longue.

- Pas facile de savoir dans quel immeuble elle crèche la frangine.

Il lui montre un petit immeuble un peu vieillot.

- Essaie celui-là, la sœur de Lili, selon la fille, n'a pas de gros moyens. Ça pourrait correspondre et de toute façon, il faut bien commencer par quelque chose.

- Et l'étage ...?

- Aucune idée. Il va falloir chercher une demoiselle Michel. Si elle s'est mariée ... se sera plus difficile encore de la trouver.

- T'inquiète, je vais chercher.

Sabine sort de la voiture, tandis que Philippe va se garer un peu plus loin dans la rue. Elle entre dans un immeuble vétuste dont l'entrée laisse à désirer, des sacs poubelles sont posés çà et là et de « magnifiques » dessins ornent les murs. Il n'y a que les parties communes au rez-de-chaussée. Elle monte au premier étage. Le carrelage des marches est en piteux état. Il faut bien regarder où poser ses pieds. Deux portes seulement sur le palier. Elle sonne à la première. Une vieille femme vient ouvrir.

- C'est pourquoi ?

- Bonjour madame. Je suis à la recherche d'une vieille copine qui habite peut-être cet immeuble, mais elle a dû se marier et je ne connais pas son nouveau nom.

La dame l'inspecte de la tête aux pieds afin de deviner qui pourrait être cette femme. Avec les vêtements de la friperie, passe-partout, qu'elle avait choisis de porter, Sabine ne semble pas susciter quelque inquiétude chez cette femme.

- Quel nom vous cherchez ?

- Michel.

- Ah ben vous avez de la chance ! C'est toujours son nom. Elle est au quatrième droite. Mais je crois qu'elle a du monde chez elle en ce moment.

- Merci beaucoup madame ! Vous me rendez un grand service !

Sabine est soulagée, pas besoin de courir les autres bâtiments. En même temps qu'elle monte les étages, Sabine se demande quel « monde » elle va trouver dans l'appartement… Pourvu que ce monde ait pour nom « Lili » et que ce ne soient pas les autres abrutis qui les aient devancés.

Elle arrive un peu essoufflée, plus par l'émotion que par la montée. Mon Dieu, aidez-moi un peu, faites que Lili soit là. Elle sonne. Personne ne vient ouvrir. Elle sonne à nouveau. Des pas légers se font entendre derrière la porte. Elle voit le cache œilleton bouger et elle devine un œil derrière. La porte s'entrouvre, chaîne de sécurité mise, sans que le visage de la personne n'apparaisse. Sabine est sûre que c'est Lili, sinon, pourquoi prendre tant de précautions pour ne pas se faire voir. Elle parle doucement.

- Lili ? C'est toi ? C'est Sabine. Tu te rappelles, Sabine de Fresnes. Je suis venue pour t'aider.

La porte se referme puis s'ouvre à nouveau. Sabine peut entrer. Tout de suite deux bras l'entourent.

- Sabine ! Mais qu'est-ce que tu fais là ?

- Je suis venue te chercher car tu es en danger.

- Ils ont tué Gilou, alors j'ai très peur. Ils vont me tuer moi aussi !

- Non, pas si tu viens avec moi. Prépare vite un sac, laisse un petit mot comme quoi tu es partie, mais rien de plus.

- D'accord, j'ai confiance en toi. C'est grâce à toi si je ne suis pas morte là-bas.

Sans se poser plus de questions sur la présence de Sabine chez sa sœur, Lili part chercher son paquetage. Elle ne met pas longtemps, son sac n'était pas défait. Elle écrit un petit mot à sa sœur, lui dit de ne pas s'inquiéter, qu'elle la remercie et l'embrasse.

Elles redescendent dans la rue, non sans croiser la vieille dame qui demande,

- Alors ? Vous l'avez trouvée ?

- Oui oui, un grand merci à vous. J'emmène sa sœur faire un petit tour en attendant qu'elle revienne de son travail. Au revoir madame et merci encore.

- Attendez … Comme vous m'êtes sympathique, et que je me doute qu'il se trame des trucs pas trop catholiques depuis que la petite est là, je vais vous dire quèque chose. Y a pas longtemps, y a deux messieurs qui sont venus me demander la même chose que vous. Mais eux, ils m'ont dit qu'ils cherchaient la gamine, petit hochement de tête en direction de Lili, mais leurs tronches ne me revenaient pas. Je leur ai raconté un gros bobard, comme quoi les sœurs étaient fâchées à mort depuis des années et que c'est certainement pas là qu'ils allaient la trouver. Ils m'ont crue les deux gros cons ! Ah ah ! J'ai bien rigolé. Ils avaient des sales gueules, tous les deux, des gueules à qui on peut pas faire confiance. Allez ma petite Lili, prend soin de toi. Tu m'as l'air de t'être encore fourrée dans un beau pétrin !

- Merci Julie ! T'es vraiment une mère pour moi, bien meilleure que ma vraie mère.

Elle embrasse la vieille femme. Celle-ci est toute émue,

- Oh tu sais, la vie amène de drôles de surprises des fois et pas toujours des bonnes.

- Je sais bien, mais nous les gosses, on n'est pas responsables de ça !

- Viens Lili, ne nous attardons pas.

- Où on va ?

- Rejoindre un ami qui nous attend dans une voiture dans la rue.

Sabine entraîne Lili dans une direction opposée à la voiture, toujours par mesure de précaution, puis revient sur ses pas.

- Pourquoi on tourne ? Qu'est-ce que tu fais ?

- Je vérifie que nous ne sommes pas suivies. Apparemment non.

Elles arrivent à la voiture.

- Et voilà notre Lili !

- Entrez vite dans la voiture. Pas besoin de se faire repérer.

- J'ai fait une petite vérification avant de rejoindre la voiture. Je n'ai rien vu de suspect.

- Bon, très bien. Nous allons encore changer de voiture et regagner mon appartement. Il ne faudra pas que nous arrivions ensemble. Je m'arrêterai un peu avant et tu prendras le volant Sabine. Je rejoindrai mon appart à pieds et tu me suivras de loin. S'il y a quoi que ce soit de suspect, je t'appelle. Sinon, tu te gares et tu montes avec Lili. OK ?

- OK. Ça me va.

Philippe n'appelant pas, Sabine se gare et elles le rejoignent dans son appartement.

- Deux nanas chez moi ! Je n'y crois pas ! J'ai déjà eu du mal à en supporter une plus de deux jours alors deux !!!

- Nous pouvons partir si tu préfères !

- Ah oui ! Et pour aller où ??? Avec tous ces fauves dehors !

- Eh ben tiens, au zoo ! Ce sera moins dangereux de dormir avec les lions que de marcher dans les rues. Comme on leur donne à manger tous les jours, ils n'ont pas faim !

- Pourquoi pas, c'est une idée ... je rigole, je suis très heureux de vous avoir avec moi, toutes les deux. Avant, je vivais parce qu'il le fallait. J'avais une espèce de rage au fond de moi qui me bouffait ! Je me disais que je n'avais pas fait tout ce que j'aurais dû faire, que j'avais eu la trouille moi aussi ! Maintenant, je vis parce que j'en ai envie. Il t'a fallu dix ans pour te réveiller Sabine, moi aussi, j'ai eu besoin de ces dix ans pour me secouer, mais j'avais surtout besoin de toi et de ton énergie. Sans toi, je serais dans le même état, à ressasser toujours les mêmes regrets.

- Merci Philippe, mais je pense que nous avons tous besoin les uns des autres.

- Personne n'a besoin de moi, dit Lili, mais il y a toujours quelqu'un pour profiter de moi.

- Mais si Lili, nous avons besoin de toi pour continuer et nous ne te laisserons pas tomber tu peux en être sûre !

- J'ai moins peur depuis que je suis avec vous deux.

- Bon, ce n'est pas tout les filles, mais il faut s'organiser. Je te laisse ma chambre Lili, je dormirai sur le canapé.

- Pas question que tu dormes sur le canapé, Lili va dormir avec moi. Le lit est assez grand pour nous deux. Ça ira Lili ?

- Mais oui bien sûr !

- Comme vous voulez.

Sabine accompagne Lili dans la chambre d'ami de Philippe afin qu'elle y dépose son sac.

Puis elles rejoignent leur nouvel ami occupé à téléphoner.

- J'ai des nouvelles concernant ton suiveur. Les numéros correspondent à la voiture d'un certain François Morel, fonctionnaire. Fonctionnaire de quoi, l'histoire ne le dit pas mais je parierais qu'il fait partie d'une section des services secrets.

- Mon dieu, on ne s'en sortira jamais ! crie Lili qui se met à pleurer. Si j'avais su, je n'aurais rien dit à Gilou ! Il serait encore là !

- Oui, au fait, tu lui as dit quoi au juste à Gilou ? demande Sabine.

- Je ne sais plus trop … que je m'en étais sortie grâce à toi, que tu m'avais redonné le moral. Que tu attendais d'être dehors pour te venger. Que tu avais de quoi ….

quelque chose comme ça...

- Cela a suffi à un petit malin comme ton Gilou pour sentir la bonne affaire. Mais   comment a- t-il fait pour aller à la pêche, sans savoir vers qui aller ??? S'interroge Philippe.

- Par les annonces ! Lili est étonnée qu'il ne connaisse pas cette pratique connue de tout le monde et très courante dans le milieu qui est le sien.

- Comment ça les annonces ? Quelles annonces ?

- Chaque fois qu'il y a quelque chose de particulier à vendre ou bien à acheter on passe une annonce.

- Quel genre ?

- Du genre … heu …par exemple, achète buffet grande contenance ne demandant qu'à être rempli. Ça, c'est quelqu'un qui achète, ou alors, vends meuble de rangement grand volume, cause double emploi, ça c'est quelqu'un qui vend. Je n'ai pas besoin de vous dire ce qu'ils ont à vendre ou à acheter …

Philippe savait très bien de par son métier qu'il y avait certaines pratiques usuelles dans le milieu. Pour la drogue d'accord, mais il ne voyait pas quelle annonce passer pour alerter quelqu'un sur une affaire vieille de dix ans.

- Oui, mais pour Sabine, comment il s'y est pris pour attirer le client ?

- Il a juste mis … j'ai des oiseaux à nourrir, adressez vos dons à l'association Raphaël …

- Et ça a suffi à alerter quelqu'un !!!???

- Il faut croire puisque Gilou est mort.

Sabine n'en revient pas que son destin, sa vie puissent être liés à une petite annonce. Elle reprend,

- Mais Gilou, il t'a dit quelque chose avant de mourir? Et pourquoi es-tu retournée avec lui après ce qu'il t'avait fait ?

- Je n'avais que lui et je l'aimais. Et puis il m'a offert une belle bague en remerciement pour la prison que j'avais faite à sa place, regarde.

Lili montre sa bague aux deux autres, ébahis par tant de naïveté.

- Il m'avait dit que grâce à moi, nous allions être très riches, très très riches et que nous partirions dans un autre pays, ensemble.

- Tu as vu les gens avec qui il avait parlé ?

- Oh non ! J'étais déjà tellement gênée qu'il fasse tout ça. Par rapport à toi Sabine. Il m'a juste dit, ça y est ils ont mordu, ils veulent me voir.

- Donc, nous ne sommes pas plus avancés … grommelle Philippe.

- Peut-être que si … avance Sabine.

- Ah oui ! Et comment ?

- Nous avons la piste, alors suivons-là ! Nous allons passer une annonce nous aussi !

- Ben voui et vu que nous sommes nombreux, armés jusqu'aux dents, ça va être du gâteau !

- Mais ils ne le savent pas que nous ne sommes que deux !

- Trois ! Ajoute Lili.

- Oui trois. Et puis si tu vois une autre piste …

La sonnerie du téléphone de Philippe l'empêche de répondre. Il décroche.

- Allo, ah c'est toi Marco. Oui … oui …. Intéressant … Je te remercie. Si tu as autre chose je suis preneur… C'est gentil, mais je ne voudrais pas te mettre en danger … l'affaire est sérieuse … Après tout, pourquoi pas si tu y tiens … Merci et à bientôt.

- Alors ? C'est quoi ??? Demande Sabine, impatiente.

- C'est mon ami Marco qui a ses entrées un peu partout. Il y a dix ans, juste avant l'assassinat de ton compagnon, le ministre de la défense avait donné sa démission puis quelques mois après il s'était suicidé. Personne n'avait fait ou chercher à faire le rapprochement avec quoi que ce soit, et puis dans l'affaire Mallone, ils avaient leur coupable. Sauf, que des rumeurs circulaient. Il ne se serait pas suicidé, mais ON l'aurait suicidé ... le responsable des rumeurs, un attaché dévoué, pfft, accident de voiture. Aucune relation avec notre affaire donc. Une secrétaire amoureuse de l'attaché contestant le décès par accident, pfft, noyée durant un voyage à la Réunion, voyage gagné on ne sait pas trop comment, et corps jamais retrouvé, mangé par les requins soi-disant. Aucun rapport non plus ! La pauvre n'est même peut-être jamais partie à la Réunion ...Toujours pas d'enquête ! C'est maintenant que je me dis que je l'ai échappé belle ! Il faut que je parle au commandant, qu'il reste très prudent, parce-que sinon, sa retraite ... pfft ! Ce sera au cimetière qu'il la passera ...

- Je vais ramener la voiture de location. Ce serait trop dangereux de la garder. Nous en louerons une autre le moment venu. Il n'est sûrement pas plus dangereux de prendre les transports en commun. Ces gens-là prennent rarement le bus ou le métro. L'artillerie, ça pèse trop lourd. Et puis c'est plus facile de semer quelqu'un dans la foule. Je vais aller dans un autre quartier, alors ne vous inquiétez pas si je tarde un peu à revenir.

- Je voudrais te demander quelque chose Philippe. Pourrais-tu passer un petit coup de fil à Jacky afin de la rassurer.

- Ok, je le ferai d'une cabine. Un message codé afin de ne pas attirer l'attention. Est-ce qu'elle te donnait un petit nom ou y avait-il des petits mots secrets entre vous ?

- Elle m'appelait la sauterelle, à cause de mes grandes jambes.

- Très bien, je m'arrangerai avec ça.

- Je te remercie une fois de plus. J'ai l'impression de passer mon temps à te remercier !

- Mais c'est normal ! J'rigole ! Allez, à toute …Je reviens, on mange et dodo.

25

Les nouvelles avaient finies par se disperser, de tous côtés, en éventail et certaines personnes haut, très haut placées commençaient à se sentir mal à l'aise. Ces personnes, au début, étaient tout à fait conscientes lors de leurs transactions financières, que tout n'était pas vraiment honnête, ce qu'elles souhaitaient c'était juste ne pas savoir et que rien ne transpire ... mais pour elles, la vie de qui que ce soit n'était pas engagée. Ce n'était que des problèmes de finances, des finances qui devaient les aider à se propulser au plus haut. Il y a dix ans, après ce qui s'était passé, après avoir entendu certains bruits de couloir, quelques-uns avaient essayés de sortir du jeu, un jeu dont malheureusement ils ne connaissaient pas toutes les règles... Rien n'était clair dans l'histoire et ils ne voulaient pas être salis par une vilaine affaire d'espionnage ni par des révélations de trafics en tout genre. L'argent était une chose, mais il ne fallait pas que leur réputation soit souillée, voire détruite, par de vilains soupçons sur leur accointance avec le marché de la drogue, avec des trafics douteux en rapport avec des hommes «d'affaires» russe, chinois, africains...le choix étant vaste sur le marché de la finance. Ils avaient quand même certaines valeurs ces hommes … Enfin ils le croyaient. Seulement, après certains investissements plus ou moins heureux, quelques dépenses non mesurées, de campagne par exemple, pour des affaires, ou encore des dépenses personnelles imprudentes, les réserves fondent et les taux d'intérêt de l'argent avancé si facilement s'avèrent prohibitifs. Ces gens ne pouvaient pas rembourser. C'est là que commençait vraiment le jeu …Ces ambitieux n'avaient pas pu résister à une nouvelle offre, offre dont ils ne voulaient toujours pas savoir la provenance, offre suivie d'un investissement juteux en bourse, sans risque pour des profits encore plus intéressants, passant par quelques délits d'initiés… Mais que faire … ? Petit à petit, de l'argent, beaucoup d'argent était arrivé, plus qu'il n'en fallait ! Et quand il finit par y en avoir trop, cet argent il faut bien le mettre quelque part … dans les paradis de la finance bien sûr, les paradis fiscaux. Pour cela, une « aide » personnalisée était mise en place. Et voilà installé le piège infernal dont ils ne pouvaient plus sortir, car si ces gens n'étaient plus coincés par des taux élevés d'intérêts, ils l'étaient tout autant par des chantages divers. S'ils ne jouaient pas le jeu proposé, tout serait étalé à la une des journaux. Donc chantage aux postes, aux bénéfices, chantage pour le choix d'une société pour des travaux importants, mouillant des têtes de l'industrie et des têtes de l'État. Vulgairement, ils étaient tous pris par les couilles.

Une personne jouissait du spectacle. Un homme que personne ne connaissait, un homme se prenant pour Dieu, manipulant des hommes et des femmes dans le monde entier. Il n'avait aucune frontière. Chaque jour, il se réjouissait de constater l'immensité de la bêtise humaine, persuadé d'avoir été choisi pour diriger ce jeu géant. Plus il en tenait sous sa coupe et plus il se hissait au-delà de l'humain. Il devenait Dieu.

Il n'avait personnellement rien contre Sabine Galache, il ne la connaissait même pas et ne la connaitrait jamais. Les détails, les dommages collatéraux, il n'en était pas responsable. Qu'ils se débrouillent entre eux. Ces petites affaires n'étaient pas dignes de quelqu'un de son rang. Lui, il avait le pouvoir, l'immense pouvoir de décider qui il pouvait libérer de son joug ou pas. Quelle jouissance d'être maître du monde !

Il avait un secrétaire particulier qui tenait le compte des dommages irréparables, c'est-à-dire les décès consécutifs aux affaires, comme ça, pour tenir des statistiques. Mais il n'aimait pas trop les morts inutiles. Cela le dérangeait et le remontait encore plus contre ceux qui les avaient engendrées afin de se protéger. Ces morts étaient un aveu de faiblesse et il n'aimait pas les faibles. Alors ceux-là, il les gageait encore plus. Lui seul avait le pouvoir de décider de la vie ou de la mort de quelqu'un.

En attendant, il vivait heureux sur une petite île du Pacifique. Des femmes, mais pas d'enfants. Il ne voulait pas prendre le risque d'engendrer des enfants moins intelligents que lui. Plus intelligents, l'idée ne l'avait pas effleurée, car cela était impossible. De temps en temps il voyageait, histoire de voir ce que devenait le monde, mais il revenait très vite vers son havre de paix, heureux de ne pas vivre au milieu de tous ces êtres inférieurs. Il en était arrivé à la conclusion que l'argent ne l'intéressait pas, qu'il en avait juste besoin pour assouvir ses désirs. Grâce à sa suprême intelligence, il était arrivé là où il se trouvait… Au sommet !

26

Les filles avaient profité de l'absence de Philippe pour ranger un peu. Pas trop pour ne pas le vexer juste quelques petites choses. Les livres éparpillés, replacés dans la bibliothèque, les papiers dispersés sur le bureau remis en tas, la vaisselle lavée, essuyée et rangée dans son placard, deux blousons dont un d'été toujours dehors remis dans la penderie de l'entrée et d'un coup l'appartement semblait plus grand. Il ne restait plus qu'à passer un petit coup d'aspirateur et de chiffon.

Un petit coup de sonnette et Philippe Marchand entre, une baguette et un sac à provisions à la main. Il retrouve les deux femmes assises dans les fauteuils, un verre à la main et un appartement qu'il n'avait pas vu aussi bien rangé depuis longtemps.

- Ça va les filles ! On ne s'embête pas !

- Tu nous as dit de faire comme chez nous, on fait comme chez nous.

- C'est parfait ! Servez-moi un petit verre avant que je me mette en cuisine. Dites-donc, c'est grand chez moi ! Merci d'avoir mis un peu d'ordre. J'aime bien faire la cuisine, mais pas le ménage !

- Nous avons vu ça ! Si cela te fait plaisir, tant mieux, car pour le moment, je ne vois pas comment te remercier.

- Le jour viendra, Sabine, le jour viendra !

- J'espère bien qu'il viendra ce jour et que nous serons tous les trois bien vivants …

- Mais oui, mais oui. Bon, tu as un gros bisou de Jacky qui s'ennuie de toi. Elle m'a dit qu'elle préparait un truc pour quand tu reviendras. Mais elle ne m'a pas dit quoi …

- Elle est géniale ! Elle a toujours été là. Elle en crevait de me voir dans l'état où j'étais.

- Je sais, j'étais là moi aussi, avec elle, impuissant face à ton apathie. Heureusement que tu t'es réveillée. Quoique ….La vie était calme avant ta sortie de prison …

- Mais si je dérange, je peux m'en aller ! Elle pose son verre et se lève.

- Sabine !!! Je dis ça pour rire !!!

- Mais moi aussi Philippe ! Où pourrais-je bien aller !!! Elle éclate de rire.

- Et moi je marche, comme toujours !

Une petite voix timide se fait entendre.

- Bon on la fait cette annonce.

Tous les deux se retournent vers la petite Lili qu'ils avaient oubliée.

- Mais oui Lili, nous allons la faire pendant que Philippe nous prépare un bon repas.

Aussitôt dit, aussitôt fait.

- Des oiseaux à nourrir ...faites appel ... non ça ne va pas. Dit Lili.

- Je nourris les oiseaux ...non ! Sabine réfléchit la tête entre les mains.

- Et ...Raphaël a besoin de vos dons ... suggère Philippe.

- L'association Raphaël a besoin de vos dons. Oui, ça sonne bien ! S'exclame Sabine.

Mais comment faire s'ils répondent ? Et où les faire répondre ?

- Déjà, ils contacteront le journal avec un numéro d'annonce. Nous ne donnerons aucunes coordonnées personnelles, juste qu'ils laissent un courrier au journal s'ils sont intéressés, qu'ils seront contactés dans une nouvelle annonce. Je vais m'occuper de ça avec mes potes. Nous la mettrons dans plusieurs journaux, afin de noyer le poisson. Si quelqu'un mord à l'hameçon, nous passerons une autre annonce pour le lieu de rencontre. Après, on verra ...

- C'est un bon début, même si ça me fait un peu peur. Ces gens ne reculent devant rien.

-Peut-être, répond Philippe à Sabine, mais cette fois, ils ne bénéficient pas de l'effet de surprise, et pas mal de personnes aimeraient bien comprendre certaines choses, comme toi, comme moi et bien d'autres. Y en a marre de ces abus de pouvoir ! Ils se croient intouchables, ils vont voir que non ! Mais tant que nous n'aurons pas une petite idée de quels énergumènes dirigent les manœuvres, et à quel niveau ils se trouvent, nous ne pouvons pas balancer la liste. Ils auraient tôt fait de tout étouffer avec les moyens qu'ils ont. Quoique leurs moyens depuis dix ans ne sont certainement plus les mêmes. Que ce soit au gouvernement, ou ailleurs les choses bougent avec les années.

J'aimerais quand même bien jeter un coup d'œil à cette liste et savoir quelles sont les personnes mises en cause.

- Pour ça dit Sabine, il faudrait retourner à la banque.

 Elle se garde de parler de la clé USB. Elle a confiance en Philippe, mais elle ne peut pas se fier à Lili. Elle ajoute,

- N'est-il pas encore un peu tôt pour y retourner ?

Philippe n'a pas le temps de répondre, la mélodie de la sonnette se fait entendre. Il va à l'interphone.

- Oui, c'est pourquoi ?

- Police. Nous aurions quelques questions à vous poser. Nous sommes en bas. Pouvez-vous nous ouvrir ? Nous n'avons pas le code.

Ne voulant pas avoir l'air suspect, il leur répond,

- Mais bien sûr, montez, je vous attends.

Il raccroche le combiné de l'interphone.

- Vite les filles, prenez tout ce qui vous appartient et disparaissez dans ma chambre. Planquez-vous sous le lit au cas où ils voudraient visiter. Avant, mettez vos sacs sous le lit dans la chambre d'amis. Moi je range les verres et je remets un peu de désordre. Ça fera moins louche ... et éteignez vos portables !

Les visiteurs ne mettent pas longtemps pour arriver. Ils sonnent. Philippe entrouvre la porte, chaîne de sécurité tendue, on ne sait jamais ...

- Bonjour messieurs. Pourrais-je voir vos plaques, de nos jours, rien n'est sûr !

Après avoir vérifié qu'il avait à faire à de vrais policiers, même si dans la situation ce n'était pas une garantie, Philippe ouvre la porte, un torchon à la main.

- Entrez messieurs, et excusez-moi, mais on n'est jamais trop prudent.

- Tout à fait d'accord monsieur Marchand. Mais dites-donc, ça sent drôlement bon chez vous !

- Ah ! La cuisine, c'est ma passion ! Et comme j'aime bien manger, je me fais de bons petits plats.

- Vous avez bien raison. On n'est jamais mieux servi que par soi-même.

- Que me vaut l'honneur de votre visite ?

- Honneur est un bien grand mot ! Nous sommes à la recherche d'une femme suspectée de meurtre.

- Allons donc !!! Et cela me concerne en quoi ?

- C'est une femme que vous aviez défendue il y a dix ans.

- Ah ! Vous parlez de Sabine Galache.

- C'est bien elle, vous vous en souvenez ?

- Et comment je m'en souviens ! Je me suis démené en tous sens, tout seul, ou presque pour elle, et tout ça pourquoi ???!!! Pour perdre mon boulot ! Mon boulot et ma réputation dans le métier, si bien que pas un journal n'a voulu m'embaucher après ça ! Alors allez défendre les gens !!! En attendant, j'espère ne jamais avoir à faire à elle ! J'ai trop perdu dans cette affaire ! J'y ai même perdu ma compagne de l'époque ! Alors ne venez pas chercher des renseignements chez moi ! C'est une personne que je ne souhaite revoir pour rien au monde ! Mais ... elle n'est plus en prison cette femme ?

- Non, remise de peine, elle est sortie il y a quelques jours. Et à peine sortie, elle remet ça !

- Vous me la coupez ... c'est qu'elle aurait bien assassiné son mec, alors ??? Merde alors !

- C'est ce qu'on pense. Cette odeur ... hum ...

- Vous voulez dîner avec moi ? J'en fais toujours de trop ! Les copains le savent et ils rappliquent souvent au resto ! Rien ne se perd. Jamais.

Les policiers ne sont pas encore totalement convaincus de ce que leur a raconté Philippe Marchand. Ils acceptent l'invitation.

- Avec grand plaisir ! Ça nous changera des sandwichs.

Ils dînent tous les trois tandis que Sabine et Lili se morfondent sous le lit de Philippe. Elles n'ont qu'une crainte, c'est celle d'éternuer, car bien qu'ayant passé l'aspirateur, il reste quelques petits résidus de moutons laineux lesquels lorsqu'elles respirent se font une joie de voler de l'une à l'autre. La hauteur du lit est juste suffisante pour qu'elles puissent relever un peu la tête. Elles ne peuvent qu'attendre, sans pouvoir se parler, sauf avec les yeux. Le seul bruit manifesté est celui de leur estomac. Pourvu qu'ils leur laissent un petit quelque chose à manger.

Ils ont fini leur repas.

- Nous n'allons pas vous ennuyer plus longtemps. C'est vraiment gentil de nous avoir invités.

- Mais cela ne m'a pas ennuyé, au contraire, je préfère un repas accompagné que manger tout seul. Si cela vous a fait plaisir, tant mieux.

- Nous vous souhaitons une bonne fin de soirée et peut-être à bientôt ... qui sait ... Vous allez trouver que j'exagère, mais puis-je visiter votre appartement ? Je n'ai pas de mandat. Je comprendrais que vous refusiez.

- Mais pas du tout. Je n'ai rien à cacher.

Le policier qui a fait la demande se dirige vers les portes des chambres. Sabine et Lili se font le plus petites possible. Heureusement, si le lit est assez haut pour qu'elles aient pu se cacher dessous, la couette descend suffisamment bas pour ne pas qu'il puisse voir ce qu'il y a sous ce lit.

- Celle-ci c'est ma chambre et à côté, la chambre d'amis. Les deux portes au fond, les toilettes et la salle de bain.

En parlant de la salle de bains, Philippe est parcouru d'un léger frisson. Il réalise qu'il a deux nanas chez lui et que c'est la pièce qui pouvait les trahir, mais elles n'avaient pas encore eu le temps de s'étaler. Ouf !!! De toute façon, Sabine n'avait rien pu emporter avec elle et Lili pas encore ouvert son sac.

Après avoir tout visité, le policier se sent un peu penaud et cherche à expliquer son attitude inquisitrice à Philippe Marchand.

- Vous comprenez, cette femme, vous vous êtes tellement battu pour elle que nous pensions qu'elle aurait pu se réfugier chez vous. Elle n'a pas grand monde sous la main. Nous étions presque sûrs de la trouver chez vous.

Philippe bout intérieurement. Ils vont partir ces deux-là, oui ou merde ! Ça commence à bien faire. Il a du mal à se contrôler. Il est vraiment temps qu'ils foutent le camp !!!

- Je comprends.

- Bien, alors au revoir, monsieur Marchand et merci encore pour le dîner.

- Y a pas de quoi. Au revoir messieurs et bonnes recherches.

- Ah, encore une petite question.

Toujours le même flic. Mais ce n'est pas vrai se dit Philippe, ils vont me demander s'ils peuvent dormir ou quoi encore !

- Connaissez-vous une certaine Lili ?

Là, le journaliste est pris de court. Il lui faut vite trouver une réponse appropriée. S'ils lui posent la question, c'est qu'ils savent qu'il est allé fureter du côté d'Aubervilliers. Donc, il ne doit pas nier mais trouver très vite quelque chose de plausible à lui répondre à ce flic de malheur.

- Personnellement … non … mais… je fais des enquêtes sur les faits divers pour le compte de potes qui n'ont pas le temps, il faut bien vivre, et ils voulaient un article sur un mac, un certain Gilou qui a été dézingué … D'après les locaux, une mort un peu louche … Je recherchais donc sa copine, une certaine Lili, mais apparemment, elle a disparu. Ils l'ont sans doute liquidée elle aussi, enfin si c'est la Lili que vous cherchez...

- Merci. Rien de plus à vous demander. Au revoir monsieur Marchand et encore merci.

- Au revoir.

Philippe s'empresse de refermer la porte et s'assure par l'œilleton qu'ils prennent bien l'ascenseur.

Ils sont bien trop polis ces poulets, merci par ci, re-merci par là. Ils ne sont pas venus pour rien ces deux-là. Ils ont des doutes, et s'ils ont des doutes, c'est qu'ils ont cherché des renseignements sur lui et qu'ils ont eu ces renseignements. Ça ne sent pas bon, mais alors, pas bon du tout … Il va chercher les deux femmes.

- Vous pouvez sortir, ils sont enfin partis ! J'ai cru qu'ils allaient passer la nuit chez moi ! Quels crampons ! Comme vous avez été bien sages, je vais re-préparer à manger. Ils ont tout dévoré les cochons !

Les deux femmes sont un peu endolories. Elles ont faim et très soif.

- Qu'est-ce que j'ai eu peur, dit Lili, heureusement que Sabine était là, parce que quand il est entré dans la chambre, j'ai cru que j'allais mourir !

- J'ai eu drôlement peur moi aussi ! Je tremblais comme une feuille.

- Ils ne sont pas venus faire une balade les deux loustics. Ils savaient pourquoi ils venaient et je ne crois pas qu'ils aient cru un mot de ce que je leur ai balancé. Enfin peut-être que si … Je ne sais pas …

- Moi, je t'ai trouvé très convaincant, dit Sabine. Mais je trouve bizarre qu'ils soient à la recherche de Lili … Que Gilou soit mort, un mac, règlement de compte ou autre, déjà, ça m'étonne que les flics s'intéressent à lui, sauf s'ils sont au courant d'autres choses … comme l'annonce par exemple … ce qui expliquerait le fait qu'ils cherchent Lili … cela prouve bien que tout ce beau monde va dans la même direction, la mienne. Ne me trouvant pas, ils se disent que Lili en sait peut-être plus que ce qu'a pu leur raconter Gilou, parce que le Gilou, il n'est sûrement pas mort d'un coup …

- En attendant, il va falloir changer nos plans. Vous ne pouvez plus rester ici.

- Oh non ! Lili commence à pleurer. J'étais bien ici ! Dehors, ils vont nous ramasser !

- Mais non, nous allons trouver une solution. Ne pleure pas Lili.

Tout en disant ces mots, le journaliste la prend amicalement dans ses bras.

- Philippe a raison. Nous ne pouvons plus rester ici. Il faut trouver une autre cachette. J'ai peut-être une idée …

- Ah oui ! Quoi ? demande Lili.

- Les parents de Jacky possédaient un studio dans le 11ème, nous y avons logé, Jacky et moi durant nos études. Ils avaient acheté ce logement pour avoir un pied à terre à Paris quand ils venaient voir un spectacle. Parfois ils y restaient quelques jours. Ils préféraient être chez eux plutôt qu'à l'hôtel. Je ne sais pas si Jacky a toujours ce bien. Maintenant que ses parents sont très âgés, ils ne doivent plus venir aux spectacles. Il faut que je lui demande. Mais comment ?

- Je vais envoyer une amie acheter un truc chez elle dès demain. Écris un mot qu'elle donnera à Jacky. Pour le moment, le plus sûr est de rester ici. Mais interdiction de sortir ou d'aller aux fenêtres. Pas question que quelqu'un vous repère !

Philippe retourne à ses fourneaux pour cuisiner son deuxième dîner de la soirée. Allez ! À table les filles, c'est prêt !

Après avoir dîné, Sabine se met à la rédaction de sa lettre pour Jacky. Après quelques mots, elle reste dubitative, le stylo en l'air.

- C'est bien joli tout ça, mais on fait comment pour rejoindre le studio s'il est toujours en possession de Jacky ? Interroge-t-elle.

- C'est vrai, dit Philippe, si des mecs restent dans le coin, comment les tromper … ? Il réfléchit …

- Mais oui !

- Mais oui quoi ? demande Sabine.

- Par l'immeuble voisin. Au dernier étage de celui-ci, il y a une passerelle. Les immeubles sont très vieux dans le quartier et autrefois, pour permettre aux locataires de s'échapper plus vite en cas d'incendie, les bâtisseurs créaient ce genre de passerelle. Il n'en existe plus beaucoup.

- Donc, avec Lili, nous passons dans l'autre immeuble, mais après, il faut que nous en sortions de cet immeuble !

- Il faudrait une camionnette ou un engin de cette sorte, dit Lili.

- Jacky a bien un fourgon, mais avec le nom de son magasin dessus, adieu le départ incognito !

- Ta Jacky, telle que tu en parles, elle doit bien connaître des professionnels pouvant venir vous chercher.

- Mais tu te rends compte ! Encore de nouvelles personnes au courant de notre lieu de résidence ! Comment faire confiance !

- Écoute Sabine, tout le monde n'est pas dans le coup ! Et bien au contraire, plus de gens intègres seront au courant de ton histoire, et plus les autres seront coincés ! Moins ils auront la liberté d'agir ! J'ai des copains en train de mijoter un article sur la mort de Fred Beaupas et ils comptent bien en profiter pour faire un rappel de tout ce qui s'était dit à l'époque de la mort de ton compagnon, dit, mais rapidement étouffé. Tous ceux qui avaient été obligés de la fermer, seront peut-être bien contents de remettre sur le tapis ce qu'ils savaient de l'affaire avant d'être muselés.

- Oui, peut-être … De toute façon, je n'ai rien de mieux à proposer. On y va comme ça ! D'accord Lili ?

- Oh moi … il y a longtemps que je n'ai plus d'avis sur rien … alors, je te suis …

27

- Allo ! Vous comprenez bien que dans notre situation, nous ne pouvons patienter plus longtemps ! C'est vous le responsable de la police, alors faites ce qu'il faut pour retrouver cette femme ! Vous êtes logé à la même enseigne que nous ! Si nous tombons, croyez-moi, vous tombez aussi, car comment expliquer la collaboration de la police il y a dix ans ! Le ministre vous couvrait peut-être, mais plus maintenant ! Il n'est plus en poste le ministre et il tremble de tous ses membres lui aussi ! Après tout vous en avez profité vous aussi de la manne financière avant que l'on découvre que ce fichu Mallone avait laissé une trace avant d'être liquidé ! Qu'est-ce qu'il foutait ce mec chez les truands ? Comment il a pu les berner pendant cinq ans ? Comment le gigantesque marché de la drogue est-il arrivé jusqu'à nous ??? Vous auriez dû savoir tout ça !!! Ils font quoi vos espions !!!! Si jamais quelqu'un arrive à remonter jusqu'à nous, autant vous dire qu'il ne nous restera qu'une seule chose à faire …nous tirer une balle dans la tête.

Pas moyen d'en placer une pour l'interlocuteur. L'homme est noyé par le flot de paroles. Il ne sait pas quoi répondre. Il n'a pas sous la main autant de personnes qu'il le souhaiterait. Les conditions ne sont plus du tout les mêmes qu'il y a dix ans. Certains se trouvant encore piégés dans le magma financier dans lequel ils étaient englués lui avaient proposé leurs hommes de mains afin de grossir ses forces, mais il ne voulait pas aggraver sa situation avec ça. Quant à se faire aider par les hommes du milieu, ce serait pour lui tomber plus bas que les plus profondes abysses. Il ne voyait pas d'issue et pensait à ceux qui avaient disparus, qu'ils avaient faits disparaître plutôt, il y avait dix ans de cela. Pourquoi attendre avant de se tirer une balle dans la tête. Ou alors, pourquoi ne pas se racheter en parlant le premier, avant que ce qu'ils cherchent, sans savoir le contenu de ce qu'ils cherchent, ne soit révélé à tous. Il avait comme bien d'autres succombé à l'idée de la belle maison, de la résidence au bord de la mer, frimer dans sa grosse voiture. Le pouvoir ne l'intéressait pas, mais côtoyer le pouvoir, oui. Il était invité à de grandes réceptions et sa femme pouvait parader avec de belles toilettes et beaux bijoux. De l'apparence, rien que de l'apparence et il avait rapidement fait le plein de tous ces artifices. Oui mais voilà, si vous voulez quitter ce monde, ce monde ne vous laisse pas le quitter comme ça ... Il s'était fait de plus en plus discret, jusqu'à ce que ses « coéquipiers » apprennent que Raphaël Mallone avait probablement laissé un petit souvenir. QUELLE MERDE !!!! se dit-il. Comment j'ai pu me laisser embringuer dans cette folie ! Il arrive enfin à parler.

-Je ne vois pas de solution. Vous ne croyez pas qu'il serait temps de tout arrêter. Il y a eu assez de dégâts comme ça. Je ne pense pas que cette fois-ci nous pourrons faire disparaître Sabine Galache aussi aisément que la première fois. Elle est apparemment devenue une toute autre femme pour arriver à se dissimuler ainsi. Moi, j'en ai assez. Continuez avec vos sbires si vous voulez, j'arrête tout.

Son interlocuteur, pour la première fois reste coi. Il n'a aucun argument si ce n'est,

- Alors vous êtes prêts à tout perdre ?

- La vie, vous voulez dire ? Mais je n'ai plus de vie ! Je suis bouffé, dévoré par l'inquiétude ! J'en ai profité, ça, c'est sûr, mais à quel prix ! Vous êtes serein, vous ?

- Non, c'est bien pour ça que je voudrais que vous trouviez cette femme ! Nous ne sommes pas obligés de lui faire du mal ... Vous pourriez peut-être mettre en place un système comme la protection des témoins et l'envoyer à l'autre bout du monde avec un joli pécule. Nous n'en entendrions plus parler. Il nous faut juste récupérer ce qu'elle cache.

- Et vous croyez vraiment à ce que vous êtes en train de dire ! Mais cette femme, si elle détient des secrets, vous pensez bien qu'elle va s'en servir ! Elle veut se venger cette femme et c'est normal ! Vous pensez toujours qu'on peut tout acheter !

-Et si quelqu'un s'en prenait à sa famille ?

- Mais on ne peut pas la joindre cette femme!!!! On ne sait pas où elle se cache !!!! Alors à quoi cela servirait-il de kidnapper quelqu'un si on n'a personne en face pour effectuer le chantage !!! NON ! Je ne vous suis plus et je me fous de ce qui peut m'arriver. Je viens de vous le dire, j'arrête.

Sans laisser à l'autre le temps de répondre, il raccroche. Puis il se met à son bureau et rédige une lettre qu'il range aussitôt dans son coffre. S'il est assassiné et qu'on dissimule ce meurtre en suicide, sa femme aura la preuve que c'est une mascarade. Il décide sans plus attendre de tout raconter à sa compagne, enfin presque tout, le reste est dans le coffre. Elle va pleurer, être très déçue, mais elle l'aime et elle comprendra. Il sait qu'elle sera toujours là, même s'il doit faire quelques années de prison. Ce sera plus difficile à expliquer aux enfants qui ont grandi dans cette vie artificielle, mais il est grand temps qu'ils reviennent sur terre eux aussi, qu'ils prennent conscience de la vraie réalité.

28

La nuit s'est bien passée. Tous les trois sont reposés, prêts à affronter une nouvelle journée de combat.

- Je passe à mon ancien journal, je m'occupe de faire apporter la lettre chez Jacky et dans la foulée, je fais les autres journaux. Restez bien sages et ne faites pas de bruit. Il vaudrait mieux ne pas allumer la télé ou alors sans le son. Je ne serais pas étonné qu'ils soient restés à surveiller dans le coin, ceux qui sont passés ou d'autres.

- Ne t'en fais pas, lui répond Sabine, nous serons très sages et nous ne ferons pas de bruit. Essaie de voir si quelqu'un te suit, mais discrètement, sans te retourner.

- Je ne suis sûrement pas aussi doué que toi, mais je vais essayer.

Philippe sort de l'appartement et se dirige vers la bouche de métro la plus proche. Il la connaît comme sa poche cette station. En deux pirouettes vite faites, c'est lui qui se retrouve derrière une personne qui a l'air perdu et qui cherche. Maintenant qu'il sait, il double son suiveur, un petit sourire au coin des lèvres, l'air de rien et va vers la direction choisie. L'autre le suit toujours. Il voit le journaliste entrer dans les bureaux de son ancien journal. Il décide d'attendre sur le trottoir. On lui a ordonné de le suivre toute la journée, donc il va le suivre toute la journée.

Philippe Marchand venait de rejoindre son ancien journal sans s'inquiéter d'une éventuelle filature. Ils voulaient le suivre, alors qu'ils le suivent … Après tout, il n'y avait rien de suspect à ce qu'il se rende sur son ancien lieu de travail d'autant plus qu'il continuait à travailler de temps en temps pour le journal. Il pensait faire plus attention en se dirigeant vers les autres journaux choisis pour passer l'annonce. Là, pas question qu'ils le suivent. Il devait rester prudent et discret.

- Salut les filles !
- Ah ! Philippe ! Comment tu vas !
- Je vais, je vais !
Le journaliste passait de temps en temps faire un tour au journal. Il avait gardé de très bon rapport avec toute l'équipe de même qu'avec le directeur. Ce dernier n'ayant pas eu le choix dans la décision qu'il avait dû prendre à son encontre. Philippe le savait et continuait de travailler en indépendant pour le journal.
- Est-ce que Marine est dans les parages ?

- Elle est dans son bureau. Monte, je la préviens.

- Merci Zoé.

Il choisit de prendre l'escalier... pour sa ligne ...Il arrive devant une porte qui s'ouvre avant qu'il n'ait eu le temps de frapper.

- Mon Phiphi ! Quel bon vent t'amène !

Ils s'embrassent.

- Je vais te dire.

Ils entrent dans le bureau. Philippe s'assure que la porte est bien fermée, puis il entraîne la jeune femme dans le coin du bureau le plus éloigné de la porte.

- C'est si secret que ça ! S'esclaffe La jeune femme en riant.

- Oui, en effet. Je suis venu te demander un service, mais si tu refuses, je ne t'en voudrai pas. Je t'explique.

 Philippe décide d'entrer tout de suite dans le vif du sujet sans palabres inutiles.

Il a toute confiance en cette femme, mais pour ne pas la mettre en danger elle aussi, il ne lui raconte que le peu qu'elle doit savoir.

- Voilà, tu en sais déjà beaucoup. Donc ce que je te demande, c'est de demander à quelqu'un de ton entourage, quelqu'un de confiance d'aller porter cette lettre.

- Mais je peux y aller moi-même !

- Pas question ! J'ai été suivi jusqu'ici, donc s'ils te voient arriver chez l'amie de Sabine, amie qui est sans doute toujours surveillée, ils vont se douter de quelque chose. Ces gens sont très dangereux !

- Hou … Tu vas me faire peur !

- Mais je ne rigole pas ma petite Marine, il y a pas mal de cadavres sur la route et je ne voudrais pas que tu grossisses la liste.

- Bon d'accord. Je m'en occupe. Je ferai ainsi que tu le demandes.

- Tu promets ! Pas de zèle !

- Mais non, tu me connais !

- Justement, je te connais !

- En attendant, si tu as besoin de quoi que ce soit, rappelle-toi que je suis là ! S'il faut que tes protégées changent de crèmerie, j'ai de la place chez moi.

- Merci, tu es super ! Je me sentais un peu seul avec mes deux nanas sur les bras.

Il lui fait un gros bisou sur la joue avant de repartir.

- Surtout, pas un seul mot à quiconque. Des vies sont en jeu.

Marine se met au garde à vous, et prend un air très sérieux en le regardant partir. Elle a déjà sa petite idée quant au déroulement de l'affaire …

Elle est complètement séduite par cette histoire et n'a aucune envie de la partager avec quelqu'un. Faire partie d'un complot, d'une aventure mystérieuse ! Elle se voit déjà en train d'écrire son article. Une affaire comme celle-là ne vous tombe pas au bout du stylo tous les jours et d'y participer c'est encore mieux ! Elle a déjà décidé qu'elle irait elle-même chez la Jacky en question. Elle sera très prudente. Elle va prendre le métro, le bus et elle verra bien si elle est suivie. En mettant un gros bonnet, des lunettes, personne ne pourra la reconnaître.

Vue sa taille, elle passait souvent inaperçue, c'est pour cela qu'elle mettait de hauts talons pour gagner les centimètres qui lui manquaient. Donc pas de talons pour rester une toute petite bonne femme emmitouflée n'attirant pas les regards.

Après avoir dissimulé l'enveloppe dans la ceinture de son pantalon, elle sort peu après le départ de Philippe Marchand, ce dernier continuant à s'occuper de l'annonce.

N'ayant jamais eu besoin de vérifier si elle était suivie, la jeune femme a du mal à se rendre compte si effectivement elle l'est. Elle se dit que finalement ce n'est pas si facile. Elle passe du métro au bus en pensant que ce serait suffisant pour semer un éventuel pisteur. Elle sort du métro, à proximité du magasin de Jacky … Elle est arrivée… mais pas seule …

Philippe Marchand avait oublié quelque chose, juste une petite chose, une chose à laquelle il n'avait pas du tout pensé… les vitres, les grandes baies vitrées donnant sur la rue … Toute la façade de l'immeuble était vitrée. Elles sont belles ces grandes vitres qui laissent entrer tant de lumière dans les bureaux, mais elles sont parfois bien indiscrètes … surtout pour quelqu'un équipé de jumelles … Du trottoir d'en face, un homme avait vu le journaliste en grande conversation avec une femme. Il l'avait vu lui tendre une enveloppe et quand cette femme était sortie juste après le journaliste, le pisteur avait pris la décision de la suivre elle, et non lui. L'habitude, l'instinct, une petite voix intérieure avaient décidé de son choix et en même temps du sort de la jeune femme.

Marine continuait son chemin sans se douter une seconde que le gars avec son air de rappeur, les écouteurs sur les oreilles, était justement celui qui la suivait depuis le journal. Cet homme avait d'abord eu l'allure d'un homme allant ou sortant d'un rendez-vous de travail avec son imperméable et sa mallette. Puis ensuite, il avait enlevé l'imper, l'avait abandonné sur un banc et il s'était retrouvé en blouson. Puis enfin, ayant abandonné la mallette dans une poubelle, après y avoir récupéré deux, trois trucs, il avait retourné son blouson, rentré son pantalon dans ses grosses chaussures, mis une casquette, un casque sur ses oreilles et mâchant un chewing-gum il avait poursuivi sa filature sans que Marine ne se doute de quoi que ce soit. La référence de la jeune femme en filature se limitait aux films et séries qu'elle regardait. Donc elle pensait que si elle était suivie, ce serait toujours par la même personne et qu'elle la repèrerait.

Le « rappeur » prend son téléphone.

- C'est bon les gars, vous pouvez vous approcher. Elle vient de sortir du métro. Il ne faut pas qu'on attende plus longtemps. Quand elle sera trop près du magasin nous ne pourrons plus agir.

Ils avaient l'avantage de la station, car la station Alésia est une station très fréquentée, avec tout autour des avenues courant vers la porte d'Orléans, Versailles, toujours bien chargées en circulation. Plus il y a de monde, plus c'est facile.

La voiture s'approche du trottoir où se trouve Marine. Elle ralentit. La porte coulissante arrière s'ouvre doucement. Un homme en descend avec un plan de Paris. Il vient se placer contre Marine, dans son dos, en lui demandant sa route. Marine ne se méfie pas. À Paris il est fréquent que quelqu'un cherche sa direction. Elle n'a pas le temps de lui répondre. Elle est poussée dans la voiture sans comprendre ce qui lui arrivait. Avant qu'elle essaie de crier une fois la surprise passée, les cris pouvant alerter les passants, ils la coincent entre eux, la tête plaquée sur les genoux d'un des deux hommes, une couverture sur son dos. Elle tente bien de se débattre, mais elle se rend très vite compte que c'est inutile. Elle a compris et elle s'en veut de ne pas avoir écouté Philippe.

- Regarde dans son sac.

L'homme sur lequel Marine a la tête coincée arrache sans délicatesse le sac de la main de la jeune femme, le fouille, tandis que la voiture continue sa route vers un lieu plus discret.

- Rien du tout, à part les trucs habituels.

- Tu n'es pas venue pour rien par ici.

C'est son pisteur qui parle.

- Alors il va falloir nous raconter ce que tu es venue faire dans le coin.

Une petite voix étouffée lui répond.

- Rien ! Je me promenais, c'est tout !

- Tiens, tiens, tu te promenais juste après avoir parlé à Philippe Marchand ...

- Mais oui, nous sommes des amis !

- Allume-moi une cigarette Momo.

- Je m'arrête demande le chauffeur ?

- Non, non, ce ne sera pas utile. Tiens-la bien Dany. Il fait rougir la cigarette.

Marine n'ose pas penser à ce que l'homme veut faire avec sa cigarette. Mais non, se raisonne-t-elle, c'est juste un fumeur. La voiture va puer la clope, c'est tout. Elle tente de se persuader d'une chose à laquelle elle ne croit pas une seconde. Elle commence à transpirer. Des sueurs froides coulent le long de ses aisselles. Elle a très peur.

D'une main il soulève les cheveux de la jeune femme, dégageant ainsi sa nuque qu'il caresse tendrement et de l'autre...

Marine n'a plus de doute quant à l'utilisation de la cigarette.

L'homme applique le petit rond tout rouge, bien étincelant sur la peau délicate de son cou.

Ne sachant pas ce qu'elle allait ressentir, Marine est surprise par l'affreuse douleur et pousse un hurlement de bête. Elle crie et se débat. Une sale odeur arrive à ses narines.

L'autre, impassible, recommence à faire rougir la cigarette et place le bout incandescent pile sur le joli rond qu'il venait de dessiner. La douleur est encore plus atroce.

- Ça fait très mal …hein … et je connais des petits endroits beaucoup plus délicats et beaucoup plus sensibles encore …

Marine le supplie d'arrêter. Il sait qu'elle est prête. Il lui demande.

- Tu as quelque chose à nous dire ?

D'une voix pleine de larmes et de souffrance elle répond.

- Dans la ceinture de mon pantalon. Une enveloppe.

- Ben voilà ! Fallait le dire plutôt ! Cela t'aurait évité quelques désagréments !

L'homme ne met pas longtemps à trouver ce qu'il cherche.

- Maintenant, nous allons te ramener à la station et tu vas rentrer gentiment chez toi. Ah si, donnemoi ton portable, des fois qu'il te viendrait la mauvaise idée d'appeler quelqu'un …

Avant qu'elle ne descende complètement du véhicule, son suiveur lui essuie un peu les yeux et le nez.

- Voilà. C'est mieux !

La jeune femme qui sort du véhicule n'est pas la même femme que celle qui y est entrée.

Elle est complètement défaite. Elle, d'habitude si coquette, n'en a rien à faire que son rimmel ait coulé. Elle veut vite rentrer chez elle, s'enfermer et pleurer. Son cou la brûle. Ce n'est pas le pire. Ce n'est pas qu'elle s'en fiche, mais la peur est bien plus forte que la douleur. Elle sait que désormais rien ne sera plus pareil, qu'elle ne sera plus jamais la même Elle veut s'éloigner au plus vite ce cet endroit, de cette voiture...Ce qu'elle ne sait pas encore, c'est qu'elle va s'éloigner, mais loin, très loin ...beaucoup plus loin qu'elle ne l'imagine ...

Elle a à peine fait quelques mètres que son suiveur est déjà derrière elle. Il n'a plus besoin de changer son look, car il sait que dans l'état où elle se trouve, elle ne va pas essayer de savoir si elle est suivie.

Elle descend les escaliers de la station et se dirige vers sa destination. L'homme est là. Elle arrive sur le quai et attend le prochain métro, enfouie dans son manteau. Elle se tient au bord du quai afin que personne ne soit témoin de sa détresse, et elle attend. Beaucoup de monde comme d'habitude. Comme elle n'arrête pas de pleurer, certains la regardent puis regardent ailleurs. C'est comme ça en ville. Personne ne se mêle de la vie de personne. Quand même, une dame lui demande si elle a besoin de quelque chose. Marine répond que non. Elle se trouve tout au bord du quai. L'idée de sauter vient se promener dans son cerveau puis passe son chemin. Tout oublier. Il ne s'est rien passé. Mais ce n'est pas possible, la douleur lui rappelle sans cesse ce qui vient de se passer. Il faut qu'elle prévienne Philippe. Vite !

Le bruit familier du métro se fait entendre au loin. Il entre dans la station, encore à grande vitesse. L'homme est là, tout près, si près qu'il peut sentir l'odeur de la chair fraichement brûlée.

Un petit geste lui suffit. Juste un petit geste dans le bas du dos de Marine qui perd l'équilibre, tombe sur les rails puis disparaît sous le métro.

Tout le monde se met à crier ! L'homme dit qu'il a senti qu'elle allait le faire, qu'il a deviné un peu trop tard, qu'il a essayé de la retenir, mais qu'il n'y est pas parvenu, à son grand regret. La dame dit qu'elle l'avait trouvée très triste cette jeune femme. Qu'elle n'arrêtait pas de pleurer.

Les pompiers arrivent et tentent tant bien que mal de récupérer ce qui est récupérable...

29

Sabine et Lili essaient de faire passer le temps … Lecture, télé, jeux … Mais quand on attend, les heures semblent plus longues qu'à l'accoutumée.

- Je n'aime pas rester sans avoir de nouvelles, dit Sabine. Je ne sais pas où est Philippe, je m'inquiète pour lui. Il faut que je l'appelle. Il n'y a quand même pas des micros partout !

- Je suis comme toi. Je m'inquiète. Ils vont bien finir par se douter qu'il nous protège.

- Ça, je crois qu'ils s'en doutent depuis un moment. C'est pour cela que nous devons trouver un autre gîte.

- En attendant, je rallume la télé.

Lili rallume la télé et s'installe confortablement dans un fauteuil, l'oreille presque collée au poste, tandis que Sabine cherche un nouveau livre dans la bibliothèque.

Lili s'exclame.

- Oh ! Quelle horreur !

Sans lever le nez de son livre, Sabine demande,

- Quoi donc ?

- Waou ! Y a une nana qui s'est jetée sous le métro !

- Ah bon ? Où ça ?

- Alésia !

D'un coup Sabine est debout. Philippe devait demander à une amie pour l'enveloppe, et pour quelle destination ... Alésia ! Coïncidence ??? Sabine, tous les sens en alerte n'y croit pas trop. Elle écoute le reporter parler.

- Nous ne connaissons pas pour l'instant l'identité de la victime. Des témoins affirment que cette femme, apparemment une jeune femme, avait un drôle d'air, qu'elle n'arrêtait pas de pleurer.

- Ça pourrait être elle !

- Qui elle ? Demande Lili.

- Notre messagère ! Vite Lili, prends deux trois trucs, on file !

- Mais qu'est-ce qui se passe ?

- La fille, sous le métro, ça pourrait être notre messagère et si c'est bien ce que je pense, ils ont lu le message et maintenant ils savent tout de notre combine ! Et surtout ils savent avec certitude où nous sommes !!! Alors il faut qu'on file et à toute vitesse !!! J'appelle Philippe !

- Philippe ? C'est Sabine ! Tu as entendu ?

Il lui répond,

- Entendu quoi ?

- Les infos !

- Ben non, je ne suis pas toujours branché. Je te rappelle que je suis en ville ! Pourquoi ?

- Une jeune femme sous le métro à Alésia !

- Oui … et puis …

- Tu ne penses pas qu'il pourrait s'agir de notre messagère !

- Mon amie devait contacter un copain. Non, ce n'est pas elle.

- Tu crois ?

- Je vais l'appeler, comme ça je pourrai te rassurer. Je te rappelle tout de suite.

Sabine attend patiemment, mais elle ne se fait guère d'illusion. Son instinct de survie lui parle … Elle sent le vibreur et prend l'appel avant la sonnerie.

- Alors ???

- C'est elle.

Il est en larmes.

- Je lui avais interdit d'y aller ! Je lui avais dit que c'était hyper dangereux ! Mais il a fallu qu'elle y aille quand même cette tête de mule !!! Oh seigneur !!! Je n'aurais jamais dû lui demander…

- Ce n'est pas ta faute Philippe. Tout ça c'est à cause de moi. Je vais leur donner ce qu'ils veulent. Ça suffit comme ça. Il y a déjà trop de cadavres. Ils sont trop forts pour nous. Nous ne gagnerons jamais contre ces gens.

Sabine baisse les bras, résolue à tout arrêter. Ce sera le tour de qui, après … Elle voulait la justice pour Raphaël, pour elle aussi, mais le tarif de la vengeance devenait trop élevé. Elle n'avait pas les moyens de payer ce prix.

Philippe s'est un peu repris.

- Ne dit pas ça ! Justement, ils sont allés trop loin ! Il faut les arrêter ! J'appelle tout de suite le commandant de police. Attendez mon retour. Préparez-vous à partir mais ne bougez pas. Il part.

- Alors ? Qu'est-ce qu'on fait ? demande Lili.

- On attend le retour de Philippe.

- Cette fille … c'est bien elle ?

- Hélas …oui. J'en étais presque sûre. Ils lui ont sûrement fait du mal, c'est pour cela qu'elle était en larmes. Viens, nous allons nous préparer à partir.

- Et où on va aller ? Ça ne s'arrêtera jamais ! Tant pis s'ils me tuent ! J'en ai marre ! Je reste ici !

- Ah oui ! S'ils te tuent d'un coup d'accord, mais s'ils te coupent les doigts comme à Gilou ! Un par un ! Avec un sécateur ! C'est ça que tu veux ! Et ce qu'ils ont fait subir à l'amie de Philippe ! On ne sait pas encore mais on va le savoir !

- Arrête ! Arrête Sabine ! J'ai trop peur !

- Tant que tu es avec moi, tu as moins à craindre, puisque c'est moi qu'ils veulent. Au pire tu prends une balle, mais tu gardes tes doigts. C'est pour les miens qu'il y a le plus à craindre…

- Mais si tu leur donnes ce qu'ils veulent …

- Cela ne leur suffira pas. Ils voudront savoir si je ne leur cache pas autre chose … Ce sont des paranos ces mecs !

- Des … quoi ?

- Des paranos ! Ils ont toujours une sale idée derrière la tête !

Tout en parlant, Sabine rassemble le peu d'affaires qu'elle possède dans un sac à dos trouvé dans le placard de l'entrée. Elle remet en place sa petite sacoche accrochée à sa ceinture, contre son ventre, s'assure de la présence des deux clés dans son soutien-gorge. Elle a pris soin de les envelopper dans du coton trouvé dans la salle de bain de Philippe, ce qui les rend beaucoup plus confortables. Lili ne les a pas repérées. Cette nuit, Sabine les avait glissées sous son oreiller. Elle en a aussi profité pour faire une petite lessive, sa garde-robe n'étant pas très fournie …. Dans tout ce binz, elle se réjouissait d'une chose, c'est d'avoir eu sa ménopause en prison. Un souci de moins.

-Ne prends pas tout Lili. Il y a un autre petit sac à dos dans l'entrée, ce sera moins encombrant que ton gros sac. Embarque juste le nécessaire. Tu récupèreras tout le reste quand cette histoire sera terminée.

- Je me fiche bien de mes fringues ! Ce que je veux c'est sortir vivante de ce merdier !

- Tu en sortiras vivante. Il n'y a pas de raison pour qu'ils te fassent du mal tant qu'ils peuvent m'avoir, moi. Tu te trouves là par hasard.

- Mais Gilou ? Pourquoi ils l'ont tué ?

- Gilou, il n'avait pas la moindre petite idée du bourbier dans lequel il s'était engagé. Il a voulu jouer au plus malin. Mais avec ces tordus, il ne faut pas essayer de jouer. Ils ont des règles de jeux qui leurs sont personnelles. Ton chéri, même s'il ne savait rien, devenait un témoin de trop. Ils devaient le supprimer.

- Mais il ne savait rien ! Il voulait juste vendre une information ! Que tu allais te venger en sortant !

- Pour eux, ça leur a fait comme une bombe qui aurait explosé dans leur petit monde bien organisé.

- Comment ça ? Quelle bombe ?

- Je ne peux rien te dire.

- Ah oui ! Et s'ils me prennent ! Que je leur dis que je ne sais rien ! Ils me coupent les doigts un par un ???

Sabine ne voulait rien dire à Lili afin de la protéger, mais ne rien lui dire n'était pas la garantie de sa sécurité. Il valait mieux qu'elle en sache un peu plus.

- Dis leur juste que j'ai une liste en ma possession.

- Une liste de quoi ?

- Une liste de noms de personnes qui ne sont pas très fréquentables. Je ne t'en dirai pas davantage.

- Ok, je prends.

- Dépêchons-nous maintenant !

- C'est bon. Je suis prête.

- Chut.

Sabine a le doigt sur la bouche et elle parle tout bas.

- L'ascenseur. Vite, sous le lit. N'oublie pas ton sac à dos.

- C'est sans doute Philippe. Ou un voisin.

- On s'en fout. On se cache.

Elles sont à peine cachées sous le lit de la chambre d'amis qu'un léger cliquetis arrive à leurs oreilles. Dans le cas d'une visite non attendue, Sabine avait jugé moins suspect de laisser la porte de la chambre entrouverte.

Deux hommes entrent dans l'appartement.

- Y a personne là-dedans. Elles se sont fait la malle. Regarde, y a un sac et quelques fringues sur le fauteuil. J'appelle le patron.

Il tape un numéro sur son mobile.

- On est arrivé trop tard encore une fois. Elles ne sont plus là. Les gars en bas, ils n'ont vu personne sortir ou alors ils les ont loupées… Le journaleux, lui on sait qu'il est sorti y a déjà pas mal de temps. Ok patron.

L'autre demande,

- Qu'est-ce qu'il a dit ?

- Qu'on était tous des cons ! Il commence à m'emmerder celui-là. Tout directeur de cabinet qu'il est, il commence vraiment à m'emmerder !!! Faut qu'on lui ramène le journaleux maintenant !

Sabine, en l'entendant parler de directeur de cabinet fait alors la relation avec la rue saint Dominique. Mais il y a urgence, il faut absolument qu'elle prévienne Philippe. Il ne faut pas qu'il revienne chez lui.

Elle prend son téléphone. Lili lui fait les gros yeux, mais elle comprend ce que Sabine veut faire. Elle lui prend le mobile des mains et le règle de façon à supprimer tous les bruits de touches. Sabine la remercie d'un sourire et commence à taper son message. Il n'y a pas une seconde à perdre.

- T'as pas entendu un petit bruit ?

- Non.

- Ça doit venir de l'ordinateur. Bon, on y va ? Faudrait bloquer le gars avant qu'il entre dans son immeuble. À deux, on n'arrivera pas à le coincer. T'as vu la carrure ! On a besoin des gars dehors. À quatre on pourra le mettre dans le fourgon.

Ils sortent de l'appartement. Elles sortent de dessous le lit.

- Ah ben ça alors ! T'as entendu Sabine ? Ils parlaient d'un directeur de cabinet ! Tu te rends compte ! On ne peut rien faire contre des gens aussi haut placés !

- Ils se croient intouchables mais nous les aurons Lili ! Nous les aurons !

- Si tu le dis ...

- Je vais appeler Philippe. Il n'a peut-être pas encore lu mon message.

- Philippe ... c'est Sabine. Est-ce que tu as eu mon message ?

Il lui répond,

- Non, j'étais avec monsieur Mérieux, le commandant qui était chez toi. Qu'est-ce qui se passe ?

- Nous avons eu de la visite tout à l'heure. Heureusement, nous étions cachées sous le lit avec Lili, ils nous ont crues parties. Tu ne dois surtout pas revenir chez toi, ils t'attendent en bas. Ils veulent t'enlever. Certainement pour me contraindre à leur donner ce que je cache.

- Aïe ! Mais vous deux ?

- Ne t'inquiète pas pour nous. J'ai ma petite idée. Pendant qu'ils étaient chez toi, les deux hommes ont eu un directeur de cabinet au téléphone.

Apparemment les ordres viennent de chez lui. Ça nous rapproche de la rue saint Dominique. Non ?

- C'est super ! J'en parle tout de suite au commandant. Ça se resserre, ça se resserre !!!

- Fais attention à toi ! Je t'envoie un message dès que nous trouvons un abri. Il ne faut pas qu'on perde de temps !

- Mais où allez-vous aller ?

- Top secret ! En fait je n'en sais encore rien. Et toi, tu vas aller où ce soir ?

- Ne t'inquiète pas pour moi, j'ai mes adresses.

- Bon à toute … Fais bien attention à toi.

À toute …Nous nous verrons dem

30

Un homme n'est pas du tout serein. C'est Arnaud Dulac, chef de cabinet du ministre de la défense. Arrivé à ce poste manœuvres après manœuvres, toutes plus malhonnêtes les unes que les autres, il se croyait intouchable jusqu'à ce qu'il apprenne que Raphaël Mallone avait laissé quelque chose et que Sabine Galache détenait ce quelque chose. Il avait beau avoir lancé aux trousses de cette femme des professionnels sous des prétextes divers et fallacieux, elle avait réussi à déjouer les pièges tendus. Il faut dire qu'il croyait qu'elle serait une proie facile, qu'il n'était pas besoin de mettre toute une armée en branle, ce qu'il n'aurait pu faire d'ailleurs, que quelques hommes suffiraient pour la mettre hors d'état de nuire, mais cela n'avait pas été le cas. La proie s'était avérée très futée. Il fallait absolument lui mettre la main dessus. Plus le temps passait, plus cela devenait dangereux pour lui. Personne n'avait cru que cette femme était responsable de la mort de Fred Beaupas. Lui-même n'avait pu empêcher que soit divulgué le rapport d'autopsie. Il croyait pourtant faire avaler le décès par blessure mortelle dans l'abdomen. Le médecin légiste étant surchargé ces temps-ci, il n'y avait aucune raison pour qu'il s'attarde sur un crime commis par une récidiviste. Mais les personnes au pouvoir n'étaient plus les mêmes qu'il y a dix ans. Tout était plus compliqué pour lui. Il devait rendre des comptes. Il ne pouvait plus se servir des mots magiques expliquant tout et rien tels que « secret-défense », « raisons d'état ». Mais il ne pouvait plus faire marche arrière. Il était allé beaucoup trop loin. En tout cas, il y en a un qui devait disparaître, Claude Affeck. Il ne pouvait plus faire confiance au chef de la police. Cet homme allait craquer d'un jour à l'autre. Il l'avait senti en l'entendant parler au téléphone. Il devait disparaître. Disparaître, mais d'une façon discrète, plausible... Il allait lui organiser un petit voyage en Corse ...

Bien qu'il s'était tenu à l'écart d'un certain milieu, faisant exécuter ses ordres par personnes interposées, il n'avait plus le choix. Il lui fallait l'aide de gens non concernés par la politique, l'industrie ou la finance. Mais il savait aussi que dès qu'il entrerait directement en contact avec les gens du milieu, c'était quitte ou double. Si ces gens considéraient qu'il leur serait utile un jour ou l'autre, il vivrait, s'ils considéraient qu'il pouvait devenir un danger potentiel, ils l'exécuteraient. Il y aura de toute façon une facture à payer…, mais il n'avait plus le choix, ces gens n'avaient rien à craindre, eux, de Sabine Galache, leur avenir ne dépendait pas de cette femme. Mais lui, si et il ne voulait pas se retrouver en prison. Il ne le supporterait pas. Il avait des projets beaucoup plus grandioses que la prison. Il se voyait très bien en président de la République, avec tous ses valets au garde à vous.

Il appelle son secrétaire.

- Organisez en urgence un voyage en Corse pour monsieur Affeck. Il y a des turbulences et il serait bon qu'il aille remonter le moral des troupes. Il paraît qu'ils se sentent abandonnés là-bas. Une petite visite de leur chef leur fera du bien. Vous lui prenez un aller-retour dans la journée. Ce sera bien suffisant. Et surtout dites-lui bien que c'est sur ordre du ministre ! Merci.

31

Les deux femmes se sont levées de bonne heure. Il fait à peine jour, mais aucune lampe n'est allumée dans l'appartement. Elles s'étaient couchées comme les poules et n'avaient donc eu aucun mal à se lever tôt. La veille, pas de télé, juste un peu de lecture avec une lampe de poche, à l'abri des draps. La moindre lueur les aurait trahies. Sabine avait eu l'impression de se retrouver adolescente quand ses parents la croyait endormie et qu'elle lisait jusqu'au petit matin. Une fois, sa mère l'avait emmenée chez le médecin, inquiète de sa petite mine. Elle avait dit au médecin qu'elle ne comprenait pas, que sa fille se couchait tôt et qu'elle dormait très bien. Le médecin avait fait un petit clin d'œil à Sabine, aucunement dupe de son petit stratagème. L'expérience ...Par solidarité, il était entré dans le jeu et avait prescrit quelques vitamines.

Pas de temps à perdre. Douche rapide, petit déjeuner et relooking.

- Lili, mets-toi des coussins devant et derrière et habille-toi en homme.

- Comment ça en homme ?

- Un pantalon, une veste, un chapeau et des chaussures !

- Mais avec quoi ? Tu as vu la taille de Philippe !!!

- Nous allons bricoler. Il doit bien avoir une aiguille et du fil quelque part dans cette maison… voyons voir …

Elles cherchent dans les tiroirs et les recoins susceptibles de cacher du fil et des aiguilles.

Lili découvre un petit nécessaire dans la salle de bains.

- C'est parfait. Maintenant un pantalon.

Elle trouve dans la penderie de Philippe un vieux velours.

- Vas-y, mets le Lili.

- Et toi, tu mets quoi ?

- J'ai tout ce qu'il faut pour jouer les grands-mères !

Avec les coussins, un bon ourlet, Lili est déjà à moitié habillée.

- Maintenant un pull.

Elles trouvent le pull qui absorbe sans problème les deux gros coussins. Il n'y a que les manches qui sont trop longues. Sabine les replie.

Son téléphone sonne.

- Allo ?

- C'est Philippe. Bon vous n'êtes pas encore parties, tant mieux. Le commandant Mérieux vous attend en bas de l'immeuble. Essayez de ne pas vous faire repérer. Ne passez pas la porte ensemble. Il pense qu'il n'y a plus personne en bas de chez moi, mais on ne sait jamais. Sa voiture est une Peugeot 3008 gris foncé.

- Tout est prévu, nous prendrons la passerelle.

- Soyez prudentes !

- Ne t'inquiète pas. En tout cas pour le moment, c'est une vraie rigolade et ça fait du bien !

- Qu'est-ce que vous faites ?

- Nous te raconterons… À toute à l'heure.

- À plus. Je te le redis, sois prudente.

Après s'être détendue avec Lili, ce coup de fil venait de la replonger dans le réel.

- Vite Lili ! Mets cette casquette. Finalement, enlève le coussin sur ton ventre et mets le sac à dos à la place. Si tu le prends à la main cela peut paraître suspect, un gros monsieur avec un sac à dos… Ramène tes cheveux sous ton menton, et coince les avec le col du pull, ça fera une belle barbe.

- Je commence à crever de chaud avec tout ça !

-On y va. Je t'accompagne jusqu'à la porte d'entrée de l'autre immeuble.

- Tu ne viens pas avec moi ? Mais je ne veux pas partir toute seule !

Lili est terrifiée à l'idée de se retrouver seule.

- Je vais te suivre, mais je veux être sûre qu'il n'y a personne à nous attendre en bas, personne d'autre que le commandant Mérieux.

- Tu me suis ! C'est sûr !

- Promis, juré ! On y va !

- Mais comment je le reconnais ce monsieur Mérieux ?

- Il sera garé devant l'entrée avec une 3008 gris foncé.

Sabine a remis le masque et les vêtements de la mémé. Elle a aussi caché le sac à dos contre son ventre. Vu le peu de choses qu'il contient, la déformation n'est pas importante.

- En avant la troupe !

- La troupe, la troupe, tu parles d'une troupe, lui répond Lili.

Elles trouvent sans problème la passerelle. Elles descendent par les escaliers. Arrivées au premier étage, Sabine demande à Lili de descendre les dernières marches seules. Elle la rassure en lui promettant qu'elle la suit de près.

Lili avance dans le hall de l'immeuble, pas tranquille du tout. Elle aperçoit la voiture et avance plus rapidement. La portière arrière est entrouverte. Sans regarder autour, elle plonge sur le siège. L'homme qui se trouve au volant est surpris par cette arrivée cavalière. Il se retourne et découvre une personne qui ne ressemble pas à une femme. Devant son air plus qu'étonné, sa bouche ouverte, Lili se met à rire. Toute sa tension est retombée.

- Vous êtes qui vous ?
- Moi, je suis Lili. Sabine arrive.

Mais Sabine n'arrive pas. Elle vient de repérer un fourgon qui s'approche un peu trop près de celle du commandant. La lettre. L'amie de Philippe n'avait pas eu le temps de la donner. Ils étaient là à les attendre, pour les cueillir toutes les deux comme il était prévu... La voiture du commandant Mérieux, elle, n'était pas prévue, au programme. Deux hommes descendent du fourgon et montent dans la Peugeot 3008, un devant, côté passager et l'autre derrière. Pas besoin pour Sabine de vérifier, elle sait qu'ils sont armés et ces hommes ont pris Lili pour elle. Elle voit la voiture démarrer, le fourgon la suit. Elle ne prend pas le temps de se changer et sort en quête d'un taxi. Les gens qui se trouvent sur le trottoir regardent d'un air plus qu'étonné cette vieille femme qui court et s'agite en tous sens. Un taxi s'arrête. Elle lui demande de suivre les deux voitures. Elle en profite pour se changer, mettre une tenue plus pratique. Décidément, les taxis sont des lieux opportuns. Peut-être qu'elle devrait en squatter un en permanence. Pour prendre la fuite, suivre quelqu'un, se changer c'est vraiment la solution idéale ... Elle appelle Philippe.

- Philippe ! Ils se sont fait kidnapper par ceux qui nous suivent !

- Qui ? Ils ?

- Lili et le commandant ! Je les suis en taxi. Oh ! Attends, ils ralentissent ! Oh la la !

- Quoi !!! Qu'est-ce qui se passe !!!

- Ils viennent d'éjecter le commandant sur la route ! Je le récupère !

Elle demande au chauffeur de s'arrêter et elle descend aider le commandant.

- Ça va ? Vous n'êtes pas blessé ?

- Non, je ne crois pas ... Je suis juste un peu sonné... J'ai un message. Ils ont emmenés Lili. Ils l'ont d'abord prise pour vous, c'est pour ça qu'ils se sont précipités.

- Qu'est-ce que je dois faire ?

- Ils demandent que vous leur donniez ce qui est en votre possession, ensuite ils libèreront Lili.

- Vous y croyez, vous ?

- Non.

- Et comment je peux les joindre ?

- Par moi. Ils me contacteront. Si je parle à qui que ce soit à part vous, c'est ma famille qui en souffrira. Apparemment ils ont des complicités multiples. Ils commencent à me gonfler ces mecs !!! Il faut qu'on les arrête !

- Vous ne croyez pas qu'il serait temps que les informations dont je dispose soient diffusées par les médias ?

- Je pense que si, mais j'ai peur pour ma famille. J'ai l'impression qu'ils ont le suicide facile, si vous voyez ce que je veux dire... Il faut pourtant qu'on trouve la faille. Je ne pourrais pas partir gaiement en retraite en pensant que je n'ai pas pu aider la petite Lili. Elle n'est pour rien dans tout ça ! Déjà vous, maintenant elle, ça suffit comme ça !!!

- Sauf que tout a commencé grâce à elle, mais sans qu'elle sache l'importance de l'information qu'elle détenait.

- Vous avez quoi, au juste ... ?

- J'ai une liste de noms, le détail de certaines sommes, des adresses de banques, des numéros qui sont certainement de numéros de coffres à l'étranger. Vous ne le savez probablement pas, mais Raphaël travaillait pour une antenne des services secrets, antenne parallèle et très secrète. Il avait en charge d'infiltrer le milieu, afin d'en découvrir les relations troubles avec des hommes d'affaire finançant certaines campagnes électorales et les intérêts qui en découlaient pour les uns et les autres. Il avait découvert bien plus que ce qu'on lui avait demandé, des politiques, des policiers étaient corrompus, et à très haut niveau.

- Je comprends mieux certains épisodes qui ont eu lieu au moment de votre affaire. Certains accidents … L'interdiction de faire des recherches plus approfondies pour l'enquête. Il faut dire que vous les aviez bien aidés par votre silence !

- Oui, je sais. Mais je ne peux pas revenir en arrière. Je suis une autre femme, une femme qui crie vengeance. Ils ne m'auront pas comme la dernière fois !

Le mobile du policier se fait entendre.

- Allo. Oui. Oui. Elle est avec moi. D'accord. Je vous la passe.

- Allo. Non. Non, il n'en est pas question. Si vous voulez savoir ce qui est en ma possession, c'est moi qui décide. Si vous touchez à un de ses cheveux, vous n'aurez rien.

Elle raccroche.

- À quoi vous jouez ???

- À mon propre jeu. C'est moi qui ai les atouts en main. Il ne faut pas longtemps pour comprendre que Lili est une gentille fille, mais qu'elle est un peu limitée, si vous voyez ce que je veux dire, et donc que je n'aurais pas pu lui confier les secrets que je détenais, c'est pour cela qu'ils n'ont aucun intérêt à lui faire du mal. Moi, je veux les retarder parce qu'ils ont envie que tout aille vite. Ils sentent le danger tout proche. Ils ont peur ! J'en profite. Nous devons les retarder par tous les moyens.

À nouveau le téléphone. Sabine prend l'appel.

- C'est trop tard pour ce soir. Vous savez comment joindre le commandant Mérieux. Je serai avec lui. Vous savez donc où me joindre désormais. Je ne veux mettre la vie de personne en danger. Alors vous laissez partir Lili. Elle ne sait rien du tout. Croyez-moi, vous avez tout intérêt à ce que tout se passe comme je vous le demande. Ce que je détiens est une bombe. Vous voyez Hiroshima ? Oui ? Et bien c'est pire !!! Si vous ne voulez pas que je dégoupille la grenade pour tout faire exploser, vous libérez Lili. C'est Lili qui doit m'appeler quand vous l'aurez relâchée. Je vous préviens, pas d'embrouille. S'il lui arrive quoi que ce soit, ne serait-ce qu'une écorchure, vous perdez tout. Moi, je n'ai plus rien à perdre. Vous avez un otage qui ne vaut rien, moi j'ai la clé d'un coffre. À vous de voir. Elle raccroche.

Les minutes s'écoulent. Il faut le temps qu'ils prennent les ordres de leur chef. C'est un peu long. Sabine se demande si elle n'y est pas allée un peu trop fort. Elle n'aurait pas dû leur parler de cette façon. Après tout, c'est elle la proie et eux les chasseurs.

Le téléphone. Sabine prend l'appel. Elle essaie de ne pas laisser passer son inquiétude dans sa voix.

- Allo.

- C'est Lili ! Je suis dans la rue !

Sabine respire. Elle est rassurée sur le sort de Lili.

- Tu es toute seule ?

- Oui, ils sont repartis.

- Écoute Lili, file chez ta sœur ! Ils ne te suivront pas. Je leur ai dit que tu ne savais rien. Je te contacte dès que je peux.

- Tu es sûre ! Je ne veux pas t'abandonner comme ça ! Tu ne veux pas que je vienne te rejoindre ?

- Oui je suis sûre ! Allez ! Fiche le camp !

Elle raccroche.

- Je crois que je n'ai jamais eu autant de gens pour s'inquiéter de mon sort. Cela fait du bien.

- Si vous saviez comme je regrette d'avoir privilégié ma famille, ma carrière au lieu de chercher les véritables assassins de votre compagnon. Je m'en veux.

- Vous n'auriez pas gagné et votre femme serait une veuve se demandant pourquoi son mari s'est suicidé ou pourquoi un chauffard vous a écrasé. C'est mieux, ça, comme solution ?

- Encore une fois, vous avez raison. Mais n'empêche, j'ai des remords.

- Bon, remords ou pas, où allons-nous ? Le mieux serait l'appartement des parents d'une amie, s'il est disponible. Au moins là, je suis sûre que nous serons tranquilles. Pensez-vous qu'ils aient mis des micros chez mon amie Jacky ?

- Tout est possible.

- Tant pis, j'appelle. Je vais ruser ...

- Vous auriez fait un très bon agent, savez-vous ?

- Dix années à survivre, cela vous donne une sacrée envie de rattraper le temps perdu ! De plus, j'ai un but et je veux aller jusqu'au bout, régler mes comptes.

- Si vous réussissez à régler vos comptes, comme vous dites, d'autres comptes se règleront par ricochets, et je crois que ce sera une véritable curée… Pour avoir supprimé autant de gens, c'est qu'ils ont très gros à protéger.

Sabine appelle, la voix un tantinet chevrotante.

- Allo, bonjour, ici c'est madame sauterelle qui souhaite faire un achat.

Immédiatement, Jacky a compris qu'il s'agissait de Sabine. Elle l'avait affublé de ce surnom pour se moquer de ses grandes jambes qui couraient toujours plus vite que les siennes.

- Ah ! Bonjour madame sauterelle, qu'est-ce que je pourrais faire pour vous.

- J'ai vu un joli objet dans votre vitrine… Sortez voir, je vous guiderai …

Jacky sort de son magasin et se plante devant sa vitrine, semblant chercher quelque chose.

- Ça y est ma Sabine, je suis dehors. Je n'ai pas de croissant, mais je mets bien le téléphone devant ma bouche, comme ça, personne ne peut lire sur mes lèvres.

- Tu es un amour ma Jacky ! Heureusement que je t'ai ! Je voulais savoir si le studio de tes parents était libre.

- Bien sûr qu'il est libre, mes parents viennent moins souvent à Paris vu leur âge, mais ils ne voulaient ni le vendre, ni le louer. J'envoie tout de suite Victor mettre la clé sous le paillasson. Il doit rester deux trois trucs dedans, quelques conserves. Mais comment vas-tu ? Où en es-tu ???

- J'avance, j'avance, seulement plus j'avance plus ils se rapprochent, eux ... Mais je ne suis pas toute seule, alors ne t'inquiète pas et fais attention toi aussi. Ces gens sont capables de tout s'ils savent que tu m'as parlé.

- Te tracasse pas. Je fais des gestes devant la vitrine, s'ils sont là, ce dont je doute, ils doivent penser que je suis avec un client.

- Merci pour tout ma chérie et à très bientôt j'espère.

- Je t'embrasse.

Se doutant que des évènements graves étaient en train de se passer sous ses yeux, le chauffeur de taxi n'avait pas ouvert la bouche. Mais il était temps pour lui de demander ce qu'il devait faire.

- On fait quoi maintenant messieurs dames ?

- Excusez-nous pour ces contretemps, lui répond Sabine. Nous allons prendre un autre taxi, il ne faut pas que l'on vous mette en danger.

- J'ai bien compris que c'était grave. Ne vous inquiétez pas, je n'en parlerai à personne. Ce que je peux faire pour vous aider, c'est la chaîne.

- Qu'est-ce que vous appelez la chaîne ?

- Je joins un chauffeur qui en appelle un autre et ainsi de suite, autant que vous en aurez besoin pour arriver à votre destination finale. On noie le poisson, quoi.

- Ça, c'est une super idée ! S'exclame le policier. En effet, nous sommes sur une grosse affaire, et si nous arrivons au bout, j'interviendrai personnellement afin que vous receviez une décoration pour votre aide. Bien sûr, si je sors vivant de cet enfer.

- La décoration, je ne dis pas non, mais le plus important c'est de vous sortir de là et de vous amener à bon port. J'appelle tonton. C'est un vieux de la vieille. Avec lui, il n'y aura pas de fuites et il saura qui appeler pour continuer le voyage.

- Merci, merci beaucoup !

Ne pas être seuls, c'était déjà faire un pas vers la victoire.

Le commandant Mérieux paie la course et ils attendent le tonton en question avant de quitter le taxi.

Tonton devrait être à la retraite, mais sans son taxi, il mourrait en quelques jours, avait dit le chauffeur.

Le fameux tonton ne tarde pas à arriver. Cet homme cache sa jovialité derrière une grosse barbe, mais il la cache très mal et Sabine et le commandant sont très bien accueillis. La course n'est pas classique et ça bouscule un peu le quotidien de cet homme qui se dit qu'il participe peut-être à un épisode historique …Il en frissonne de bonheur !

Après plusieurs changements de voiture, des collègues en qui tonton a toute confiance, plusieurs itinéraires, ils arrivent dans le 11ème arrondissement. Sabine se souvient très bien de l'emplacement du studio. Le quartier lui rappelle tant de choses … Elles en avaient bien profité avec Jacky durant les années de leur insouciante jeunesse…

Ils y arrivent sans encombre, sans mauvaises rencontres. La clé est sous le paillasson. Ils entrent. Jacky n'avait pu s'empêcher de faire suivre quelques victuailles fraîches et de quoi se désaltérer.

- Avec une telle amie, je n'arrive pas à comprendre qu'elle ne soit pas parvenue à vous sortir de la dépression dans laquelle vous étiez tombée !

- Rassurez-vous, elle non plus n'avait pas compris. Et même moi je me pose la question. Il faut dire que cet homme je l'ai tellement aimé, je ne voyais plus de vie possible sans lui. Et puis, c'est la façon dont j'ai découvert son cadavre, avec la police qui m'a empêchée de m'approcher de son corps. C'est cela le plus terrible, ne pas avoir pu l'embrasser, lui dire au revoir, le serrer encore dans mes bras.

- Je comprends. Et maintenant ?

- Quand tout ceci sera fini, je ne sais pas. Pour le moment je me bats pour survivre. Après, il faudra que je me batte pour vivre, tout simplement. Depuis que je suis sortie de prison, il y a si peu de temps, je n'ai pas eu le temps d'y réfléchir … Ma vie s'est remplie d'un coup d'un seul. Du stade dépendant, je suis passée au stade actif. C'est en général l'inverse qui se passe dans la vie, non ?

- La logique l'affirme. Mais avouez que vous avez tout fait dans le désordre depuis votre rencontre avec Raphaël.

- C'est vrai, mais il faut que je remette les choses dans l'ordre. J'ai des petits enfants, il est temps que je joue mon rôle de grand-mère. Je ne refusais pas ce rôle, mes enfants me le refusaient. Mais je les comprends. C'était difficile pour eux.

- Vous êtes jeunes encore. Vous y arriverez. On se fait un petit casse-croûte ? J'ai faim !

- Avec plaisir. Je regarde ce qu'il y a dans les sacs. Allumez la télé si vous voulez.

- Je vais d'abord appeler ma femme, je veux m'assurer que tout va bien. Je voudrais qu'elle parte quelques jours chez une amie, je serais plus tranquille.

Il passe son coup de téléphone puis allume la télé. Il choisit LCI afin d'avoir les dernières nouvelles.

- MERDE !!!!

- Qu'est-ce qui se passe encore !? Sabine vient le rejoindre devant le poste.

- Le chef de la police a été assassiné lors d'une visite en Corse. Mais qu'est-ce qu'il foutait en Corse ? Tout allait bien ! Il n'avait aucune raison d'aller en Corse ! J'appelle son bureau.

Sabine attend qu'il ait fini puis l'interroge du regard.

- Ordre du directeur de cabinet du ministre de la défense, par mesure de précaution, au prétexte de mouvements suspects en Corse. Pipeau, pipeau, pipeau !!!

- Vous pensez à quoi ?

- Je pense que le chef de la police, vu son train de vie, devait avoir d'autres revenus que son salaire. Il devenait sûrement une menace pour certains et ils ont trouvé un bon moyen de le liquider.

- Ça viendrait du ministre ?

- Non, je ne pense pas. Il était loin d'être en poste il y a dix ans. Par contre, son directeur de cabinet, il a des dents qui traînent par terre. Il vise le haut, le très haut tout en servant, en léchant les bottes de qui peut lui être utile. Je n'ai jamais aimé ce type et moi, je ne l'ai jamais intéressé. La pêche aux gougeons, ce n'est pas son truc. Par contre les galas, les mondanités, tout ce que je déteste moi, oui ! Nous ne fréquentons pas les mêmes sphères.

Le journaliste revient sur l'affaire Corse et annonce qu'un démenti issu des nationalistes est parvenu à l'agence de presse disant qu'aucun groupe ne devait être tenu pour responsable de l'assassinat de Claude Affeck, chef de la police. Donc, c'est le flou total, le mystère. Qui avait intérêt à ce que cet homme disparaisse...

- L'étau se resserre encore un peu plus. C'est bon pour nous. Je ne serais pas étonné que certains s'affolent et prennent le large. Je dois retourner à mon bureau. Il faut faire surveiller les gares et les aéroports.

- Comment faire pour tout surveiller ?

- Juste les itinéraires stratégique, Luxembourg, Suisse, Caïman, etc... et découvrir quelles personnes ont pris un billet dernière minute pour ce genre de destinations.

- Faites attention à vous. Vous ne connaissez pas les ramifications, j'ai l'impression que cette association de malfaiteur est une vraie pieuvre. Et s'ils vous appellent pour me joindre ?

- Ils n'appelleront pas ce soir. Ils ne sont pas complètement idiots et savent très bien que si vous détenez quelque chose, vous ne l'avez certainement pas sur vous. Rassurez-vous, je n'ai pas l'intention qu'il m'arrive quoi que ce soit, je ne vous abandonnerai pas une seconde fois. J'ai quand même autour de moi des personnes en qui je peux avoir toute confiance. On mange ?

- On mange.

32

Arnaud Dulac ne se doutait pas qu'il n'était qu'un pion dans un immense jeu qui le dépassait. Le meneur de ce jeu, par pions interposés, avait pris soin de lui faire croire qu'il était exceptionnel et qu'il pouvait envisager accéder à des postes élevés... les plus hauts placés .... Et ce pauvre Arnaud Dulac, tellement imbu de sa personne avait rêvé, et s'était vu assis sur le trône de France. Un ministre au-dessus de lui ? Pas de soucis. Trop occupé le ministre. Il déléguait pour toutes les affaires non liées directement à la sécurité de l'État.

L'inventeur du jeu avait fait en sorte que Dulac soit son nouveau pion majeur, bien placé, au courant de tout, enfin presque tout ... qu'il se croit intouchable et que le moment venu, des finances opportunes soient là pour le soutenir dans sa campagne, car il y a peu de temps encore, il comptait bien le mener jusqu'au fauteuil de président. Le jeu n'en serait que plus intéressant, pensait-il. Les adversaires, Dulac n'en aurait pas beaucoup. Les principaux étaient englués dans des affaires financières dont ils n'arrivaient pas à se dépêtrer. Des finances venant d'on ne sait où, octroyées par des financiers grands supporters d'un parti, puis d'un autre et d'un autre encore, que personne ne connaissait, ces bienfaiteurs désirant rester anonymes, mais assurant les intéressés de leur bonne foi. Ce n'est qu'après, quand tout avait été dépensé ou presque que le fol engrenage se mettait en place, sans espoir de pouvoir revenir en arrière. C'était là tout le génie du créateur du … « jeu ».

Quand on a besoin de beaucoup d'argent, toute manne est bienvenue, et la provenance pas souvent recherchée. La réputation de ces gens serait fichue si tout était révélé au grand jour. Donc rien à craindre d'eux, enfin de ceux qui avait encore la facture à payer, ou les très gourmands qui en redemandaient. Pour le reste, on verrait le moment venu.

Les participants étaient éclairés quant à la provenance de l'argent à partir du moment où leurs compétences ou leurs relations devenaient nécessaires voire indispensables à l'organisateur. Piégés dans cette spirale, sans avoir la possibilité de savoir qu'il s'agissait d'un jeu, tout étant verrouillé, ils découvraient avec stupeur la vraie source de leurs finances. Pour ceux qui se révélaient frileux, rétifs à certaines demandes, ou ceux qu'une honnêteté tardive venait tarauder, les menaces devenaient autres que le seul déballage publique. En général, dès qu'ils apprenaient que c'était grâce aux ventes de drogues, ou de toutes autres magouilles illicites qu'ils devaient leur train de vie, on pouvait tout leur demander.

Mais tout cela devenait trop facile. L'inventeur du jeu ne s'amusait plus. Il avait voulu tester et comprendre la vénalité de l'être humain. Il avait créé un petit jeu au départ, juste dans sa société. Puis cet homme avait progressé, prospéré, s'était développé, tout cela il faut bien l'admettre, grâce à ce qu'il imposait aux autres. Il jouait de façon subtile, très discrètement. Il ne fallait pas que qui que ce soit suspecte qu'il fut pour quelque chose dans ce qui leur arrivait. C'était sa première règle du jeu, ne jamais être découvert. Au début, il empruntait lui-même de l'argent afin de prêter à ceux qui en faisait la demande, mais il ne le faisait jamais en son nom propre. Il donnait juste des conseils et un numéro de téléphone. Pour cela il avait créé une société écran. Il demandait bien sûr des intérêts supérieurs à ceux qu'il remboursait lui-même et petit à petit, plus besoin des banques. Il avait aussi trouvé différentes sources pour de très bons apports financiers… Ce divertissement était allé au-delà de ses espérances. Jamais il n'aurait cru pouvoir mener des hommes aussi loin de leurs convictions. Pour beaucoup, l'argent n'était pas un besoin réel, ils gagnaient suffisamment grâce à leur activité professionnelle, mais le mirage du grand luxe pour certains ou celui du pouvoir pour d'autres avait décidé de leur sort. Quelques-uns avaient résisté à l'appel de l'argent. Ils avaient d'autres valeurs, d'autres désirs qui ne passaient pas par l'argent. Le meneur avait respecté leur décision. Mais il ne les admirait pas plus pour autant car ces gens ne prenaient pas de risques, n'essayaient pas de se mesurer à lui. Il est vrai qu'ils auraient perdu, mais ils se seraient peut-être mieux battus que d'autres. Il était là l'intérêt du jeu, la lutte. Donc ces gens ne l'intéressaient pas. Ce qui est certain, c'est que personne n'atteindrait le niveau que lui avait atteint. Il pouvait désormais décider de l'avenir d'un pays et c'était cela qui le grisait. Qu'ils se tuent entre eux, c'était leur problème, lui, il considérait ne pas avoir de sang sur les mains. Il n'avait tué personne.

Mais cette fois-ci, il sentait qu'il devait s'arrêter. Cette partie de son jeu durait depuis bientôt vingt ans. Il vieillissait et il se lassait. Pour la première fois il s'était trompé, il n'avait pas misé sur le bon cheval. Cet Arnaud Dulac ne l'intéressait plus. Il avait eu des pions bien plus intéressants que cet homme. Ce Dulac avait eu l'audace de se croire intouchable, invincible ! Tout ça parce qu'il était parvenu, en parvenu qu'il était, à ce poste important ! Il se croyait tellement supérieur aux autres ! Mais qu'est-ce qu'il croyait ! Qu'il était arrivé là tout seul !!! Qu'il se débrouille ! Ce bouffon ne l'amusait plus. Il prit sa décision. Le moment était venu. Il décida de s'arrêter là, de tout arrêter.

L'âge était sa seule faiblesse, le seul élément contre lequel il ne pouvait pas se battre et qui l'empêchait d'être vraiment Dieu. Il en avait financé des recherches pourtant, mais c'était inéluctable, il mourrait, comme tout le monde. Il refusait cette éventualité, le fait d'être comme tout le monde et il ne s'entourait que de jeunes personnes. Il refusait de recevoir des gens de son âge, d'être confronté à un miroir insupportable, le reflet de sa propre vieillesse.

C'est la raison pour laquelle désormais il ne quittera plus son île. Tous les jeux en cours s'arrêteront d'eux même. Il n'interviendra plus et il n'en lancera plus de nouveaux.

Il ne passera pas tout son temps à guetter chaque jour, chaque heure, chaque minute pour essayer de deviner si c'est le moment. Il a tout programmé. Il battra Dieu sur son propre terrain... Dieu ne décidera pas de sa mort.

Il prend son téléphone, compose un numéro et prononce juste quelques mots,

- Le moment est venu. Les jeux sont clos.

L'interlocuteur ne répond pas. Il se met immédiatement au travail. Toutes les sommes allouées doivent être remboursées dans les plus brefs délais. Un tsunami se prépare à noyer les gourmands imprudents.

33

Le téléphone de Sabine se met à vibrer.

- Oui, allo. Ah Philippe, où es-tu ?

Philippe répond qu'il ne sait pas trop où aller, qu'il ne veut mettre personne en danger après ce qui est arrivé à Marine.

- Viens-nous rejoindre. Nous sommes rue de Charonne. Tu n'as qu'à faire la chaîne avec les taxis.

La chaîne … avec les taxis … Philippe ne voit pas ce qu'elle veut dire et se demande si c'est un nouveau code.

- De quoi tu me parles ? Quelle chaîne ?

- Je t'explique. Tu vas appeler le numéro que je vais te donner. C'est le numéro du taxi de tonton. Tu lui téléphones de ma part et un taxi viendra te prendre, ensuite, tu te laisses faire. Je te donne l'adresse exacte. Jette un œil quand même. Il ne faudrait pas qu'ils viennent nous déranger dans notre nouvelle cachette.

D'un coup Philippe se sentit mieux. Il était à deux doigts de baisser les bras. Tant que Sabine était dans les parages, il se sentait fort, mais ne sachant plus où elle se trouvait, un grand sentiment de solitude l'avait abattu. La mort de Marine l'avait atteint beaucoup plus qu'il ne s'y attendait. La petite Marine, elle répondait toujours présente, du haut de son mètre cinquante-deux. Pour s'amuser, il la prenait sous son bras et la baladait dans les couloirs. Elle râlait mais elle adorait son géant.

Grâce à la chaîne, Philippe ne tarde pas à arriver.

- Viens Philippe ! Entre !

- Je ne savais vraiment plus quel chemin prendre. Après ce qui est arrivé à Marine, j'avais peur d'impliquer des amis dans ce foutoir. Et pour Lili, ça va aller ?

- Oui, elle est chez sa sœur.

- Le commandant n'est pas là ?

- Non, il est reparti pour donner des ordres. Apparemment, quelqu'un a fait une erreur et il se pourrait bien que cette erreur provienne du bureau d'un certain attaché ministériel. Et le ministère serait … celui de la défense … rue saint Dominique … on y arrive !

- Pourquoi ? Qu'est-ce qui s'est passé ?

- Le chef de la police aurait « soi-disant » été exécuté par des nationalistes corses, sauf que les dits nationalistes   n'y sont pour rien. Ils ont envoyés un démenti à la suite de l'accusation les mettant en cause. Je crois que notre homme, cette fois, est allé un peu trop loin ! Le commandant pense que certaines personnes impliquées risquent de prendre le large. Il est donc parti pour organiser une jolie cueillette, enfin il l'espère. Mais il va revenir aussi vite que possible, car les « autres » doivent me recontacter demain matin. Allez, que tout ceci ne nous empêche pas de boire un verre ! Qu'en penses-tu Philippe ?

- J'en pense qu'il sera le bienvenu.

Sabine trouve une bouteille d'apéritif en attente de clients. Elle sort deux verres et les remplit du nectar salvateur.

- À la nôtre Philippe. Que Dieu pense un peu à nous et nous garde en vie.

- Amen. Donc, demain ils te rappellent. Mais qu'est-ce que tu vas faire ? Tu vas leur donner ?

- Je ne sais pas ce que je vais faire. Ils menacent la famille du commandant Mérieux. Et je crains aussi pour la mienne. Ils connaissent ma fille et je suis très inquiète. Avant, ils ne savaient pas où me trouver donc ils ne pouvaient pas me faire chanter, mais maintenant que je suis tributaire du téléphone du commandant, ils peuvent me joindre, donc ils peuvent aussi me faire chanter. Allez ! Demain sera un autre jour.

Ils boivent, ils dînent et se couchent sans attendre le retour du commandant. Il n'y a qu'une chambre dans le petit appartement, ils décident donc de partager le lit et de laisser le canapé au policier. Au point où ils en sont …

Tard dans la nuit, Sabine entend la porte s'ouvrir. Elle avait laissé la clé sous le paillasson afin que le commandant puisse entrer. Elle se lève sans bruit, en tee-shirt et petite culotte. Un couteau à la main, prête à se défendre, elle se glisse derrière le canapé. Voyant qu'il s'agit bien du commandant, elle se relève le couteau à la main.

- Holà ! Holà ! Du calme, ce n'est que moi. Vous ne dormez que d'un œil dites donc. Vous vous reposez parfois ?

- Je voulais être sûre que c'était bien vous. Je ne vois pas qui d'autre nous aurait trouvés à cette adresse, mais je suis toujours sur le qui-vive. Excusez ma tenue, j'ai quelques soucis pour m'habiller ces temps-ci.

- Ne vous excusez pas. Je suis indirectement un peu pour quelque chose dans le fait que vous n'ayez plus rien en ce moment. Mais rassurez-vous. Nous touchons au but.

- Il y a du nouveau ?

-Monsieur Dulac, attaché au ministère de la défense a été cueilli à Roissy. Il projetait un voyage « dernière minute » et de plus aux frais de

274

Marianne. Il n'avait aucun argument plausible pour que nous le laissions repartir, donc direction quai des Orfèvres.

Sabine baisse encore un peu plus le ton.

- Et pour Marine ?

- Après avoir reconstitué son corps très abimé, le médecin légiste a trouvé une trace de brûlure de cigarette à la base du cou.

- Oh non !!! Sabine est horrifiée.

Le journaliste qui venait de les rejoindre entendit ce qu'ils voulaient lui épargner d'entendre.

- Bon sang !!! Je l'avais prévenue qu'ils étaient dangereux ! Mais non ! Il a fallu qu'elle y aille quand même ! J'aurais dû m'en douter. Avec son caractère de fouineuse, elle n'allait certainement pas passer à côté d'une telle opportunité ! Je suis sûre qu'elle avait déjà le début de l'article écrit dans sa tête ! Ben elle l'a gagné son article ... mais pas écrit par elle ...

Il ne peut retenir ses larmes. Sabine explose,

- J'en ai vraiment assez de tout ce carnage ! Je n'en peux plus de semer la mort avec cette liste. Il est temps que tout cela s'arrête. Dès qu'ils me contactent, j'y vais.

- Ils ne vous laisseront pas repartir vivante, dit le commandant Mérieux, soyez en sûre. Quand ils auront récupéré ce qu'ils recherchent, que vous ne leur serez plus utile, ils vous supprimeront.

- Eh bien ! Qu'ils me suppriment ! Comme ça, j'irai retrouver Raphaël un peu plus tôt !

- Ne dites pas de sottises. Vous avez retrouvé une famille. Il ne faudrait qu'elle vous perde une fois encore.

Sabine pousse un profond soupir.

- Vous avez raison, commandant, comme toujours ...

- Appelez-moi Christian, maintenant que nous sommes dans la même galère. Parce que si mes supérieurs n'acceptent pas mes explications pour mon comportement de ces derniers jours, je peux dire adieu aux honneurs du départ. Ce sera la fuite en douce, dans le silence d'une retraite anticipée sans autre explication. Sachant que je suis sur la bonne route, moi, ça me ferait chier que tout soit étouffé encore une fois, sous le prétexte qu'il faut protéger l'honneur de la République. Je les vois arriver avec leurs gros sabots, la bouche en cœur, leurs excuses bidon et leur petit capital attribué pour services rendus parce qu'il faut quand même les officialiser les services rendus ! Quand il leur faut un coupable, mais surtout que ce coupable se taise, ils ne regardent pas à la dépense.

- Ne vous inquiétez pas, d'une façon ou d'un autre, dit Sabine, la liste sera rendue publique et ils ne pourront rien étouffer du tout.

- Si vous avez un tour en réserve dans votre manche … alors …

- J'ai en effet quelque chose mais je ne peux rien vous dire encore. Les risques sont trop importants, pour vous d'abord et pour d'autres ensuite. Ils vont prendre certaines précautions afin d'être sûrs que je leur obéisse et cette précaution, je suis sûre qu'elle s'appelle « Élise », ma fille. Il faut attendre demain … En attendant, désirez-vous manger quelque chose ?

- Avec plaisir, je n'ai pas eu le temps de trouver un sandwich sur ma route. Pourtant, le café et le sandwich sont bien les symboles du parfait policier, du moins dans les séries télévisées. On les voit toujours en train de manger ou de boire un café. C'est agaçant de les entendre parler la bouche pleine, et je trouve que ça ne met pas en valeur l'image des policiers.

Sabine et Philippe bien qu'ayant déjà dîné se remettent à table avec le commandant.

- Il faut que nous nous reposions. Demain nous attend avec son lot de surprises. Christian, nous vous avons laissé le canapé parce que tous les deux dans le lit avec vos carrures respectives, vous n'auriez pas pu dormir, ou alors peut-être dans les bras l'un de l'autre.

- C'est très gentil de votre part, merci, parce que les bras de Philippe …

Ce petit intermède les fait sourire, même Philippe.

La nuit se passe, bienfaitrice, permettant à chacun l'oubli momentané de leurs soucis.

Sabine est réveillée en douceur par le commandant qui lui tend le téléphone. Elle prend l'appel.

- Très bien. Dix heures métro Nation. Je vous attendrai.

Elle n'ajoute rien d'autre et raccroche.

- Voilà, c'est parti. Ils me récupèrent à la station de métro. Ils ont ma fille.

- Aïe … ils vous récupèrent, mais pour aller où ?

- À la banque où se trouve le coffre. Ils ne savent pas encore ce que je détiens ni sous quelle forme, ni où c'est caché. Je vais vous laisser l'adresse.

- Mais dès qu'ils auront cette fichue liste je ne vois pas comment vous pourrez vous sortir du pétrin.

- L'important pour moi, c'est que ma fille s'en sorte vivante. J'ai déjà réfléchi à cette éventualité au cas où elle se produirait. Ils n'auront rien tant que ma fille ne m'aura pas rejointe dans la salle des coffres. Ensuite, je sortirai avec le papier et je le leur remettrai.

- Alors nous aurons fait tout ça pour rien ... Ils seront tous morts pour rien ...

Philippe est atterré. Sabine le prend par les épaules.

- Non Philippe. C'est maintenant que je vais vous sortir le petit tour caché dans ma manche.

Elle fouille dans son soutien-gorge, sous le regard interloqué des deux hommes. Elle en sort la clé USB.

- Voilà, tout est là.

- Tu l'avais durant tout ce temps ! Sans rien dire !

- Au début, je ne savais pas à qui faire confiance et ensuite, je ne voulais pas te mettre en danger. Donc, pendant que moi je pars à la banque, que je récupère ma fille, toi Philippe, tu files aux studios télé, radios, tout ce que tu veux, mais le plus possible et tu leur balances le bébé. Peut-être qu'il serait plus crédible si vous l'accompagniez Christian.

- Pas de problème. Je vais aussi envoyer sur place une équipe en civil. Des renforts se tiendront prêts à intervenir si nécessaire. Mais vous avez cogité tout ça en prison ?

- Non, mais je m'y suis préparée, ce sont les circonstances qui m'ont guidée. Pas de temps à perdre, je me prépare.

Sabine avale rapidement un petit déjeuner. Quand on ne sait pas de quoi demain sera fait, il ne faut jamais partir le ventre vide. Elle se douche, s'habille.

- Bon, je suis prête. J'y vais. Vous avez l'adresse où je me rends, donc pas besoin de me faire suivre.

Elle sort et rejoint la station la plus proche, la station Charonne tout simplement. Il est un peu plus de neuf heures, elle a tout son temps.

Elle arrive à la station où ils doivent la récupérer. Comme elle est en avance, elle fait le tour du coin en essayant de repérer quelque chose. Une voiture aux vitres fumées par exemple, mais ils ne sont pas encore là.

Une main sur son épaule la fait sursauter.

- Madame Galache ?

- Oui.

- Venez avec moi sans vous faire remarquer.

Sabine ne dit rien et suit l'homme qui la conduit à une voiture garée tout près de la station. Deux autres hommes sont à l'intérieur. Ils ne la regardent pas. Ainsi qu'elle s'y attendait, sa fille n'est pas là mais elle ne demande rien. Elle leur donne l'adresse avant qu'ils lui demandent quoi que ce soit.

- Vous savez ce que vous avez à faire madame Galache.

- Je sais.

Ces hommes sont surpris d'avoir avec eux une femme dont on a kidnappé la fille et qui ne demande rien, aucune nouvelle de sa fille …Qu'est-ce qu'elle mijote encore, cette femme.

Le voyage s'effectue sans qu'aucun des quatre passagers n'émette un son, une parole.

Ils sont devant la banque. Sabine et l'homme venu la chercher à la station descendent de la voiture. Ils entrent dans la banque. Sabine demande à avoir accès à son coffre. Elle sait que l'autre ne pourra pas la suivre. Elle suit les conventions d'usage, papiers etc … L'homme s'apprête à la suivre.

- Non monsieur, vous ne pouvez pas accompagner madame. Mais vous pouvez l'attendre ici.

L'employé de banque lui montre un petit salon d'attente.

- Mais …

- C'est la règle, monsieur. Seule madame Galache a accès à son coffre.

Sabine suit l'employé, tandis que l'homme enrage à l'intérieur. Mais elle ne peut pas sortir par une autre porte, alors il se rassure en se disant qu'elle ne peut pas s'échapper. Il va attendre patiemment.

Sabine est dans la salle des coffres.

- Pourriez-vous m'apporter une feuille de papier et un stylo s'il vous plait.

- Mais bien sûr.

Il ouvre un tiroir et donne à Sabine la feuille et le crayon. Elle se met à écrire.

- Voudriez-vous porter cette lettre au monsieur qui attend dans le petit salon.

- J'y vais tout de suite. Vous ne voulez pas ouvrir votre coffre tout de suite ?

- Non, je préfère attendre encore un peu.

- Vous savez, j'ai bien compris que la personne qui vous attend là-haut n'est pas quelqu'un de votre entourage. Si je peux vous aider, dites-moi ce que je dois faire.

- Je ne voudrais pas vous mettre en danger. La police n'est pas loin. Mais surtout, restez naturel, qu'il ne se doute de rien et merci.

L'employé sort et va remettre le courrier. Sabine a écrit.

"Je ne sortirai de la salle des coffres que lorsque ma fille sera arrivée à la banque et qu'elle m'aura

rejointe. Seulement à ce moment-là, je viendrai vous donner la liste."

L'homme est en furie. La feuille tremble dans ses mains. Il n'a pas le choix. Il ne peut pas discuter avec cette femme puisqu'il ne peut pas la rejoindre ou alors il faudrait qu'il sorte son pistolet. Mais dans une banque avec des vigiles et des caméras dans tous les coins, c'est impossible. Dans sa rage, il ne peut s'empêcher de parler tout haut.

- Mais elle nous aura jusqu'au trognon cette femme ! C'est quoi cette morue !

L'employé qui n'était pas reparti entend ce que dit cet homme et se rend compte que son instinct ne l'a pas trompé. C'est un truand se dit-il et je protègerai cette femme. Il décide qu'il préviendra les vigiles le moment venu. Il retourne vers Sabine.

- Je crois que l'homme qui vous accompagne n'a pas été ravi de lire votre mot. Il semble très en colère.

- Tant mieux. Puis-je vous demander autre chose.

- Tout ce que vous voudrez.

- Cet homme et ses complices ont ma fille en otage. Ils veulent récupérer un papier qui se trouve dans mon coffre et moi je veux récupérer ma fille. Tant que je suis enfermée ici, je ne crains rien et je veux mettre ma fille en sécurité, donc ce que je vous demande, c'est de conduire ma fille ici dès qu'elle arrivera.

- Mais je la reconnaîtrai comment votre fille

-Elle aura un drôle d'air et sera accompagnée par un ou deux loustics aussi avenants que celui qui m'attend.

- Très bien, alors je repars et je guette.

Ce jeune homme tient le rôle de sa vie et il ne veut surtout pas manquer l'occasion. Cela pourrait donner un bon coup de pouce à sa carrière.

L'homme qui attendait dans le petit salon est reparti. Les minutes s'écoulent, lentement. Heureusement, personne d'autre ne se présente pour accéder aux coffres. Une chance !

L'employé guette toutes les personnes qui entrent dans la banque. Au bout d'un vingtaine de minutes, il la voit. Il est sûr que c'est elle et il s'avance. Elle est bien encadrée.

- Vous êtes la fille de Sabine Galache ? Lui demande-t-il.

Une petite voix timide et effrayée lui répond.

- Oui, c'est moi.

- Veuillez me suivre s'il vous plaît.

- Eh là ! Pas si vite ! Où vous l'emmenez ?

- À la salle des coffres, rejoindre sa mère. Vous, vous n'y avez pas accès. Attendez-là ici.

- Et elle ! Pourquoi elle peut y aller !

Le jeune employé invente n'importe quoi.

- Parce qu'elle est de la famille de madame Galache et qu'elle a une procuration.

Un des vigiles les regarde depuis un moment, conscient qu'il se passe quelque chose. Il intervient.

- Des problèmes Stéphane ?

- Non, ne t'inquiète pas.

En même temps, sans que les autres le voient, il fait un gros clin d'œil au vigile.

- S'il se passe quelque chose de suspect, je t'appelle, n'aie crainte. Il dit cela en lui faisant à nouveau un gros clin d'œil. Venez madame, suivez-moi.

Élise le suit sans bien comprendre tout ce qui se passe autour d'elle. Elle retrouve sa mère dans la salle des coffres et elles tombent dans les bras l'une de l'autre.

- Maman !

- Ma chérie !

Elles pleurent, de joie, de peur et de soulagement.

Le jeune employé toussote, discrètement.

- Excusez-nous, dit Sabine, j'ai eu très peur et ma fille sûrement encore plus.

- Oh maman ! Je ne comprenais pas où ils m'emmenaient ! Ce que j'ai eu peur ! Ils ont menacé de me tuer !

- Tu peux être sûre qu'ils l'auraient fait.

- Mais pourquoi ?

- Parce que dans ce coffre, il y a une bombe.

- Comment ça une bombe ! L'employé s'affole et se demande s'il a aidé la bonne personne.

- Ne vous inquiétez pas, le rassure Sabine. Pas une vraie bombe, mais un papier qui va faire autant de dégâts qu'une bombe.

- Pourquoi tu ne m'as rien dit maman ?

- Pour te protéger ma chérie, toi et ta famille. Je ne savais pas jusqu'où je pouvais aller ni si j'arriverais quelque part. Au début j'étais toute seule, puis j'ai trouvé des amis sur ma route. Mais je ne voulais pas que vous soyez mêlés à cette histoire, malheureusement, cela n'a pas été le cas.

- Est-ce que cela a un rapport avec la mort de Raphaël ?

-Non seulement un rapport, mais la cause de sa mort. À l'époque ils ne savaient pas que Raphaël détenait des preuves implacables. Ceux pour qui il travaillait étaient des gros bonnets du milieu, en relation directe ou indirecte avec des industriels, des hommes politiques et des gens de la police. Ils ont su que Raphaël était une taupe. Il a probablement été trahi par quelqu'un de chez lui, quelqu'un qui avait accès aux dossiers de missions. Aujourd'hui, les personnes compromises dans des trafics en tout genre ont appris, grâce à moi, que Raphaël avaient mis de côté tout un dossier sur eux et ils veulent récupérer ces preuves. Mais si tout s'est passé comme je le souhaite, ces preuves font en ce moment la une des télés et dès cette nuit et demain ce sera le tour des journaux.

Bon, je vais leur apporter ce qu'ils demandent. Il faut qu'ils aient les preuves en main pour qu'on puisse les inculper.

- Eh ! J'ai été kidnappée moi ! On peut les arrêter pour ça ! crie Élise.

- Mais ils le seront aussi pour ça, rassure-toi, seulement, les hommes qui t'ont enlevée ne sont pas très intéressants, juste des maillons. Il faut qu'ils nous amènent à découvrir la chaîne complète. Maintenant, je dois me rendre à la police afin de pouvoir être disculpée de l'accusation de meurtre de Fred Beaupas.

- C'est quoi ça encore ! s'écrie Élise.

-Tu n'es pas au courant ?

- Je regarde très peu la télé et je ne lis pas les journaux ! Pour les nouvelles qu'ils nous donnent !

-Ils ont essayés de me mettre un nouveau meurtre sur le dos, mais cette fois-ci la manœuvre était un peu trop grossière.

- Il ne faudrait pas que ça devienne une habitude, maman !

34

Sabine, pour la première fois a l'impression d'être vraiment sortie de prison. Elle prend le temps de regarder autour d'elle, de suivre des yeux le vol capricieux des oiseaux. Libre ! Enfin elle se sent libre. Elle vient de passer deux jours avec son amie Jacky. Elle se sent complètement ressourcée, prête à affronter une nouvelle vie. Elle ne se pose plus les mêmes questions. Elle est allée parler à Raphaël au cimetière, lui a raconté ses péripéties, versé quelques larmes, mais ce n'étaient plus des larmes de désespoir, juste des larmes de chagrin. Ça y est, elle a enfin avancé dans son deuil. Elle peut entamer sa nouvelle vie. Raphaël sera toujours au fond de son cœur, mais il est désormais un souvenir de grand bonheur qui la comble et non plus ce souvenir destructeur qui l'habitait depuis sa disparition. Elle est d'autant plus heureuse que cette aventure a permis à deux personnes de se trouver. Jacky et Philippe. Ces deux-là, dès qu'ils se sont rencontrés, on pouvait presque sentir les décharges électriques que leurs corps envoyaient. Un véritable coup de foudre ! Peu de mot, juste les mains et les yeux qui ne pouvaient plus se quitter. Chacun avait trouvé sa moitié. C'était une évidence.

Trois jours seulement qu'ils se connaissent et déjà ils ne peuvent plus se quitter. Jacky a quand même insisté pour que Philippe regagne son appartement de temps en temps, dans quelques temps ... Elle craint que la lassitude s'installe, même si celle-ci, pour le moment, n'est pas au goût du jour. Mais elle a surtout peur de leur différence d'âge, pourtant bien difficile à percevoir. Philippe fait son âge et Jacky ne fait pas le sien, alors ils se rejoignent. Sabine, forte de son expérience passée a tout fait et tout dit pour la rassurer. Il ne faut pas économiser les moments de bonheur, au contraire, il faut en profiter pleinement.

Trois jours !!! Seulement trois jours ! Qu'ils en profitent ! Sabine est bien placée pour savoir qu'il faut profiter des temps heureux, sans se poser trop de questions. Vivre ! Tout simplement vivre !

Elle est revenue sans crainte à son appartement où un grand nettoyage avait été effectué, bien qu'aucune trace suspecte n'ait été décelée par les policiers. Fred Beaupas avait perdu tout son sang ailleurs... Sabine avait assisté à ses obsèques, en présence de la famille, et de quelques membres du ministère de la défense. Un beau drapeau sur le cercueil, une grosse plaque de granit et voilà cet homme prêt à pourrir pour l'éternité. Sabine était maintenant convaincue que l'incinération était une meilleure solution, même si pendant un temps elle avait regretté ne pas pouvoir pleurer son aimé sur une vraie tombe. Imaginer Raphaël enfermé dans une boîte, se décomposant peu à peu lui aurait été insupportable.

Elle est maintenant de retour chez elle, enfin, bien décidée à profiter de cette vie qui s'ouvrait devant elle. Un bain, dans sa baignoire, traîner sous les bulles, rêver de Raphaël, des jours heureux, pour se faire du bien cette fois, pas pour revivre les épisodes douloureux.

L'eau coule. La baignoire se remplit. Sabine est nue et entre dans cette mousse qui l'attend. Elle est chez elle et elle savoure chaque seconde.

Enfin je vais pouvoir m'occuper de moi, pense-t-elle. Prendre tout mon temps.

L'état allait lui verser une coquette somme en réparation des préjudices subis. Dix années pour rien, ça se paye ! Il fallait pour cela attendre le procès en réhabilitation, un procès qui la reconnaitrait innocente du meurtre de Raphaël Mallone. Il n'y avait plus aucun doute depuis que le scandale avait éclaté. Une vraie enquête allait être ouverte, sous les ordres du commandant Mérieux, à sa demande. Le travail de Raphaël allait aussi être reconnu et son honneur enfin retrouvé.

- On a gagné, Rapha !!! On a gagné !

Elle se laisse couler entièrement dans l'eau, essayant de tenir le plus longtemps possible.

- Pas mal ! Hein Rapha ! Pour une petite vieille adorée.

Ces quelques mots font courir quelques larmes sur ses joues, mêlées aux bulles de la mousse de son bain.

- Je vais encore pleurer de temps en temps tu sais, mais je ne me laisserai plus jamais aller ! Je te le promets mon amour !

Sabine sort à regret de la baignoire, mais l'eau commence à se refroidir et elle frissonne. Elle passe un peignoir, va dans son salon. Elle a encore du temps avant d'aller chez Jacky. Elle se sert un petit blanc. Ce petit blanc qui lui a tant manqué en prison. Elle allume le poste de télévision. Entendre parler de ce scandale énorme qui a éclaté après que les médias se soient emparés de l'affaire lui fait du bien. Sans réparer tout ce qui lui est arrivé, cela lui fait un bon pansement. Et ce n'est que le début de cette affaire. Il est question de pêche miraculeuse tant les ramifications sont gigantesques. Un élément en apporte un autre et ainsi de suite.

Des personnages importants ont déjà été interpelés, avec des interdictions de sortie du territoire. Des politiques encore en place, ou non, des policiers encore actifs, ou non, des industriels, la liste n'en finit plus de s'allonger.

Lili qui avait appelé Sabine par le biais de Jacky car elle n'avait pas son numéro personnel, n'en finissait pas de la remercier. Elle lui a promis qu'elle ne retournerait pas à la prostitution, surtout pas dans les filets d'un mac !, qu'elle avait trouvé une place de vendeuse. En retour, Sabine a promis de lui donner un petit capital lorsqu'elle recevrait ses indemnités. Lili n'en voulait pas, mais Sabine savait qu'elle en aurait besoin. Elles allaient se revoir. Discussion close.

Sabine savoure son petit blanc et s'étire sur son canapé quand soudain ...une voix ...

Elle sursaute.

- Bon, ça y est ? Vous êtes disponible ?

Sabine jaillit de son canapé, prête à balancer son verre sur l'homme qui vient d'apparaître dans son champ de vision.

- Qui êtes-vous ? Que voulez-vous ?

Curieusement, elle est surprise, mais elle n'a pas peur. C'était comme si les surprises faisaient maintenant partie de sa vie.

- Ce que je veux ? Ce que je veux ?!!!! Hé bien chère madame ... c'est vous que je veux ! Vous ne pensiez tout de même pas vous en tirer comme ça ! Après avoir ruiné tant de vies !

- Mais enfin ! Qui êtes-vous ? Si vous êtes mouillé dans le scandale, il fallait vous en inquiéter avant ! Je ne suis pas responsable de vos conneries !!! C'est ma vie, à moi, que vous avez ruinée !

- Vous n'aviez qu'à faire vos années, vous tenir tranquille et rien ne se serait su !

Sabine a le ton qui monte,

- C'est ça, c'est ça, pendant que vous, vous couliez des jours heureux !!! Me faire accuser ne vous a jamais posé de problèmes !!! Ne vous a jamais empêché de dormir la nuit !!! Il est vrai que quand on peut tuer ou faire tuer, pas grand-chose ne peut vous atteindre !!!

- Habillez-vous !

- Pour aller où ?

- Vous verrez bien !

- Et si je ne veux pas m'habiller ?

L'homme sort un pistolet.

- Habillez-vous je vous dis.

Sabine qui vient tout juste de retrouver le goût de la vie décide d'obéir à cet homme.

- Je prends quelques affaires ?

- Ce ne sera pas nécessaire.

En entendant ces mots, elle comprend qu'il veut la supprimer, mais pas chez elle. Pourquoi... ? Il pouvait très bien la balancer dans la rue par la terrasse. Sauf qu'il n'est peut-être pas assez costaud pour ça, se dit-elle. Il ne veut pas non plus que quelqu'un entende le bruit de l'arme.

Il ajoute,

- Enfin, j'espère. La suite des évènements ne dépend pas de moi.

Ces quelques mots sont un petit espoir de survie pour Sabine.

Il la suit dans son dressing.

- Ne vous gênez pas ! Sortez !

- Non, je n'ai pas confiance. Je sais de quoi vous êtes capable.

Après tout, se dit Sabine, je m'en fous.

Elle s'habille confortablement et chaudement. Comme elle ne sait pas où cet homme va l'emmener, mieux vaut prévoir trop que pas assez. Quand on a trop chaud, on peut toujours en enlever mais quand on a froid, difficile d'en rajouter quand on n'a rien. Elle choisit de mettre des baskets. Bien qu'elle n'en ait pas besoin avec le pantalon choisi, elle prend quand même une ceinture, on ne sait jamais, une ceinture avec une grosse boucle en métal, cela peut être utile ...

L'homme s'impatiente,

- Alors ça y est ? Vous avez fini ?

- C'est bon. Je suis prête.

Elle cherche une idée de dernière minute, un indice qu'elle pourrait laisser ... quelque chose d'inhabituel chez elle ...elle trouve.

- Je dois aller aux toilettes avant de partir. Vous n'allez pas m'assister j'espère !

Pensant qu'il n'y avait rien de louche à aller aux toilettes, il la laisse aller.

- Vous ne fermez pas la porte à clé.

Sabine pousse la porte, sans la fermer à clé. Elle ouvre sans bruit le placard où se trouvent les rouleaux de papier. Elle déroule entièrement le papier de quelques rouleaux. Toujours sans faire le moindre bruit, elle ouvre la petite fenêtre et bloque autant de papier qu'elle peut dans la petite ouverture. Elle coince le papier en refermant la fenêtre, récupère les rouleaux de cartons désormais vides et les remet en vrac dans le placard. Elle aurait préféré laisser les rouleaux se dérouler tout seuls, cela aurait été plus rapide, mais elle craignait que leur poids, aidé par le vent, ne fasse se déchirer le papier.

Cette petite opération a pris un peu de temps.

- Alors ? Vous n'avez pas encore fini ?!!!

- Vous croyez que c'est facile avec quelqu'un à la porte ! J'arrive !

Elle sort et rejoint l'homme qui lui demande de passer devant, l'arme braquée dans son dos. Il ne veut pas la tuer ici, mais elle sent cet homme un peu énervé et capable de tirer. Elle ne sait toujours pas qui il est.

- Vous ne voulez pas me dire qui vous êtes ?

- Si cela vous intéresse vraiment, sachez que je suis votre destin.

- Et je dois m'en contenter …

- C'est ça.

Ils descendent par l'ascenseur, sortent dans la rue, et montent dans une voiture qui attendait avec un chauffeur. L'homme la fait s'installer à l'arrière et monte à côté d'elle. Connaissant maintenant cette femme, il sait qu'il faut être prudent. Elle leur a échappée plusieurs fois, alors qu'ils étaient un certain nombre à vouloir la récupérer. Mais bon sang, pense-t-il, si seulement elle s'était tenue tranquille dans son coin, on n'en serait pas là ! Ils prennent l'autoroute direction Chartres. Ils arrivent dans la forêt domaniale de Rambouillet. Après avoir suivi une départementale, ils empruntent une petite route communale puis un chemin à travers la forêt. Ils ne traversent aucun bourg. C'est un vrai désert par ici se dit Sabine qui a essayé de retenir sinon tout le trajet, du moins des indices lui permettant si elle en a la possibilité, de retrouver son chemin. Elle a bien essayé sans y croire vraiment, d'ouvrir sa portière, mais ainsi qu'elle s'y attendait, elle était verrouillée. Ils s'arrêtent enfin devant une petite maison, type maison de rendez-vous de chasse. Me voilà bien se dit-elle, pas une habitation autour, rien que des arbres. Les voilà tranquilles, ils peuvent me tuer facilement et m'enterrer n'importe où sans que personne ne puisse me retrouver. Pourquoi ne m'ont-ils pas supprimée avant alors ? Ils doivent avoir besoin de moi, c'est la seule explication. D'en être arrivée à cette conclusion la rassure un peu sur son avenir.

Ils descendent de la voiture, le pistolet toujours contre le dos de Sabine et entrent dans une maison glaciale, dans tous les sens du terme. Il fait très froid et il n'y a presque pas de meubles. On se dirait chez Fred pense Sabine. Un petit coup dans le dos la fait avancer vers une pièce ou un vieux lit prend presque toute la place.

- Allongez-vous sur le lit.

Elle s'exécute et aussitôt elle est attachée, pieds et poings liés, sans possibilité de faire beaucoup de mouvements. Elle peut quand même s'allonger, s'assoir et se mettre debout. Elle a pris garde de ne pas serrer ses poignets complètement, en résistant le plus qu'elle pouvait au serrage, afin de se laisser une petite chance pour pouvoir se libérer. C'était encore une astuce apprise en prison. Merci Fanny ! Fanny avait été prisonnière d'un sadique et chaque fois qu'il l'attachait, elle savait qu'il allait lui faire mal, alors petit à petit, elle avait appris. La formation sur le tas, comme elle disait … Elle s'entraînait à résister et un jour, alors que son bourreau ne s'y attendait pas, elle avait réussi à sortir une de ses mains attachées dans le dos, avait pris un des outils tranchants posés sur la table de torture et s'en étant emparé, elle avait tranché la gorge de l'homme et l'avait regardé se vider de son sang avec délices. En prison, elles s'étaient toutes entraînées à l'exercice, au cas où … Sabine ne savait pas si ce serait efficace, mais elle avait essayé, de plus ses bras étaient croisés sur son ventre et non pas dans son dos. Elle avait eu la sensation que l'homme n'avait pas serré ses liens autant qu'il aurait pu le faire. Il n'avait pas l'air d'un méchant et ne semblait pas emballé de se trouver dans cette situation lui non plus.

35

Jacky s'impatiente. Sabine doit venir dîner et elle n'est toujours pas là.

- Mais qu'est-ce qu'elle fout ! Elle doit pourtant être en route, ça ne répond pas chez elle.

- Tu as essayé son mobile ? Demande Philippe.

- Mais oui ! J'ai laissé plusieurs messages !

- Sois patiente ma puce, elle prend son temps, c'est tout.

Elle entoure son géant de deux bras amoureux, prend sa voix la plus douce.

- Tu n'irais pas faire un petit tour chez elle ? Je m'inquiète.

- Comment veux-tu que je te résiste ! Mais dis-toi bien qu'il n'en sera pas toujours ainsi ma belle ! Nous n'en sommes qu'au début de l'histoire. Je ne voudrais pas que tu te fasses des illusions !

- Ne t'inquiète pas. J'ai les deux pieds bien posés sur terre ! Mais je ne suis pas tranquille. Après ce qu'elle a vécu ...Il y a des gens qui doivent lui en vouloir !

- Je fais un saut. À toute à l'heure ma douce.

Il sort, prend le métro et arrive devant chez Sabine. La première chose qui le frappe, c'est le petit attroupement en bas de l'immeuble. Il s'approche.

- Qu'est-ce qui se passe ? Pourquoi vous êtes là ? Qu'est-ce que vous regardez ?

- Là-haut ! Tous les papiers qui volent ! On dirait qu'ils sortent de la fenêtre des WC de quelqu'un.

- Nom de Dieu ! Ça vient de chez Sabine !

Il prend son portable et appelle le commandant Mérieux. Ce dernier lui avait donné son numéro personnel.

- Commandant ! Excusez-moi de vous déranger à cette heure-ci, mais il se passe des trucs bizarres chez Sabine.

- Quels trucs ?

- Des rouleaux de PQ sont pendus à la fenêtre de ses toilettes. Je crois qu'il lui est arrivé quelque chose et telle que je la connais , elle a essayé de laisser un indice. J'ai mon passe. Je monte voir !

- Je vous rejoins.

Philippe arrive dans l'appartement, un peu sur ses gardes. Il pourrait très bien y avoir quelqu'un avec Sabine. Une personne indésirable voulant de se venger après ce qui a été révélé, grâce à elle. Il avance doucement en prenant soin de ne pas fermer la porte derrière lui. Apparemment, l'appartement est vide d'âmes. Il repère le verre de vin qui n'est pas fini. Mauvais signe. Un verre non terminé est toujours dû à un départ précipité lorsque l'occupant des lieux n'est plus là. Mais ce départ précipité serait-il volontaire ou involontaire ... ??? Il visite quand même le reste du logement et ainsi qu'il s'y attendait, il n'y a personne. Il s'attarde dans les toilettes. Pourquoi ce papier à la fenêtre. Il ouvre le placard et trouve tous les rouleaux éparpillés en vrac dedans. Il en déduit que cet acte a été fait dans l'urgence. Ces papiers pendent comme un appel. Sabine est en danger.

Il appelle tout de suite Jacky puis attend le commandant Mérieux.

- Philippe ?

- Je suis là, dans les toilettes !

- Prenez votre temps !

- Non, venez voir !

Le policier rejoint Philippe et en arrive aux mêmes conclusions que lui. Un peu découragé, il revient dans le salon et se laisse lourdement tomber dans les coussins d'un des deux canapés.

- Nous n'avons plus qu'à compter sur l'ingéniosité de Sabine, n'importe qui dans tout ce merdier a pu l'enlever.

- Des personnes de l'immeuble ont peut-être vu Sabine en compagnie de quelqu'un ?

- Nous allons commencer l'enquête dès ce soir. Rentrez chez vous Philippe. Je vous préviendrai dès qu'il y aura du nouveau.

- Merci.

36

Sabine tortille ses mains dans tous les sens pour tenter de se libérer. Elle s'aide aussi de ses dents.

Le chauffeur est venu lui demander si elle désirait boire. Elle a demandé si elle pouvait avoir un thé bien chaud. Il faisait vraiment très froid dans cette maison.

L'homme revient avec une tasse fumante et la pose sur la seule table de nuit. Il a aussi une vieille couverture lépreuse.

- Je ne peux pas ôter vos liens, il faudra vous débrouiller.

Sabine est assise sur le bord du lit.

- Ça ira.

Dès que l'homme a tourné les talons, Sabine prend la tasse et avale une gorgée du breuvage avec un grand plaisir. La chaleur lui descend partout dans le corps. Elle ne boit pas tout le contenu. Elle tend l'oreille. Ils discutent à côté. Maintenant que le thé a un peu refroidi, elle s'arrange pour renverser la tasse sur ses liens. Elle espère ainsi les détendre un peu. L'homme revient.

- Vous avez fini ?

- Oui oui, merci. J'ai fait quelques saletés.

- Ce n'est pas grave. Ça sèchera.

Il sort de la chambre et Sabine se remet à travailler. Les cordes ne vont pas sécher trop vite avec ce froid, heureusement car sinon elles se resserreraient et rien ne serait plus possible. Cela lui laisse du temps pour arriver à ses fins. Sa peau est toute rouge. Pas grave ! Il faut continuer, même si la peau s'arrache. Elle n'a pas trente-six alternatives. Il n'y a que la vie ou la mort. La personne pour qui travaillent ces hommes a certainement de funestes projets pour elle. Ou alors il a besoin d'elle comme monnaie d'échange … Oui, ça doit être pour cela qu'ils m'ont enlevée …Sinon, je serais déjà morte. À moins que le commanditaire veuille me tuer de ses propres mains … tout doucement … D'abord, les doigts, puis la cigarette, ou l'inverse, il ne doit pas manquer d'imagination … La nuit est noire. Ils ont allumé la lumière dans la pièce à côté. Un faible rai passe sous la porte. Il faut qu'elle arrive à se libérer, et vite. Les cordes sont un peu plus lâches. Avec difficulté et douleur, elle arrive à remonter jusqu'à la base du pouce. Une fois le pouce passé, ce sera gagné. Zut ! La porte s'ouvre. Un flot de lumière indiscret vient l'interrompre.

Pourvu qu'ils ne m'emmènent pas ailleurs, s'inquiète Sabine. Elle fait semblant de dormir, tournée sur le côté, les mains rougies cachées sous sa veste. Elle ne regrette pas d'avoir choisi ces vêtements chauds et confortables. Elle n'a pas trop froid.

La porte se referme. Elle les entend parler.

- C'est bon, elle a l'air de dormir.
- Avec cette femme on ne sait jamais. Surveille-la bien. Je reviens demain matin.

Plus qu'un se dit Sabine. Il va bien s'endormir à un moment ou à un autre. Elle accélère son travail et parvient enfin à passer le pouce. En même temps qu'elle se retient de pousser un cri de douleur suite au frottement de la corde arrachant un morceau de peau, elle a envie de hurler « victoire », mais ce n'est pas possible. Elle ne délie pas complètement les cordes de ses mains, ni de ses pieds, au cas où quelqu'un viendrait lui rendre visite, il faut qu'on la croit toujours attachée.

Elle descend doucement du lit. Il grince un peu ce vieux lit. Elle soulève le matelas, à la recherche de ce qui pourrait lui être utile. Un ressort par exemple. Mais ce matelas ne cache rien d'intéressant. Par contre, peut-être les montants du lit ... s'ils sont juste emboîtés. Elle va écouter à la porte, essayant de deviner ce que fait le chauffeur. Elle a l'impression qu'il ronfle. Il doit être inconfortablement installé dans le seul fauteuil pourri de la pièce par où ils sont entrés. Après le thé, une envie de faire pipi commence à titiller sa vessie. Elle ne pourra pas attendre trop longtemps. Elle s'attaque aux montants du pied de lit, moins volumineux qu'à la tête du lit. Ils ne sont ni rouillés, ni scellés et elle arrive à soulever la barre du haut sans faire trop de bruit. Elle a un long U dans les mains, mais un U coupé. Juste le fond du U. Avec ça, elle devrait pouvoir assommer cet homme et s'enfuir. Pas de temps à perdre. Elle met la seule chaise présente près de la porte. Elle monte dessus et se met à gémir. Son geôlier ne tarde pas à venir en ronchonnant. Il ouvre la porte. Avant qu'il puisse découvrir que sa prisonnière n'est plus dans son lit, Sabine frappe le plus fort qu'elle le peut sur son crâne. Un drôle de bruit caverneux se fait entendre ainsi qu'une espèce de « couic » sorti de la bouche de ce pauvre homme qui s'étale de tout son long sur le sol. Sabine défait complètement ses liens et ligote son prisonnier sans perdre de temps. Il respire donc il n'est pas mort.

Elle regarde un peu partout, espérant trouver une lampe de poche. Dans des lieux comme cette maison, on emmène toujours une lampe de secours. Elle la trouve près du réchaud à gaz. Il y a un bout de pain sur la table ainsi que du saucisson, elle embarque le tout et fonce vers la forêt.

37

Pendant ce temps, le commandant Mérieux a mis toutes les forces disponibles en alerte pour rechercher et trouver les indices susceptibles de les amener à Sabine Galache. Personne dans le voisinage n'a repéré quoi que ce soit. C'est juste quand les papiers volants ont été vus que les gens se sont rassemblés, intrigués. Sinon, rien.

Jacky est désespérée. Trop c'est trop ! Sabine a supporté une fois, puis une deuxième fois. On dit toujours jamais deux sans trois, mais est-ce qu'elle va survivre à cette troisième fois. Élise, une fois prévenue est venue la rejoindre. Personne ne comprend. Qu'est-ce qu'on lui veut à Sabine ? Elle n'en a pas assez bavé peut-être !!! Il faut encore lui donner une dose de plus !!! Jacky dit que cette fois elle ne s'en remettra pas si elle ne devait plus revoir son amie. La prison dure un temps mais se termine, la mort c'est pour toujours … Philippe ne la quitte pas une seconde et essaie tant bien que mal de lui remonter le moral en la cajolant dans ses grands bras.

- Tu sais comment est ta copine. Elle a plus d'un tour dans son sac. Elle va s'en sortir.

- Oui elle va s'en sortir ! À condition qu'elle ne soit pas déjà en train de pourrir dans la Seine ou enterrée dans du béton ou que sais-je encore !

- Allons ma puce. Si tu envoies ce genre d'ondes négatives, ça ne va pas l'aider !

- J'ai tenu dix ans à avoir l'air, l'air gai, l'air en forme, dix ans à m'occuper de tout ! Mais au moins dans sa prison elle n'était pas en danger ! Elle revient et ça recommence ! En pire ! Alors comment veux-tu que j'envoie des ondes positives !!!

Elle crie, elle hurle, elle pleure.

38

Sabine est dehors. Aucune lumière dans ce trou perdu. Avec les arbres, pas d'horizon. Elle n'ose pas allumer la lampe et attend de pouvoir discerner les formes dans le noir. Elle a un peu peur de s'éloigner de cette maison mais pourtant il le faut. La nuit, tout devient suspect. Les arbres semblent menaçants, n'importe qui, n'importe quoi peut se cacher derrière et jaillir à tout moment.

Ça suffit ! Arrête ! crie Sabine dans sa tête. Tu es une grande fille ! Tu ne vas quand même pas avoir peur de ce que tu imagines mais qui n'existe pas ! Ils sont bien plus dangereux qu'un sanglier perdu ceux qui sont à tes trousses, alors avance !!!

Elle décide de suivre le chemin mais dans la forêt, à couvert, afin de s'y dissimuler en cas de besoin. Elle en profite pour satisfaire sa petite envie devenue de plus en plus pressante, puis allume sa lampe en la dirigeant vers le sol et part à l'aventure. De temps en temps, elle éteint et écoute si rien ne trouble le silence des bois. Au loin, elle aperçoit une lueur. Ce sont les phares d'une voiture. Le chauffeur qu'elle a assommé a du se réveiller et alerter son kidnappeur qui revient. Ils vont se lancer à sa poursuite. Elle n'est pas assez loin, ils auront vite fait de la retrouver. Sa seule chance est de s'enfoncer très loin dans la forêt mais le risque de se perdre est trop grand. Mourir de froid et de faim ne fait pas partie de ses projets. Elle regarde en l'air. Pourquoi ne pas monter dans un arbre. Il y a encore beaucoup de feuilles et ils ne la chercheront sûrement pas en altitude. Trouver un arbre, il n'y a que ça se dit Sabine, encore faut-il en trouver un dans lequel je puisse monter. Comment en choisir un dans cette obscurité ... Elle n'est pas encore très éloignée de la maison et en tournant la tête, elle voit grâce à la lumière allumée à l'intérieur que la porte d'entrée est grande ouverte. Ça y est, la chasse est ouverte et elle a conscience que le gibier, c'est elle. Plus de temps à perdre il lui faut un arbre. Désormais elle ne peut plus allumer sa lampe, elle y va à l'instinct. Elle manque de se cogner à une branche assez basse qui semble assez solide pour supporter son poids. Elle se hisse à la force des bras et des jambes et se retrouve à cheval sur la branche. Après ce premier palier, tout en restant très prudente, elle continue à grimper, branche après branche. Elle ne veut pas non plus monter trop haut car il faudra bien redescendre. Elle perçoit

313

une lueur vive entre les arbres, plus un geste, plus un bruit. Elle se cale contre le tronc. Elle se dit qu'elle a bien fait de prendre le temps d'uriner parce que là, elle serait en mauvaise posture. Il ne pleut pas ce soir…tant mieux. Ils approchent, bien équipés avec lampes torches qui éclairent des mètres devant. Heureusement, ils ne balayent que le sol, les côtés et l'horizon avec le rayon lumineux, n'imaginant pas une seconde qu'elle puisse se trouver en l'air.

- Tu es sûr que tu n'as pas vu de lumière sur le chemin ?

- Non monsieur. Soit elle a couru, soit elle est dans la forêt.

- Mais nom de dieu, je t'avais pourtant dit que cette femme était rusée ! Comment tu as pu te faire avoir ?

- Je croyais qu'elle dormait, je me suis endormi moi aussi.

- Tu croyais, tu croyais !!! On est bien maintenant ! Qu'est-ce que je vais raconter à l'autre moi maintenant !

- Pourquoi il s'acharne sur cette femme aussi ? Il a perdu, il a perdu ! C'est tout !

- Oui, ben ce n'est pas notre problème. Nous sommes payés pour un boulot !

- Moi, je n'aime pas ce genre de boulot ! Ce n'est pas dans ma nature. Je ne m'attaque jamais aux femmes, ni aux enfants. Le combat est inégal.

- Parce que tu crois que ça me plaît, à moi ? J'ai des comptes à rendre, voilà tout !

- Tu bosses pour qui au juste ?

-Pour qui paye, je dis oui ou je dis non, mais là, je n'ai pas eu le choix, j'étais redevable d'une petite dette de jeu.

- Et moi, pourquoi tu m'as embauché ?

- Parce qu'avec toi je savais qu'il n'y aurait pas de coup fourré. Tu n'as rien à voir avec l'organisation.

- Quoi ? Quelle organisation ?

- Il vaut mieux pour ta santé que tu n'en saches rien. Une fois qu'on est dedans, on n'arrive plus à en sortir. Moi, ma faiblesse c'est le jeu, c'est cette faiblesse qui m'a été fatale.

Sabine, du haut de son arbre ne perd pas une miette de la conversation. Mais ils parlent en marchant et elle perd le son. Elle doit attendre qu'ils reviennent. À ce moment-là seulement elle pourra repartir.

Merde se dit-elle, à mon âge qu'est-ce que je fous dans un arbre, à me geler. Je devrais être assise dans un confortable fauteuil au coin du feu, un livre à la main, à siroter un bon verre.

Elle sort le morceau de pain et le saucisson qu'elle a fauchés en partant, et elle se met à manger. Elle remet ce qui reste dans sa poche et patiente en écoutant les petits bruits qu'elle perçoit çà et là. Les deux hommes reviennent.

- Nous n'avons plus qu'à repartir et à nous évaporer dans la nature. Je crois que tout le monde est dans la merde et que ça va être le sauve qui peut général!

- C'est si important que ça ?

- Plus que tu ne crois, ça va du ministre enfin un ancien ministre, pour ce que je sais, à certains fonctionnaires bien placés, dans la justice, la police, ça passe aussi par des hommes d'affaire importants, mais personne ne sait qui est à la tête de l'organisation. Et la nana que nous étions chargés de surveiller, elle vient de faire péter tout ça avec une liste de noms et de bien d'autres choses que son copain avait cachée avant de mourir. Tu comprends, nous sommes tous liés d'une manière ou d'une autre. C'est un enchevêtrement inextricable. Le mec qui a pondu un truc pareil est un sacré génie. Enfin, moi je parle d'un mec, mais je n'en sais rien du tout. Avec ce que les médias ont divulgué, c'est déjà une révolution, mais la liste elle date de dix ans !

Depuis, il y en a combien d'autres qui se sont fait prendre …Pour échapper au scandale, beaucoup vont se dédouaner en parlant. Moi, je ne crains pas grand-chose, il faut juste que je rembourse. Je ne suis pas quelqu'un d'important ni de bien placé. Il y en a pas mal des comme moi, emprunteurs de petites sommes, ça ne va pas chercher loin. Mais pour d'autres, c'est leur avenir qu'ils jouent, leur vie même. Quand tu vis dans un palace et que tu risques de te retrouver à la rue, tu fais vite un choix.

- Mais puisqu'elle a donné ce papier, qu'est-ce qu'ils lui veulent ? Elle n'a plus rien à offrir !

- Est-ce que tu as entendu ce que je viens de dire ? Tu crois que certains vont abandonner comme ça ? et perdre tous leurs privilèges, leur liberté ? Cette femme, elle devait servir de monnaie d'échange pour le gars qui m'a employé. Il espérait obtenir la liberté pour lui contre la sienne, à elle, et la monnaie d'échange, nous l'avons perdue ! C'est la raison pour laquelle nous devons nous aussi disparaître, enfin moi, toi tu ne crains rien.

Ils continuent à discuter jusqu'à la maison, Sabine ne les entend plus. Elle voit du haut de son perchoir qu'ils n'ont pas refermé la porte. Ils vont repartir. Elle décide de rester dans son arbre, jusqu'à ce que tout danger soit écarté. La lumière s'éteint, les phares d'une voiture illuminent le chemin. Le véhicule passe devant l'arbre de Sabine et disparaît au loin. Au cas où se serait un piège, elle attend encore un peu. La voiture ne revient pas. Elle descend avec difficulté, son blouson s'accroche à toutes les aspérités rencontrées. Elle se demande si elle ne va pas finir torse nu. Elle arrive enfin sur la dernière branche et se laisse tomber au sol. Pourvu qu'il n'y ait pas de sangliers à se promener ... elle a le reste de pain. Cela suffira peut-être à les contenter. Le temps qu'ils se disputent le morceau. Et le saucisson ... ? Non, quand même pas leur donner à manger un des leurs ...

Pas de sangliers. Cette fois, elle marche le long du chemin, la lampe allumée. Elle est sûre qu'ils ne reviendront plus. Combien ont-ils parcourus de kilomètres pour arriver jusqu'ici... ? Un peu plus d'une heure de voyage, cela doit bien faire 70-80 km. À pied c'est long et je ne peux pas faire de stop se dit-elle. Avec ma chance, qui sait si je ne retomberais pas sur quelqu'un qui me cherche. Il faut que je trouve une maison et que je puisse téléphoner. En attendant, marche ma vieille, tu ne t'en es pas mal tirée cette fois encore !

C'est juste à ce moment-là que la brûlure de la corde vint se rappeler à elle. Elle marche, en essayant de garder un bon rythme. Elle le trouve interminable ce chemin alors elle compte ses pas. Dix pas, cent pas, dix fois cent pas, cela fait mille pas et ainsi de suite. Compter lui fait oublier les bruits, les ombres maléfiques, le bruit sournois du vent dans les feuilles, des feuilles plus bruyantes parce que plus sèches, c'est normal, c'est l'automne. La voilà arrivée au bout du chemin, à droite toujours la forêt, à gauche un grand champ ouvre enfin l'horizon et au bout de cet horizon, une lumière. Sabine quitte le chemin et se met à courir dans le champ, même si ce n'est pas facile, elle court à grandes foulées pour atteindre au plus vite cette lumière, un espoir dans sa nuit. De courir la réchauffe car elle commence à avoir très froid. Tout en courant elle se dit qu'elle est protégée pour s'en sortir toujours aussi bien et pour elle, c'est Raphaël qui est auprès d'elle et qui la guide. Elle perçoit sa présence, là, tout près. Elle le sent presque l'aider à soulever ses pieds de la terre épaisse et collante. La lumière se rapproche, dévoilant une bâtisse légèrement dissimulée derrière un voile de brume montant des champs avoisinants.

Elle frappe à la porte. À cette heure-ci, en pleine campagne, les gens ne doivent pas ouvrir facilement leur porte. Une voix grave demande,

- Qu'est-ce que c'est ?

- Veuillez m'excuser de vous déranger aussi tard, mais je me suis perdue et je n'ai pas de téléphone.

- Vous êtes seule ?

- Complètement seule !

Cette femme n'a pas l'air dangereuse se dit-il, mais il jette un œil par-dessus l'épaule de Sabine afin de vérifier si elle est vraiment seule ainsi qu'elle l'affirme. On n'est jamais à l'abri d'une bande de voleurs. Ils savent comment s'y prendre pour faire ouvrir les portes. Il ne voit rien de suspect.

- Alors entrez.

L'homme ouvre la porte et Sabine est obligée de lever la tête tellement l'homme est de haute stature. C'est le modèle Philippe Marchand. Elle est rassurée.

- Je vous remercie ! Je suis gelée et je ne voyais pas comment m'en sortir.

- Mais qu'est-ce que vous faites en pleine nuit dans un coin aussi paumé ?

Sabine décide de ne pas y aller par quatre chemins.

- J'ai été kidnappée et emmenée dans la forêt voisine. Je me suis échappée.

- Ah oui ! Je vous reconnais ! Ils ont montré votre photo à la télé ! Tout le monde vous cherche ! Vous avez sans doute faim ! Voulez-vous quelque chose !

 - Avec grand plaisir ! Je meurs de faim. Est-ce que je peux téléphoner, je voudrais rassurer ma famille.

-Mais bien sûr, le téléphone est là sur la petite table. Mimi, lève-toi ! On a de la visite !

- Merci beaucoup. Ça m'ennuie de vous déranger.

- Taratata ! Après, en échange vous nous racontez toute l'histoire !

- C'est 'accord. Allo ? Jacky ! C'est Sabine !

39

- Tu es sûre que ça va aller maintenant ? Qu'ils vont enfin te laisser en paix ? Demande Jacky.

-Mais oui ma Jacky ! Il y en a qui ont réussi à passer à la trappe, c'est certain, mais je ne crois pas que l'un d'eux oserait me re-kidnapper. Cela devient trop dangereux pour eux. C'est que je suis devenue une vraie vedette ! Il y a toujours des journalistes sur ma route, plus la protection policière ! J'ai aussi appris par le commandant Mérieux qu'une personne de la police secrète, une personne très bien placée venait de se suicider ou d'être suicidée … Cet homme serait le probable responsable de l'assassinat de Raphaël et aussi celui de mon enlèvement. J'étais sa dernière cartouche pour se sortir du pétrin. Selon les sources du commandant, c'était ma vie contre un avion et filer le plus loin possible. Il a gagné, il est même parti beaucoup plus loin qu'il ne le désirait… Je pense n'avoir plus rien à craindre d'eux. Quant aux gens du milieu, ils n'ont rien à faire avec tout ça, sauf indirectement et je ne les intéresse pas.

 - Bon, tu vas faire quoi maintenant que les méchants sont, soit morts, soit en fuite ou bien sous les verrous ?

- Ce que je compte faire ? C'est me reposer et ensuite je pars découvrir le monde pendant que je suis encore en état. Je compte bien le faire découvrir aussi à mes petits-enfants. Je crois que pour moi ce sera le meilleur moyen d'apprendre à les connaître. Mais avant, j'attends d'être reconnue innocente. Et vous ?

Sabine pose cette question à Jacky assise sur les genoux de Philippe.

- Oh nous …Tout d'abord, je prends ma retraite, dit Jacky. Victor est prêt à prendre les rênes.

- Tu es sûre ??? Sabine ricane doucement … Tu vas le laisser faire …???

- Oui oui, je suis sûre ! Ne rigole pas comme ça ! Moi aussi je vais courir le monde !

Philippe parle à son tour.

- J'ai décidé de faire des reportages à travers le monde et j'ai demandé à Jacky si elle souhaitait m'accompagner.

- Et j'ai dit oui bien sûr !

- Nos chemins se croiseront peut-être ?

- Je l'espère bien ! Tu ne crois pas que je vais te laisser filer encore pendant dix ans après ce que tu m'as fait vivre !!! Je compte bien passer mes vieux jours en ta compagnie madame Galache !

- Tu me rassures !

Soudain …

- Holala !!!

Victor qui regarde la télé dans la pièce à côté vient de crier ce « Holala ». Tout le monde se précipite.

- Quoi, que se passe-t-il encore ??? Jacky s'attend à tout. Une affaire de trop aurait raison de sa santé mental   e. Il était grand temps que tout cela s'arrête.

- Incroyable, une petite île du Pacifique aurait disparu d'un coup dans l'océan ! Les scientifiques avancent l'hypothèse que ce serait probablement dû à une éruption volcanique ………..

40

Quelques mois ont passé, Sabine se prélasse sur sa terrasse au soleil. Les plantes et arbustes qui avaient eux aussi beaucoup souffert du saccage de l'appartement ont retrouvé leur place et leur vitalité, enfin ceux qui étaient récupérables, faisant de ce lieu un vrai jardin, dépaysant et reposant. La terrasse est redevenue ce qu'elle était quand elle et Raphaël restaient des heures allongés dans les bras l'un de l'autre. Elle y passe une grande partie de son temps, même par temps froids. Elle a besoin de se retrouver à l'air libre, sans murs, sans toit au-dessus de sa tête. Apaisée, une vie normale recommençait enfin. Grâce aux évènements survenus après sa sortie de prison, même si ceux-ci s'étaient révélés difficiles, elle avait pu faire le deuil de Raphaël. Faire son deuil pour elle ne voulait pas dire oublier. Cela lui était impossible. Elle pouvait tout simplement envisager de vivre sans lui. Si rien ne s'était passé, si elle était revenue dans un appartement intact avec tous leurs souvenirs, elle n'aurait pas tenu le coup. Elle ne serait pas là à se faire dorer dans son transat, elle serait morte. Plus de compagnon, plus d'enfants, plus personne, à part Jacky. Est- ce que l'amitié de Jacky aurait suffi à la retenir … ?

Dans l'appartement presque tout est neuf. Elle a tout redécoré à son goût, sans avoir à tenir compte des envies d'un jeune homme bien que Raphaël ne se soit pas occupé de leur première installation, la laissant libre de tout choisir. Avant chaque achat pourtant elle se demandait si ses préférences auraient été celles de Raphaël. Puis petit à petit elle avait acheté sans réfléchir. Elle avait aussi découvert un nouveau bonheur, la joie de s'occuper de ses petits-enfants. Toute la famille s'était reconstituée, petit à petit. Il y avait aussi Jacky, Philippe et Victor. Sa vie était remplie d'amour. Elle ne recherchait rien d'autre. Elle savait qu'elle ne pourrait jamais aimer un autre homme comme elle avait aimé Raphaël. Les souvenirs de sa vie avec lui comblaient le vide qui parfois se faisait ressentir. Le manque revenait la torturer de temps à autre, de moins en moins souvent.

Déclarée innocente lors de la révision de son procès et réhabilitée, elle avait touché une grosse somme d'argent en réparation du préjudice subi. Les magistrats n'avaient pas perdu de temps, les consignes étaient claires, en finir au plus vite avec le scandale déclenché. Elle n'avait pas de soucis à se faire quant à son avenir. Elle avait installée Lili dans un petit commerce de vente de bijoux fantaisie qui lui convenait tout à fait. Elle l'aidait pour l'administratif, pour le reste Lili se débrouillait très bien. Pour elle, finie la prostitution. Jacky et Philippe passaient beaucoup de temps ensemble ce qui tracassait Jacky car pendant ce temps elle n'était pas avec son amie. Sabine ne lui en voulait pas, au contraire, le bonheur de sa copine rejaillissait sur elle. Après ces dix années passées à vivre en collectivité, elle savourait le fait d'être seule, sans un bruit, sans un ordre, sans cris ou rires suspects et surtout sans claquements de portes, de verrous. La sérénité de la liberté retrouvée.

La sonnerie du téléphone la fait sortir de sa douce torpeur. Elle hésite un court moment à revenir dans le monde des actifs puis se lève et va décrocher.

-Allo ? Allo ? ...

Personne ne répond.

- Qui est à l'appareil ? Qu'est-ce que vous voulez ? Répondez à la fin !

Enervée, elle s'apprête à raccrocher. Une voix chuchote.

-Il est vivant.

-Hein ? Quoi ? Qui est vivant ? Allo ? Allo ?

Son cœur s'est emballé. Elle doit s'asseoir. Elle est prête à s'écrouler. Elle ne peut plus respirer. Elle ne peut pas croire à ce qu'elle vient d'entendre. Mais de qui parle cet homme ! Qui est vivant ? Dans son entourage toutes les personnes qu'elle connaît sont vivantes ! Si c'est celui auquel elle pense, c'est impossible, elle l'a vu en sang, mort. Elle a été condamnée pour ce meurtre. C'est une très mauvaise plaisanterie. Personne n'a le droit de faire des blagues de ce genre. Il faut dire que depuis qu'elle est sortie de prison, des appels bizarres elle en a beaucoup reçus. Il y a des gens qui n'ont comme seul pôle d'intérêt que celui de faire mal aux autres. Même avec un téléphone sur liste rouge ils arrivent à passer leurs coups de poignards, car c'est un coup de poignard qu'elle vient de recevoir. Elle est troublée. Pourquoi cet appel ? Qui ? Pourquoi maintenant ? Plus de dix ans après le drame ! Elle était enfin tranquille ! Une voix d'homme ... Peut-être juste un éconduit désirant faire payer à toutes les femmes le malheur qui le touche. Un homme connaissant son histoire et voulant l'atteindre là où ça fait mal ... Faire souffrir étant son seul objectif. Oui, c'est sûrement ça, pense Sabine. Il n'y a aucune autre raison. Mais … ce "mais" toujours là pour induire le doute. Que peut-elle faire sinon attendre …

Elle n'a plus envie de retourner au soleil. Elle trouve qu'il fait sombre et froid tout d'un coup. Il lui faut un verre, tout de suite ! Elle se sert un Cognac. Elle réfléchit. Elle a vu Raphaël en sang, inerte. Peut-elle affirmer qu'il était mort … ? Elle n'a pas vu s'il respirait encore puisque les policiers l'avaient empêchée de s'approcher de lui. Elle aurait pu le toucher ! Elle aurait senti sa chaleur. Elle aurait tout de suite su s'il était encore en vie. Ensuite tout avait été très vite. Il n'y avait pas eu d'autopsie et il avait été incinéré. C'est ce qu'elle avait appris au cours de ses péripéties. Aucune trace, rien. Ces réflexions viennent d'ouvrir une lucarne, une minuscule lucarne et elle ne veut pas aller vers cette toute petite ouverture. Il ne lui est pas possible d'envisager qu'il puisse se cacher derrière ces mots une petite lueur d'espoir alors qu'une déception gigantesque, un Raphaël mort pour la deuxième fois, l'attendait sûrement au tournant. Elle ne voulait pas revivre ce drame. Elle n'y résisterait pas cette fois.

Elle reste prostrée dans son fauteuil, le verre à la main et n'ose plus penser à quoi que ce soit. Après de longues et douloureuses minutes elle se lève. Elle vient d'apercevoir un papier blanc, glissé sous la porte d'entrée. Elle n'ose pas s'approcher. Ce papier la brûle déjà comme un fer rouge. Elle est paralysée. Le bruit de son verre qui se casse sur le sol la fait réagir. Elle avance, doucement, ramasse une enveloppe du bout des doigts. Elle n'ose pas l'ouvrir. Sans savoir ce qu'il y a dedans, elle sent que ce bout de papier va à nouveau chambouler sa vie. Elle s'assoit. Ses mains tremblent. Elle se décide et déchire le papier. Elle n'arrive pas à lire. Ses yeux refusent de regarder. Les mots se brouillent. Elle se domine et lit.

"Venez me rejoindre dans la basilique du Sacré-Cœur à seize heures. J'ai des choses à vous dire."

C'est tout. Elle regarde au dos de la feuille mais rien n'est écrit. Elle se demande ce qui va encore lui tomber dessus. Peut-être quelqu'un qui veut se venger. Il ne faut pas qu'elle y aille. C'est trop dangereux. Mais toujours une petite voix à l'intérieur, cette petite voix qui dérange, qui demande à ce qu'on l'entende. Et Sabine écoute la messagère et va se préparer. Il faut qu'elle sache. S'il s'agissait d'une vengeance, la personne aurait eu tout le loisir de mettre son projet à exécution. Depuis la divulgation des noms figurant sur la liste et les arrestations qui avaient suivies, il n'y avait en principe plus de danger. Désormais elle ne bénéficiait plus de protection policière, elle était donc atteignable par n'importe quel vengeur masqué ou pas. Le rendez-vous est pour seize heures, il est douze heure trente, cela lui laisse du temps. Elle décide de manger un peu, même si l'appel et le mot lui ont coupé l'appétit. Elle a une certaine expérience des situations difficiles. Elle sait qu'elle doit prévoir. Elle a plus de trois heures devant elle. Elle sera là-bas avant quinze heures. Il est préférable d'arriver en avance. Qui sait ce qui peut se passer … ? Le destin lui aurait-il réservé un nouveau vilain tour … ? Elle retrouve ses esprits et en même temps, les réflexes développés précédemment refont surface. Elle va se préparer. Il ne lui faut pas longtemps.

Elle est prête. Il est quatorze heures et elle sort de son immeuble. Apparemment elle est seule, pas de voiture suspecte, ni de passant louche. Elle attend le taxi commandé. Direction Montmartre.

Elle prend le temps de monter tranquillement les marches, comme une simple touriste. Elle a mis un pantalon corsaire sport, des baskets, une casquette oubliée par Victor, des lunettes de soleil, un appareil photo pend à son cou et elle porte un sac à dos rempli de choses dont elle pourrait avoir besoin en cas d'enlèvement ou de départ précipité. Elle a une certaine expérience dans le domaine … Elle a aussi mis quelques breloques autour de ses poignets. Pour compléter le décor, elle a une carte de Paris à la main et un chewing-gum à la bouche. Une vraie touriste américaine.

Elle entre dans le monument, et après avoir tourné pour faire comme tout le monde, elle se met dans un coin en retrait et attend. Des personnes prient autour d'elle. Elle s'installe dans la même position tout en étant aux aguets. Les minutes passent très lentement. Cela lui permet de mesurer le temps que mettent les gens à visiter. Il y a les intéressés qui regardent tout et ceux qui ne font que passer, juste pour pouvoir dire qu'ils y sont allés. Ceux-là ressortent très vite, plus pressés d'aller place du Tertre pour revenir avec un joli portrait, ressemblant ou pas, ils s'en fichent. Un homme vient d'entrer. Il jette un regard vague autour de lui, pas vraiment intéressé par ce qu'il voit. Il a plutôt l'air de chercher quelqu'un. Il s'assoit. Elle décide que c'est la personne qu'elle attend. Elle s'installe derrière lui. Elle prend son téléphone qu'elle avait éteint en entrant dans l'église, se rapproche et plaque l'angle de l'objet contre son dos. Elle n'est pas armée, elle veut seulement le lui faire croire. Si ce n'est pas l'homme du rendez-vous, elle s'excusera en anglais d'avoir eu un geste malencontreux. Comme il ne se plaint ni ne se retourne, elle demande.

- C'est vous l'appel et le mot ?

- Oui.

- Qu'est-ce que vous me voulez ?

- Je vous l'ai dit, il n'est pas mort.

-Mais QUI ! n'est pas mort ?

- Raphaël.

Elle avait beau s'être préparée à la réponse, sans vouloir y croire, c'est un choc énorme qu'elle a du mal à contrôler. Elle décide que cet homme est un fou, un malade mental qui veut se rendre intéressant mais les battements de son cœur lui disent le contraire.

Il se rend compte de son état et veut se retourner. Elle se reprend.

- Ne bougez pas. Raphaël est mort. Je l'ai vu de mes propres yeux.

- Qu'est-ce que vous avez vu ? Un homme en sang étendu sur un lit ! "On" vous a dit qu'il était mort.

- Qui êtes-vous ? Comment sauriez-vous que Raphaël est vivant ?

- Je l'ai vu.

Elle est sonnée. Elle ne peut plus rien dire. Elle est consciente et inconsciente en même temps. Elle n'est plus là. Comme si elle était passée dans une autre dimension.

L'homme s'inquiète et se retourne.

- Ça va ?

Elle est en larmes. Elle ne répond pas. Un gros sanglot est bloqué au fond de sa gorge ne demandant qu'à jaillir et à éclater. Elle le retient à grand peine. Elle arrive juste à dire.

- Pourquoi ?

- J'étais là. Ils ont tous cru qu'il était mort. C'est à la morgue que le médecin de l'équipe venu aux nouvelles a constaté qu'il ne l'était pas tout à fait même si l'espoir de le sauver était une véritable utopie. Pour les autres, Raphaël étant un voyou, il ne demandait ni attention particulière, ni investigation urgente. Ils l'ont déclaré mort et mis au frigo. Notre médecin a déclenché l'alerte. Les nôtres n'aiment pas beaucoup qu'on se mêle de leurs affaires. Pas question qu'un petit futé découvre que Raphaël était un agent secret. Il fallait pour les besoins de notre enquête qu'il reste un voyou, un voyou mort. Ils l'ont emballé dans un sac mortuaire et transporté ailleurs. Qu'il ait survécu à tout ça tient du miracle.

À écouter ce récit, Sabine ne peut s'empêcher de penser, merci pour moi, merci pour ces dix années d'enfermement et merci pour le comité d'accueil à ma sortie.

Il ajoute,

- Et surtout ils voulaient se charger eux même de l'autopsie, l'espoir de le sauver étant trop mince, afin de trouver d'éventuels indices pouvant les mener aux commanditaires de son exécution.

Ils l'ont alors emmené dans un lieu gardé secret. Ils ont dit aux policiers qu'ils se chargeaient du corps et des obsèques. C'est pour ça qu'il n'y a pas eu d'autopsie et qu'ils ont raconté qu'il avait été incinéré. Après, il s'est passé beaucoup de temps avant que j'apprenne qu'il était encore en vie.

- Je ne comprends rien. Quand ils ont emmené Raphaël, les autres ne se sont pas demandés pourquoi les services secrets récupéraient le corps d'un voyou ?

- Quand les ordres viennent d'en haut, personne ne pose la moindre question. On obéit.

- Tout s'est passé tellement vite, comment ont-ils su que la police viendrait chez moi ?

- Ce monde est truffé de micros, de caméras, d'espions, de traîtres en tout genre. Tout se sait, mais tout est celé, caché, dissimulé ... sous le sceau du secret ou la raison d'état.

- Vous êtes qui, vous, dans tout ce merdier !

Elle se laisse aller et parle un peu trop fort. Des visages réprobateurs se retournent vers eux.

- Chut, moins fort. Vous attirez l'attention. Allons-nous installer dans un coin où il n'y a personne.

Ils se lèvent. Sabine, bouleversée, a du mal à garder son équilibre. Ils trouvent un endroit vide de touristes et s'assoient.

- Alors ? Pourquoi tout ce secret ?

- Disons que je suis une personne "non grata" et que je préfère rester discret.

- Je commence à en avoir plus que ras le bol de votre monde souterrain depuis plus de dix ans que j'y suis mêlée, bien malgré moi. Si Raphaël est vivant, où est-il ? Pourquoi n'est-il pas venu me retrouver.

- Il ne le pouvait pas. Il avait été très gravement blessé et plusieurs années ont été nécessaires pour qu'il se rétablisse. Sa colonne vertébrale avait été touchée et la rééducation a été très longue. Et puis ...

- Et puis quoi ?!!!

- Ils lui ont dit que vous étiez décédée.

- Ah oui ? Et quand je suis passée à la télé, à toutes ces émissions politiques et autres, il n'en a rien su ? Il n'a pas vu que j'étais toujours vivante ?

- Non, il ne l'a pas su. Il n'était plus en France. Ils lui ont juste raconté qu'avant de mourir vous aviez donné la liste cachée dans le coffre. Il s'est contenté de ça et il n'a plus jamais reparlé de l'affaire.

- Pour un ancien espion, ce n'est pas très fort ! Il n'a pas fait sa petite enquête pour comprendre ce qui s'était passé ? Il n'a pas voulu voir ma tombe ? Peut-être a- t-il refait sa vie.

- Non, je ne crois pas. Plusieurs années s'étaient écoulées depuis son "assassinat". Il n'avait aucune raison de remettre en question ce qu'il croyait être la vérité. Il est parti sans se retourner.

- Pourquoi vous croyez qu'il n'a pas refait sa vie ? Vous savez où il vit ?

- Oui. Il est … il est …

- Mais bon sang vous allez cracher le morceau !

- Il est dans un monastère bouddhiste. Au Népal.

Elle tombe en arrière, contre le dossier de son siège. Elle ne peut plus dire un mot. Elle se sent vidée de toute son énergie. Tout ce qu'elle a accumulé de bienfait depuis des années, surtout ces derniers mois s'est évanoui d'un coup. Elle ne peut plus réfléchir. L'homme se lève prêt à repartir alors elle puise au fond d'elle le peu de forces qu'il lui reste.

- Ne partez pas. Je dois savoir.

Elle s'arrête comme si elle ne pouvait en dire plus. Il vient s'asseoir à côté d'elle.

- Je prends des risques mais finalement je n'ai pas grand-chose à perdre, si ce n'est ma vie et vue l'importance qu'elle a … Pourtant j'y tiens encore un peu … Raphaël, puisqu'il était officiellement mort ne pouvait plus revenir dans le monde des vivants. Il était diminué, il ne pouvait pas reprendre du service. Les ordres étaient qu'il reste mort. Ils lui ont donné une nouvelle identité, attribué une autre vie. Ils lui ont procuré de l'argent et demandé qu'il s'exile dans un coin perdu, qu'il se fasse oublier. C'est ce qu'il a fait.

- Il est devenu moine ?

- Non, je ne pense pas. Il vivait dans un monastère en tant qu'hôte payant.

- Comment êtes-vous au courant ?

- Je suis au courant parce que, ayant appris que Raphaël n'était pas mort, j'ai enquêté. Il n'y a pas longtemps que je sais qu'il est au Népal. Je n'ai pas pu partir là-bas pour le retrouver. Cela m'aurait mis en danger et peut-être lui aussi. Il en avait assez bavé comme ça ...

- Comment puis-je vous croire ? Pourquoi vous êtes venu me raconter tout ça ?

- Parce que si Raphaël revenait, je pourrais sauver ma peau. Enfin s'il a retrouvé toute sa mémoire. Et vous êtes la seule personne en qui je peux avoir confiance, la seule qui puisse le faire rentrer.

Sabine retrouve petit à petit son énergie égarée durant ces quelques instants chargés d'émotions inattendues, inespérées.

- Il a oublié beaucoup de choses de sa vie ?

Une sourde angoisse commence à la tarauder. L'espoir inconcevable de le revoir avait déjà fait son chemin mais si Raphaël avait perdu le souvenir de sa vie avec elle, alors le rêve deviendrait cauchemar. Ils n'avaient pas vécu ensemble si longtemps que cela. Elle était une toute petite partie de sa vie.

- Je ne sais pas. Je ne l'ai pas revu depuis le jour de son agression. Ensuite il a été isolé.

- Si vous ne l'avez pas revu comment pouvez-vous savoir tout ça de la vie de Raphaël ?

- Parce qu'il me reste quelques amis bien placés mais ils ne peuvent rien pour moi. Ils ne travaillaient pas dans notre section et donc ne savaient rien de ce qu'il s'y passait.

- De quoi avez-vous peur ?

- Il y avait un traître dans notre groupe. Raphaël se doutait de qui il s'agissait mais l'autre a eu le temps de l'éliminer avant d'être dénoncé. Nous manquions de preuves. Par contre le traître en question s'en est très bien tiré en me faisant accuser dès qu'il a compris que Raphaël pourrait peut-être s'en sortir et parler. Je me fais très discret depuis plusieurs années. Je me cache, je vis en pointillés, constamment sur mes gardes. En m'accusant il était certain que personne n'irait demander quoi que ce soit à Raphaël. Et puis s'en prendre une deuxième fois à lui était trop risqué. Raphaël a mis plusieurs années à se retaper. Physiquement, cela lui a coûté beaucoup d'énergie. La mémoire a suivi plus lentement ce qui a laissé à l'autre le temps de s'organiser. Ensuite quand Raphaël a commencé à vous réclamer, ils lui ont annoncé que vous étiez décédée, que vous vous étiez suicidée. Cette nouvelle a été un très gros choc pour lui et il a choisi de se mettre à l'écart de tout ainsi qu'il lui avait été conseillé. Plus de danger pour le félon.

Seul Raphaël peut me venir en aide, s'il se souvient…

Sabine n'a retenu qu'une chose dans ce flot de parole. Raphaël l'avait réclamée. Il s'était souvenu d'elle. Mais maintenant qu'elle, elle le savait vivant, il allait falloir que lui, il apprenne qu'elle ne s'était pas suicidée, qu'elle aussi était toujours en vie. Sa décision est prise.

- Vous croyez que je peux retrouver sa trace au Népal ?

- Il n'y a que vous qui puissiez y parvenir. Pour tout le monde il est mort, personne ne tentera quoi que ce soit pour le retrouver.

- Comment être sûre qu'il est toujours en vie.

- Je n'en sais rien. Il a pu tomber malade. Il n'a peut-être pas résisté à l'éloignement. Qui sait ?

- Le seul moyen de le savoir est d'aller au Népal. Alors je vais partir. S'il est vivant je le retrouverai. Je me rendrai compte par moi-même de son état. S'il ne se souvient plus de notre histoire alors il sera vraiment mort pour moi. J'aurai la consolation de savoir qu'il peut regarder le ciel et qu'il n'est pas juste un tas de cendres. Je pourrai penser à lui d'une autre façon.

- Il vous avait réclamée donc il se souvenait de vous.

- Oui mais cela fait quelque temps depuis l'annonce de mon suicide. Quand on veut faire disparaître les souvenirs douloureux, le mieux est de les gommer. Moi, je n'ai pas réussi. Peut-être se souviendra-t-il de vous, au moins je n'y serai pas allée pour rien. Quel est son nom. Dans quel monastère est-il hébergé ?

- Pour le nom, je crois que c'est William, Jack William quelque chose qui ressemble à ça. Pour le monastère, vous m'en demandez un peu trop. Il y a un paquet de monastères au Népal mais pas tant que ça qui hébergent, quoique je n'y suis jamais allé. Vous devriez le reconnaître facilement. Il n'a pas changé de visage après l'agression, c'est ce qu'on m'a dit.

Changer de visage. Elle réfléchit à ces mots. En maintenant plus de onze ans, son visage est sûrement plus marqué que celui de Raphaël. Son amour est toujours aussi fort, mais les années sont là et leurs outrages aussi … Les femmes paraissent toujours plus vieilles que les hommes. Est-ce qu'il pourra l'accepter ainsi, s'il la reconnaît. Peut-être valait-il mieux ne rien changer. Laisser les choses telles qu'elles avaient évoluées. Il est sans doute apaisé, heureux dans son temple …

Elle n'est pas encore sortie de l'église qu'elle a déjà prévu un voyage au Népal puis tout de suite après son annulation.

- Merci, monsieur ... ?

- Je vais vous donner une carte sur laquelle est inscrit un nom mais ce n'est pas le mien. Vous pourrez me joindre grâce à cette personne à votre retour.

- Mais qui vous dit que je vais partir au Népal.

- Parce que vous êtes ma survie.

Sabine est repartie à pied vers son appartement, sans vérifier si elle était suivie ou pas. Elle s'en fichait royalement. S'ils veulent me suivre, mais qu'ils recommencent si cela leur fait plaisir ! a-t-elle crié très fort, mais dans sa tête. Si elle avait hurlé dans la rue, elle aurait pu être prise pour une folle par des passants et emmenée dans un hôpital psychiatrique. Ça, elle n'avait pas encore testé ...

Elle est rentrée. Pour le moment, sa seule préoccupation est de digérer l'information. Cette nouvelle est tellement énorme qu'elle n'arrive pas à assimiler le fait que Raphaël soit encore en vie. Elle l'a tant pleuré. Elle a voulu mourir pour le rejoindre puis elle a fini par accepter sa mort. Et maintenant un homme lui dit qu'il n'a pas été tué et qu'il se promène dans un coin reculé du monde ! Elle a été arrêtée, condamnée à quinze ans de prison pour un meurtre raté, un meurtre dans lequel personne n'a été tué ! Pas de victime mais une coupable ! Très original ! Elle sent une nouvelle colère l'envahir ! Elle parle à haute voix maintenant qu'elle n'est plus dehors.

- Je n'ai vraiment été qu'une marionnette dans ce spectacle de guignols ! Qu'est-ce qu'ils doivent s'amuser tous ces gens avec leurs petites magouilles et escroqueries en tout genre ! C'est quoi ce monde de forcenés qui vit à côté de notre monde à nous, les simples. Ils ne respectent personne. Ils se foutent de la vie des autres. Elle reste un long moment assise dans un fauteuil à réfléchir tout en ayant déjà pris sa décision. Elle ne doit pas hésiter. Il faut qu'elle y aille. Tant pis pour les conséquences, bonnes ou mauvaise. Elle ne peut pas continuer de vivre avec le doute. Elle ouvre son ordinateur et recherche les formalités nécessaires à l'organisation de son départ. Elle veut partir le plus vite possible. Le passeport, pas de problème le sien est récent. Le visa, possibilité de se faire enregistrer à l'arrivée. Les vols disponibles ... N'importe lequel fera l'affaire. S'il lui manque quelque chose, elle verra sur place. Elle trouve difficilement un vol pour Katmandou prévu dans deux jours. Elle ne va prévenir personne de son départ sauf le commandant Mérieux. Il faut que quelqu'un sache où elle est partie et elle a confiance en cet homme. Elle va juste dire à ses enfants et à Jacky qu'elle part quelques jours au soleil. Depuis le temps que tout le monde lui demande d'aller se promener dans les îles, ils ne seront pas surpris mais heureux de sa décision. Elle appelle le commandant et ils décident d'une rencontre immédiate. Il était encore en activité ayant retardé sa prise de retraite afin que sa succession s'organise en douceur. Après les évènements vécus par Sabine il voulait s'assurer que rien dans son commissariat ne reste ambigu, voilé, voire dissimulé. Qu'à son départ la situation soit claire, nette et limpide.

Il est dix-neuf heures trente quand Sabine entre dans le restaurant choisi comme lieu de rendez-vous. Le commandant Mérieux est déjà là. Il se met debout afin qu'elle puisse l'apercevoir. La salle est bondée, c'est bien ils seront moins repérables au cas où ... Sabine n'arrive plus à vivre sereinement depuis quelques heures. Les vieux réflexes sont là, prêts à faire face à toute éventualité. Elle avait pourtant retrouvé un état de quiétude, de paix depuis la fin de ses aventures rocambolesques.

- Je suis très heureux de vous revoir mais aussi un peu inquiet. J'ai perçu du trouble dans votre voix. Je vous croyais tranquille désormais. Que se passe-t-il ?

- Bonsoir, moi aussi je suis heureuse de vous revoir. Je vais aller droit au but. Est-ce que vous saviez que Raphaël était vivant ?

- Pardon ?

Il aurait reçu un uppercut qu'il ne serait pas plus sonné. Il lui faut avaler le verre servi devant lui pour assumer l'info.

- Je vois que vous ne saviez pas. On vient juste de m'annoncer la nouvelle.

- Mais il était mort ! Enfin le médecin légiste a dit qu'il était mort !

- Il l'a dit parce qu'il l'a cru en le voyant. Un voyou n'attire pas une attention particulière. C'est le médecin de l'équipe qui a constaté que Raphaël n'était pas tout à fait mort. Des ordres ont été donnés. Les services secrets l'ont embarqué sans attendre mais sans grand espoir de le sauver.

- Qu'est-ce qu'ils en ont fait ?

- Ils l'ont soigné, longtemps. C'était un des leurs et quand cela leur est possible ils font ce qu'il faut.

Raphaël, vu la gravité de son état n'a pas pu reprendre du service alors ils l'ont éteint comme on dit dans leur jargon. Il serait dans un monastère au Népal. Je pars dans deux jours. Aucun de mes proches n'est au courant mais je voulais que quelqu'un le sache au cas où ... c'est pour cela que je vous ai appelé.

- Vous partez seule ?

- Oui. Si je dois retrouver Raphaël, il faut que je sois seule. Je ne sais pas du tout comment cela peut se passer. Peut-être m'a- t-il gommée, oubliée. Ils ne lui ont pas dit que j'étais en prison, mais que je m'étais suicidée. Il parait que sa mémoire lui joue des tours. Peut-être qu'il ne me reconnaîtra pas ...

- Les salauds. Que ne feraient-ils pas pour se protéger, protéger leurs enquêtes, même si c'est aux dépens d'innocents, comme vous. Des dommages collatéraux comme ils disent. Si Raphaël n'a pas perdu la mémoire de tout, il vous reconnaitra soyez-en sûre. Vous n'avez pas pris une ride durant ces quelques années. Je dirais même que votre aventure vous a apporté un brin de folie dans le visage, une assurance, un air de défi. Comme le phénix qui renaît de ses cendres, vous êtes sortie plus belle de cette histoire.

- Vous allez me faire rougir. Donc je pars dans deux jours pour Katmandou et une fois sur place, je ferai tous les monastères qui accueillent des pensionnaires afin de le retrouver. Après on verra … alea jacta est. Je ne sais pas combien de temps cela peut durer.

- Je vois que vous avez pris votre décision. N'oubliez pas de prendre avec vous l'indispensable. Quelques médicaments et un anti moustiques. Ne buvez pas d'eau du robinet et vérifiez que les bouteilles qu'on vous propose n'ont pas été ouvertes. Vous m'appellerez tous les soirs afin que je suive votre périple.

-Merci de vos conseils, dans ma précipitation, je n'avais pas pensé à tout. Je vais m'en occuper. Mais j'y pense, avec le décalage horaire, quand ce sera le soir ici, moi je serai en pleine nuit et en principe, la nuit, je dors.

- Ah oui c'est vrai… Alors appelez-moi quand il sera midi là-bas ou envoyez-moi un message. Je me lève très tôt le matin.

- D'accord. Je le ferai. Cela me rassure de vous avoir à mes côtés.

- Si nous dînions ?

- Avec plaisir. Les dernières nouvelles m'ont mises ko.

41

À son arrivée au Népal, Sabine est tout de suite allée remplir les papiers pour son visa. La démarche s'est avérée plus rapide qu'elle ne s'y attendait. Elle avait préféré le papier à l'informatique parce qu'elle ne se sentait pas très à l'aise avec ce système. Il y a toujours un truc qui ne fonctionne pas ou une question à laquelle on ne sait pas quoi répondre. Elle sort de l'aéroport de Katmandou. On est fin avril, il fait très doux. Elle cherche un taxi. Il y a beaucoup de monde. Des gens qui vont dans tous les sens. Elle est un peu perdue. Depuis la prison, à part ses déambulations dans Paris et son voyage éclair dans la banlieue sud, elle n'avait pas vraiment bougé. Elle est soûlée par toute cette agitation. Elle en trouve un sans trop de difficulté et se fait conduire à l'hôtel où elle a réservé une chambre par internet. De là, elle programmera la suite de son itinéraire. Le plus important étant qu'elle soit en place.

Il est bientôt dix-neuf heures heure locale, ça fait donc dans les quinze heures à Paris. Elle s'installe, appelle le commandant Mérieux pour le rassurer. Elle s'est reposée dans l'avion afin de ne pas perdre une minute à l'arrivée. Durant tout le voyage, Raphaël est resté collé à ses yeux. Ce qu'elle avait fantasmé pouvait redevenir réalité. Souvent le soir, dans son appartement elle fermait les yeux et imaginait entendre le bruit de la clé dans la porte d'entrée, puis sentir deux bras l'entourer et une bouche venant se poser sur la sienne. Elle arrivait presque à sentir la présence de Raphaël tant les souvenirs se révélaient réels. Cela lui faisait du bien de le retrouver même si ce n'était que durant un rêve éveillé. Et maintenant, elle était là, au Népal, mais sans y croire vraiment. Penser que ces souvenirs pourraient redevenir réalité n'était pour le moment pas possible pour Sabine. Elle avait trop pleuré pour se bercer d'illusions. Elle se met tout de suite au travail. Elle a sa tablette, avec déjà pas mal de renseignements répertoriés. L'hôtel est moderne avec tout ce qu'il faut pour avoir internet.

Elle reprend la liste des temples susceptibles d'accueillir des voyageurs. Elle va commencer son enquête de cette façon. Du plus proche au plus éloigné de Katmandou. Ensuite, elle verra selon ce qu'il lui reste à visiter. S'il faut faire un trek pour parvenir à un temple perdu dans la montagne, elle fera le trek. Elle a prévu un équipement pour ça.

L'hôtel va lui servir de base. Elle ne va voyager qu'avec le strict nécessaire. Elle a de la monnaie népalaise en quantité suffisante et elle laissera au coffre l'argent français qu'elle a en réserve. Il ne faut pas tenter le diable ... Les monastères accueillants des hôtes ne sont pas si nombreux à condition que Raphaël soit bien dans l'un d'eux. Il pourrait tout aussi bien loger dans une maison d'hôtes ou dans un hôtel. De Paris la recherche lui semblait facile, mais maintenant qu'elle est sur place elle ne voit plus les choses de la même façon. Il lui faut un guide. L'hôtel doit avoir des personnes à lui proposer. Elle téléphone à la réception et demande s'il est possible d'avoir un guide parlant français ou anglais couramment. On lui répond que le seul disponible a encore une journée à faire avec son groupe. Ensuite il sera libre. C'est parfait. Elle le réserve. Maintenant, elle doit dîner et se reposer.

Elle sort de l'hôtel et cherche un restaurant. Marcher lui fait du bien après les heures de vol. Elle entre dans une salle qui lui semble propre où pas mal de touristes sont attablés. Le fait d'être seule la gêne un peu. Elle commande, mange et ne s'attarde pas. Elle rentre à l'hôtel sans musarder. Il fait nuit, mais il y a beaucoup de monde dans la rue. Une femme seule peut s'attirer des désagréments de tous ordres. Sabine n'a pris ni sac ni banane, elle garde son argent dans une petite poche cousue à l'intérieur de son pantalon. Mieux vaut ne pas tenter les voleurs de passage.

42

Une bonne nuit de repos, un bon petit déjeuner et la voilà d'attaque. Elle attend pour préparer son sac à dos que le guide lui donne le programme de leur périple. S'ils partent plusieurs jours, elle le remplira en conséquence. Elle a donc journée libre pour faire le tour de Katmandou. Autant profiter un peu de ce beau voyage, même si son cerveau n'est pas au diapason.

Après avoir goûté aux bruits, aux odeurs, à la poussière, à la foule des touristes dans le quartier de Thamel, Sabine s'est fait conduire au Jardin des Rêves pour retrouver un peu de tranquillité. Elle déguste un thé salvateur après avoir mangé un plat de riz mélangé à d'autres mets qu'elle n'a pas reconnus. On lui a signalé qu'il était un peu tard mais elle a été servie quand même. Il n'est pourtant pas onze heures ! Elle n'a pas encore adapté son rythme aux rythmes népalais. Elle regarde autour d'elle et oublie un instant la raison de sa présence dans ce pays. Ce parc est magnifique. On a peine à croire qu'il existe un tel havre de paix lorsqu'on se trouve dans la ville. Oh ! J'allais oublier mon coup de fil au commandant Mérieux, se rappelle-t-elle d'un coup.

Elle vérifie l'heure, il est midi passé. Elle l'appelle. Il est rassuré.

À côté d'elle, des gens discutent. Ils disent qu'ils vont marcher jusqu'au temple de Benchen. Ce sont des français. Elle s'excuse de les déranger et leur demande si elle peut les accompagner.

- Bien sûr, mais nous dormirons là-bas, il faudra vous faire raccompagner.

- Oui bien sûr. C'est mon premier jour et je suis un peu perdue.

- Vous êtes venue toute seule ?

- Oui, je dois rejoindre des amis mais je ne sais pas encore où alors je traîne un peu à Katmandou en attendant.

- Ne traînez pas trop le soir car une femme seule n'est pas en sécurité bien que nous n'ayons entendu parler d'aucune agression depuis que nous sommes ici.

- Je sortirai juste pour aller dîner. En tout cas, merci de m'emmener avec vous.

- Attention aux singes là-bas ! Vous n'avez pas peur des singes au moins ?

- Non non, enfin je n'ai jamais vécu avec des singes !

Ils se mettent à rire, car ils sont tous dans la même situation.

Elle a de bonnes chaussures de marche et de quoi se couvrir dans son sac à dos. Elle achète une bouteille d'eau et les voilà parti. Il y a environ une demi-heure de marche. Le paysage est magnifique. Quel dommage que les raisons pour lesquelles elle est ici ne lui permettent pas de faire du vrai tourisme.

Ils ne sont pas les seuls à rejoindre le monastère car la guesthouse située dans l'enceinte accueille les touristes dans un cadre serein.

Une fois arrivés, Sabine remercie ses compagnons de randonnée et se dirige immédiatement vers le lieu d'hébergement. Son cœur bat un peu plus vite. Ce serait trop beau que Raphaël soit ici. Elle se dirige vers la personne de l'accueil et pose la question.

- Je cherche un ami, il s'appelle Jack William. Est-ce qu'il réside chez vous ?

La personne compulse la liste des résidents et lui répond que non, il n'y a personne sous ce nom.

Elle avait beau se douter de la réponse, la déception lui fait mal. Elle se demande ce qu'elle fait toute seule dans un pays qu'elle ne connaît pas, qu'elle est complètement débile d'avoir cru qu'elle pourrait le retrouver. De plus, elle n'est même pas sûre du nom qu'elle propose.

Puisque je suis là, je vais aller faire une prière à Bouddha se dit-elle. Peut-être m'aidera-t-il ? J'en profiterai pour regarder les personnes présentes. Qui sait … ?

Mais pas de Raphaël.

Elle se fait raccompagner à l'hôtel en taxi. Le guide est là. Il l'attendait pour discuter avec elle de ce qu'elle souhaitait visiter durant son séjour au Népal.

Le lendemain matin elle est prête de bonne heure. Elle a payé d'avance sa chambre pour une semaine. Elle veut être sûre de tout retrouver à son retour. Elle attend son guide dans le hall de l'hôtel. Le jeune népalais entre, son sac à dos à la main. Elle avance vers lui.

Elle lui avait expliqué ce qu'elle désirait visiter et pourquoi. Après avoir noté leur itinéraire dans un carnet il lui avait donné la liste de ce qu'elle devait emporter.

- Bonjour madame, je vois que vous êtes déjà prête !

- Bonjour Kami. Tu peux m'appeler Sabine comme je te l'ai dit hier soir.

Il parlait très bien le français avec juste un charmant petit accent. Il avait prévu de faire dans un premier temps les monastères de la vallée de Katmandou, ceux qui hébergent. Ensuite ils iraient voir plus loin.

Ce jeune homme aurait pu être son petit-fils, elle ne pouvait pas le vouvoyer. Mais elle ne l'avait tutoyé qu'après lui avoir demandé son autorisation. Le respect des personnes étant pour elle très important. Ce respect dont elle avait manqué durant son incarcération. Elle avait appris beaucoup en prison. C'est une drôle d'école où on vous enseigne de drôles de leçons. Mais finalement tout est utile. Elle s'en était rendu compte à sa sortie. Tout ce qu'elle avait appris l'avait aidée à rester vivante. Pourtant elle avait encore du mal à faire librement les choses, sans qu'il soit nécessaire de demander la permission. Tant d'années passées à obéir aux ordres ne s'effaçaient pas aussi aisément ... Mais elle était plus forte maintenant.

Sabine avait expliqué au jeune guide qu'elle recherchait un ami disparu depuis plusieurs années. Elle ne savait pas combien de temps elle aurait besoin de ses services et qu'elle paierait ce qu'il lui demanderait. Il avait tout de suite été d'accord, n'ayant aucun autre contrat prévu pour le moment.

Ils sortent de l'hôtel, un taxi réservé par le guide les attend. Direction la colline d'Inchengu et le monastère de Druk Amitabha Montain pour commencer. Ensuite celui de Nhiden puis Nage Gompa où ils passeront la nuit.

Les recherches de la journée sont restées stériles. Personne n'a entendu parlé de Jack William.

Le lendemain, départ pour Kopan et quelques lieux non fréquentés par les touristes. Rien non plus. Ils passent la nuit dans un gite. Après avoir encore visité quelques lieux offrant un hébergement, ils reprennent le taxi. Sabine perd chaque jour un peu de l'enthousiasme du début. Comment retrouver une fourmi particulière dans une fourmilière … elle se dit qu'au moins elle aura essayé. Elle ne gardera pas le regret lancinant de n'avoir rien tenté.

 Elle rentre à l'hôtel et Kami chez lui afin de refaire leurs sacs. Il a décidé d'aller vers l'ouest du côté de Pokhara. Il y a beaucoup de monastères dans ce coin.

Sabine réserve et paye une semaine supplémentaire. Elle ne sait pas combien de temps elle sera absente. Elle n'oublie pas d'appeler le commandant qui suit son voyage grâce aux coups de téléphone. Il reste inquiet pour elle.

Le matin du quatrième jour un taxi attend devant l'hôtel. Il doit les acheminer vers l'aéroport de Katmandou. À Pokhara ils loueront une voiture afin de poursuivre leurs recherches.

43

Le commandant Mérieux ne tient pas en place. Cela fait trois jours qu'il n'a plus de nouvelles de Sabine. Il a appelé l'hôtel où elle a son camp de base, mais ils ne sont pas au courant de ce que font leurs clients. Ils ont juste pu l'informer que madame Galache et son guide étaient partis pour l'aéroport. Ils allaient à Pokhara. Il doit prévenir Jacky, l'amie de Sabine. Il n'a pas d'autres solutions. Il appelle.

- Allo, Jacky, bonjour. Commandant Mérieux.

Jacky lui répond qu'elle est très heureuse de l'entendre mais au ton de la voix, elle se doute qu'il y a autre chose qu'un bonjour de politesse derrière cet appel. Elle demande,

- Qu'est-ce qui se passe ?

- C'est Sabine.

Jacky s'affole,

- Quoi Sabine ?

- J'arrive, ce sera plus facile de vous expliquer. Je voulais m'assurer que vous n'étiez pas en voyage.

Jacky fait les cent pas en attendant le commandant. Philippe est là lui aussi et l'air de rien, il fait le tour dans sa tête de tous les évènements précédents afin d'être sûr que rien n'a été oublié. Mais il ne voit rien ni personne qui aurait pu encore nuire à leur amie. Cela faisait des mois que l'affaire était close, enfin pour eux.

Le policier sonne à la porte. Jacky se précipite. Ils s'embrassent et elle le fait entrer dans le salon. Philippe lui tend la main, une bonne main toujours aussi rassurante.

- Vous m'avez inquiétée avec votre coup de fil. Qu'est-ce qu'il se passe encore avec Sabine ?

Il ne sait pas trop par où commencer. C'est certain il va s'en prendre une bonne de la part de Jacky.
 - Voilà. Sabine est partie au Népal.

L'annonce de la destination de voyage de Sabine ne perturbe pas du tout Jacky. Son amie a le droit d'aller où elle veut.

- Nous ne savions pas où elle était partie en vacances mais nous étions au courant qu'elle s'en allait quelques jours. Pourquoi ?

- Vous êtes bien assis tous les deux ? Elle est au Népal à la recherche de Raphaël.

Jacky est devenue muette, un état anormal chez elle et Philippe a une bouche ouverte dont rien ne sort non plus. Jacky se reprend.

- Qu'est-ce que vous racontez ? C'est une mauvaise blague !

Le commandant leur relate tout ce qu'il avait

appris par Sabine. Ils n'en reviennent pas.

- Je suis très inquiet, Sabine devait me téléphoner tous les jours, ce qu'elle a fait, mais depuis trois jours je n'ai plus aucune nouvelle. J'ai appelé son hôtel, ils savent juste qu'elle est partie avec son guide pour Pokhara. L'imaginer toute seule dans ce pays sans savoir ce qui a pu lui arriver m'est insupportable. Elle n'a pas décidé de son propre chef de ne plus m'appeler. Il s'est passé quelque chose. J'ai donc décidé de partir pour le Népal et je voulais que vous soyez au courant.

- Pourquoi elle ne nous a rien dit ?

- Parce-que vous auriez insisté pour l'accompagner et elle voulait être seule pour faire face à l'incompréhensible.

Philippe n'hésite pas une seconde.

- Je pars avec vous.

- Ce n'est pas nécessaire, je peux y aller seul.

- C'est non négociable. Quand partez-vous ?

- Ce soir. J'ai trouvé un vol, un vol avec escales mais tant pis. Il reste peut-être des places.

- Je m'en occupe, dit Philippe.

Jacky, sonnée par l'information se reprend et réagit avec véhémence.

- Mais comment peux-tu décider de partir aussi vite ? Et tout seul ! Tu ne pensais quand même pas me laisser là, à attendre ! Je viens ! Et puis il faut des visas !

- Tu en as mis du temps à réagir ! J'ai cru un instant que j'allais partir sans toi ! Ne t'inquiète pas pour les visas. Nous ferons les démarches sur place.

- Je suis rassuré de vous avoir avec moi. Je n'ai pas beaucoup voyagé et je me sentais un peu perdu. Alors à ce soir si tout va bien. Sinon, Je vous attends à Pokhara. Je louerai une voiture en arrivant. J'ai déjà réservé une chambre.

- Nous allons nous occuper de cela tout de suite. Donnez-nous le nom de votre hôtel que nous puissions réserver au même endroit ou pas trop loin. Encore un détail, pensez qu'au Népal on roule à gauche, enfin en principe car chacun roule un peu où il veut. J'y suis déjà allé pour un reportage lors du séisme en deux mille quinze, je crois, mais je n'avais pas eu l'occasion de conduire moi-même. Et puis j'y suis resté seulement deux jours.

- Merci pour l'info. En effet je ne savais pas. Je ferai attention.

-Alors peut-être à ce soir.

44

Philippe, grâce à son métier de journaliste est un habitué des voyages imprévus, il sait quoi emmener sans trop se charger. Il a conseillé Jacky qui ne savait pas trop quoi mettre dans son sac. Pour ce qui concerne leurs vaccins, ils sont à jour car ils ont fait quelques voyages depuis leur rencontre. Il n'oublie pas sa trousse de secours dans laquelle il y a ce qui est nécessaire pour les premiers soins,   blessures ou maladies. Il a vérifié les dates de péremption des médicaments. Tout est ok.

Ayant pu bénéficier de deux annulations, ils retrouvent le commandant Mérieux à l'aéroport.

- Philippe, depuis le temps que nous nous fréquentons, je crois que nous pourrions nous appeler par nos prénoms et nous tutoyer. Qu'en penses-tu ?

- Avec grand plaisir Christian.

Le vol se passe, long, inconfortable mais ils atterrissent sans encombre à Pokhara. Après les formalités administratives survolées par un Philippe dans son élément, ils louent une voiture et se rendent à l'hôtel où deux chambres ont été réservées. Christian Mérieux avait imprimé une carte de Pokhara afin de pouvoir trouver plus facilement l'hôtel. À l'aéroport, Philippe a acheté des cartes téléphone compatibles. Les voilà équipés. Ils sont fatigués mais ne veulent pas perdre de temps. Deux jours de plus sans nouvelles de Sabine, cela fait six jours.

- S'ils font les monastères, dit Philippe, nous devons suivre le même chemin. Partout où nous passerons, nous demanderons si une femme a cherché un certain Jack Williams.

Jacky ajoute,

- J'ai une photo de Sabine.

Ils se mettent au lit et attendent le lendemain pour prendre la route.

45

Sabine se remet après trois jours très difficiles puis deux jours de lente remontée vers l'amélioration. Tout avait commencé par un gros mal de tête, une température très élevée puis des vomissements et des diarrhées étaient venus compléter le tableau. Ils se trouvaient dans un lieu isolé difficile d'accès. Ils avaient marché plusieurs heures pour atteindre cet endroit. On leur avait dit que des personnes y venaient en retraite. Dans tout le Népal il y a ce genre de maisons d'accueil. La recherche de Raphaël était un peu désespérante. Ils ne pourraient pas visiter tous les lieux de ce genre. Plus ils avançaient plus elle se disait qu'ils ne le retrouveraient jamais. Après l'immense espoir, le désespoir commençait insidieusement à se frayer un chemin dans son cerveau fatigué.

- Kami, nous allons pouvoir repartir. Je vais mieux.

- Nous ne pourrons pas reprendre la route tant que vos analyses ne seront pas revenues. Ça ne devrait plus tarder. Vous nous avez fait très peur ! vous avez eu beaucoup de fièvre et vous avez même déliré.

- Ah bon ? Qu'est-ce que j'ai raconté ?

- Vous disiez tout le temps, "ce n'est pas moi ! Je ne l'ai pas tué ! Laissez-moi !

- C'est fou ce qu'on peut dire comme bêtises quand on est inconscient … sûrement le souvenir d'un film qui est remonté à la surface !

Elle ne souhaitait pas pour le moment en dire plus à Kami de peur qu'il prenne peur et qu'il l'abandonne sur une route paumée de montagne. Elle lui racontera tout s'ils retrouvent Raphaël.

Ils avaient eu la chance de découvrir sur leur route un petit dispensaire. À cause des symptômes que présentait Sabine, le responsable avait pensé à une typhoïde. Il les avait mis tous les deux en isolement afin de ne pas risquer la contamination vers d'autres personnes. Sabine ne voyait pas où et par qui elle aurait pu être contaminée. Il faut un certain temps d'incubation pour la typhoïde. Maintenant qu'elle se sentait mieux, elle voulait bouger. Mais elle avait maigri et il fallait qu'elle se remplume un peu. Elle avait déjà repris un peu de poids durant ces deux jours d'amélioration.

- Il faudrait que je téléphone. La personne que je dois joindre tous les jours doit s'arracher les cheveux.

- Rien ne passe ici. Par contre, le médecin doit pouvoir appeler du dispensaire. Nous lui demanderons à son prochain passage.

La porte s'ouvre en grand et le jeune médecin apparaît.

- Vous pouvez sortir. Ce n'était pas la typhoïde mais un genre de dysenterie. Une grosse gastro-entérite quoi ! La prochaine fois, n'oubliez pas de vous faire vacciner quand vous partez dans des pays comme le nôtre. Cela vous évitera d'être mise en quarantaine.

Sabine est soulagée et Kami aussi.

- Attention quand je dis sortir, c'est juste sortir de cette pièce. Vous n'êtes pas encore en état de repartir. Mais vous cherchez quoi pour atterrir dans un village perdu comme le nôtre.

-Je suis à la recherche d'un ami. Il s'appelle Jack William.

- Jack William ….

 Le médecin réfléchit.

- Je crois bien qu'un William est passé ici il y a deux ou trois ans.

D'un coup Sabine retrouve son énergie et l'envie de se battre.

- Comment était-il ?

- Grand, plutôt brun avec quelques cheveux blancs.

À entendre ces quelques mots, Sabine fond en larmes. Elle n'est pas la seule à avoir vieilli, son Raphaël a aussi subi quelques outrages du temps. Elle se dit qu'il doit être tellement beau avec ses cheveux blancs. Mais le meilleur de tout cela, c'est qu'il semble bien vivant. Ça ne pouvait être que lui. Elle sort la photo qu'elle avait emportée. Elle n'avait que celle-ci, Raphaël ne voulant jamais être pris en photo à cause de ses activités. Cette photo, elle l'avait prise en cachette.

- Excusez-moi, c'est l'émotion. Est-ce que ça pourrait être lui ?

- Il me semble que oui.

- Vous ne savez pas pour quelle destination il était reparti ?

- Il visitait. Il n'avait pas encore décidé où poser son sac. Je pense qu'il était retourné sur Pokhara. Je le lui avais conseillé car une vieille blessure s'était réveillée et le faisait souffrir. Il lui fallait des soins plus appropriés que ceux que je pouvais lui donner ici. Je me rappelle qu'il marchait avec une canne.

- Merci ! Si vous saviez le bien que vous me faites ! Nous ne pouvons plus attendre. Je dois le rejoindre.

- À pied vous allez trop vous fatiguer. Un hélicoptère vient demain nous déposer des provisions. Vous repartirez avec. Il vous déposera là où vous aviez laissé votre voiture.

- Comment vous remercier pour vos soins, votre gentillesse.

- D'abord payer les soins.

- Bien sûr, je ne serais pas partie sans vous payer !

- Ensuite vous pouvez nous laisser vos coordonnées pour accueillir en France un jeune étudiant et l'aider dans ses démarches.

- Je le ferai avec grand plaisir. Si vous et votre famille vouliez visiter Paris, j'ai un grand appartement et je vous invite.

- Pourquoi pas. J'ai fait médecine en France. J'aimerais bien y retourner.
- Et moi et moi, crie Kami !!!
- Mais tu seras aussi le bienvenu Kami, après tout ce que je t'ai fait endurer.
- Ça vous pouvez le dire !

Ils rassemblent leurs affaires. Sabine se met au lit de bonne heure tandis que Kami sort un peu profiter de sa liberté retrouvée. Elle avait essayé de joindre le commandant Mérieux en France, mais impossible. Le commandant, lui, n'avait pas retenté de l'appeler.

Le lendemain, ainsi qu'il était prévu, l'hélicoptère arrive avec son chargement. Il n'y a pas si longtemps, les livraisons parvenaient au village à dos de mulets mais cela prenait beaucoup de temps. Certaines marchandises non périssables continuaient toujours de gravir les chemins escarpés de cette façon.

Sabine et Kami sont prêts et impatients de redescendre. Ils ont décidé de fouiller Pokhara de fond en comble. Ils embarquent. De l'hélico, la vue est magnifique. Sabine n'a rien à faire d'autre pour le moment que de se laisser porter et regarder. Ses yeux font le plein de toute cette beauté.

46

Jacky, Philippe et le commandant suivent à peu près le même itinéraire que celui de Sabine et Kami, sans le savoir. Ils se relaient au volant afin de récupérer leur manque de sommeil. Ils ne se sont pas beaucoup reposés dans l'avion. Dans un monastère ils ont appris qu'une femme et son jeune guide étaient passés avant eux pour retrouver un certain Jack William. Jacky avait montré la photo et il s'agissait bien de Sabine. Cela remontait à six jours. Où étaient-ils passés ensuite ? Christian Mérieux ne comprenait pas pourquoi Sabine avait cessé de l'appeler, d'un coup. Ils avaient peut-être eu un accident … l'un d'eux était tombé malade … On les avait assassinés pour les voler …

- Je crois que nous devrions faire les centres de soins de Pokhara, dit Jacky. Nous éliminerons déjà l'hypothèse de l'accident ou de la maladie. Avec tous ces lieux de retraite, tous ces hôtels, nous ne les retrouverons jamais. C'est une vraie ruche cet endroit. Rentrons à l'hôtel. Nous essaierons de la joindre à nouveau.

- Tu as raison, répond Philippe. Nous allons déjà faire ça.

Les trois sont d'accord. Ils reviennent à leur hôtel. Philippe cherche sur internet hôpitaux et dispensaires. Il imprime la liste.

- Eh ben mes cocos, nous allons passer un certain temps ici. Je propose que nous fassions deux groupes. Nous irons plus vite. Je garde Jacky avec moi et toi Christian si cela te convient tu fais la recherche tout seul.

- Cela me convient. Je me débrouillerai très bien.

La nuit arrivait déjà. Dans le noir ils ne trouveraient pas leur chemin. Ils devaient attendre le lendemain. Encore un jour sans nouvelles, Sabine ne répondant pas à leurs appels successifs. N'ayant pas pu utiliser son téléphone depuis plusieurs jours, elle avait oublié de le remettre en service ...

Tôt le matin, chaque équipe prend un taxi et commence la tournée des maisons de soins et hôpitaux. Pas ou peu besoin de la liste, les chauffeurs connaissant la ville comme le fond de leur poche. À midi, ils avaient prévu de se retrouver pour déjeuner ensemble et faire le point sur leur matinée.

 Rien de nouveau. Chacun repart de son côté sans savoir si ce qu'ils faisaient serait productif ou pas. Mais il fallait bien faire quelque chose.

47

Sabine et Kami une fois descendus de l'appareil ont repris leur voiture de location et rejoint un hôtel situé près du lac. L'endroit est très aéré. On ne ressent pas l'agitation de la ville, bien que Pokhara soit loin d'être aussi encombrée que Katmandou. Kami ayant des relations un peu partout, n'avait eu aucune peine à leur trouver un lieu où se poser. Il avait choisi celui-ci en raison de sa situation, pensant que ce serait préférable pour la santé de Sabine. Le seul problème était qu'ils devaient partager une nuit la même chambre pour cause d'encombrement. Les fêtes se terminaient et beaucoup de touristes étaient restés sur place. Après tout ce qu'ils avaient vécu ensemble, Sabine n'avait vu aucune objection à la proposition.

Ils entrent ensemble dans la chambre, posent leurs sacs, Sabine s'installe. Kami ne range rien puisqu'il ne va passer qu'une nuit dans cette pièce. Il demande à Sabine s'il peut s'absenter quelques heures pendant qu'elle se repose un peu.

- Bien sûr Kami, sauve-toi vite et profite de ta jeunesse ! Je vais essayer de me refaire une santé.

Une fois Kami sorti, elle se fait couler un bain. Elle en mourait d'envie. Elle se prélasse de longues minutes dans une eau mousseuse et bienfaisante. Elle s'occupe ensuite de sa peau qu'elle masse avec une bonne crème puis elle finit par son visage. Elle a encore les traits tirés mais l'état et la couleur de sa peau s'améliorent petit à petit. Elle avait hésité à se charger de produits qu'elle pensait inutiles dans son voyage. Puis après réflexion, elle les avait emportés, ils n'étaient pas si encombrants. Elle ne regrettait pas. Un bon séchage de cheveux, un peu de maquillage et la voilà transformée. Elle a envie de sortir faire une balade au bord du lac et manger une glace.

Elle flâne, puis s'assoit et regarde l'eau, les bateaux. Elle décide de prendre un rickshaw afin de visiter un peu Pokhara. Elle se sent bien dans cette foule pleine de vie. Elle n'oublie pas pourquoi elle est dans ce pays mais pour le moment elle n'a pas envie d'y penser, juste profiter.

Le rickshaw se faufile allègrement entre les gens, les bus, les voitures. C'est comme un jeu et Sabine crie "olé" chaque fois qu'un obstacle est vaincu. Elle s'amuse.

Un homme entend un "olé" et se retourne. Il voit passer le rickshaw et un coup dans la poitrine fait qu'il se plie en deux. L'image furtive du docteur

Jivago succombant à une crise cardiaque en voyant passer dans un bus celle qu'il a perdu lui traverse l'esprit. Il se reprend et se dit que pour le docteur Jivago c'était peut-être l'inverse, mais qu'importe. La femme qu'il vient d'apercevoir est le portrait craché de celle qu'il a tant aimée. Mais les paroles entendues, Sabine s'est suicidée, reviennent immédiatement remettre les choses à leur place. Sabine est morte. Cette personne est un sosie. Partout on trouve des sosies de quelqu'un qu'on connaît. Mais c'est plus fort que lui, il arrête un taxi et suit la femme.

Sabine a fini son petit tour et s'arrête devant l'hôtel. Kami qui lui aussi a fait ce qu'il avait à faire arrive à l'hôtel. Ils se retrouvent et entrent ensemble. L'homme les suit. Il est dans le hall de l'hôtel. Il continue sa filature dans les couloirs puis il les voit ouvrir une porte et pénétrer dans la même chambre. C'est évident, ils sont ensemble se dit-il. Il sourit de ce qu'il vient de faire et pense que de toute façon il était impossible que ce soit elle. Mais bon sang ! Ce qu'elle lui ressemble !

En quelques minutes, il a retrouvé ces moments heureux de sa vie. Un bien-être soudain l'a envahi suivi d'une profonde tristesse lui volant la place. Sur le trottoir il se parle à lui-même.

- Qu'est-ce que je fous là, tout seul comme un con à survivre ! Je vais retourner en France, là où j'ai tous les souvenirs de ma vraie vie, ma vie avec elle. J'en ai rien à foutre des autres cons ! Qui connaît Jack William ?

48

Jacky, Philippe et Christian Mérieux font le bilan de leur journée. Ils n'ont trouvé aucune trace de Sabine et toujours pas de nouvelle. Jacky est découragée.

- Comment voulez-vous retrouver une aiguille dans une botte de foin ! Nous ne la retrouverons jamais. Elle est peut-être en morceaux au fond d'un ravin.

Philippe essaie de la réconforter mais il n'a pas plus d'espoir que sa compagne. Le commandant est le seul à garder un peu de moral.

- Telle qu'on connaît Sabine, elle est capable de se sortir de n'importe quelle situation. Nous l'avons vue à l'œuvre.

- Oui, mais c'était en terrain connu, en France ! Ici elle est perdue ! Jacky pleure de plus belle.

- Si elle est à Pokhara comme nous le pensons, il faut qu'elle dorme … donc un hôtel … donc demain, nous visiterons en plus des centres médicaux tous les hôtels du même quartier. Restons groupés, l'union fait la force. Nous ne serons pas trop de trois pour tout faire.

Ces quelques mots apaisent Jacky qui reprend du poil de la bête.

- Si elle continue comme ça, elle va avoir ma peau ma copine ! C'est sûr ! Mais je vais te retrouver ma vieille et tu vas me le payer !!!

- Ah ! J'aime mieux cette Jacky ! lance Mérieux. Mais bien sûr que nous allons la retrouver ! Ce n'est pas si grand le Népal !

- Mangeons et reposons-nous. Nous y verrons plus clair demain matin.

Sabine et Kami ont commencé leurs "ballades touristiques" des centres de soins. Les principaux seulement car les séquelles des graves blessures de Raphaël demandaient selon le médecin du dispensaire une attention particulière. Les touristes, il en passait beaucoup dans ces lieux et en retrouver un particulièrement ne s'avérait pas chose facile. Ils perdaient un temps infini.

- On n'y arrivera jamais. Sabine commence à perdre l'espoir qu'avait fait naître le médecin dans la montagne. Si tu as d'autres contrats, Kami, laisse-moi, je me débrouillerai. Tu ne peux pas perdre ton temps pour une cause perdue.

- Pas question ! Votre vie est entre mes mains désormais. Bouddha en a décidé ainsi. Je suis allé prier au temple pour qu'il nous aide dans nos recherches. J'ai confiance.

Ils avaient fait l'hôpital Gandaki en premier et une employée leur avait demandé de revenir le temps qu'elle fasse le tour des dossiers.

Après avoir visités les autres établissements, ils sont de retour à Gandaki hospital. Qui sait ... L'employée a peut-être découvert une trace, un dossier ...

-Sabine !

Sabine entend qu'on l'appelle et se retourne, mais elle ne voit personne qui puisse connaître son prénom. C'est bizarre que quelqu'un au Népal l'appelle par son prénom. Elle se dit qu'elle a entendu un mot ressemblant à Sabine.

Raphaël n'a plus aucun doute. C'est elle. Mais pourquoi lui a-t-on dit qu'elle était morte ? Que fait-elle au Népal ? Qu'elle soit en couple ou non, il doit lui parler. Il doit avoir des réponses à ses questions. Il faut qu'il sache. Il s'approche d'elle.

- Sabine ?

Elle se retourne reconnaît Raphaël et tombe évanouie directement dans les bras de Kami.

Kami ayant vu la photo de Raphaël afin de pouvoir le reconnaître remercie Bouddha. Il a été exaucé. Ses offrandes ont fait leur œuvre. Ils l'ont retrouvé.

- Oh pardonnez-moi je ne voulais pas importuner votre compagne.

À ces mots, malgré la situation, Kami éclate de rire tout en tapotant les joues de Sabine.

- Mais elle n'est pas ma compagne. Cette femme vous recherche depuis des jours !

À son tour Raphaël manque de défaillir. Tout, autour de lui semble plus lumineux. La vie qu'il menait lui semblait terne, grise et voilà que soudain il voyait les couleurs, il voyait le soleil ! La vie bien terrée au fond de lui était toujours là.

Kami fait passer Sabine de ses bras dans ceux de Raphaël. Sabine ouvre les yeux sous un jour nouveau elle aussi. Elle retrouve une chaleur perdue, l'empreinte d'un corps inscrite en elle à tout jamais. Elle pleure de joie et ils sont bientôt entourés par des curieux d'abord inquiets pour Sabine puis réjouis par la suite des évènements. Ils ne comprenaient pas mais sentaient que quelque chose de très important venait de se passer.

L'employée chargée de retrouver le nom de Jack William les attendait dans un bureau. En les voyant entrer dans l'hôpital elle était sortie criant en népalais,

- Je l'ai trouvé, je l'ai trouvé !

et Kami lui avait répondu en riant,

- Nous aussi, nous aussi !

Sabine et Raphaël se regardent, se redécouvrent. Elle le trouve tellement beau avec ses tempes grisonnantes qu'elle caresse, ses quelques années de plus. Les épreuves avaient un peu marqué son visage, elle ne se sentait plus aussi vieille. Comme il a dû souffrir pense-t-elle. Leur vie allait reprendre son cours, plus sereine.

- Nous pouvons rentrer à la maison.

C'est Sabine qui a parlé la première.

- Tu sais que je suis mort.

- Toi, oui mais Jack William, non. Je peux avoir rencontré un homme qui te ressemble.

- Tu as raison. Nous avons déjà perdu trop de temps. D'ailleurs, je venais juste de décider de rentrer. Heureusement que tu es arrivée avant mon départ !

- Je dois appeler d'urgence le commandant Mérieux, seulement je n'arrive pas à le joindre. Nous avons été bloqués quelques jours dans la montagne et quand nous sommes descendus, j'ai vu qu'il avait tenté de m'appeler. Depuis, plus rien.

- Et Jacky, ton amie ?

- Je ne l'ai pas mise au courant de mes projets. Cela semblait tellement improbable que je puisse te retrouver. Et surtout au cas où, je voulais être seule pour affronter ce qui aurait pu se présenter comme une situation difficile. Que tu sois en couple, avec des enfants par exemple. Ou bien que tu m'aies oubliée, tout simplement.

- Comment peux-tu penser que j'aurais pu t'oublier ? Est-ce que toi tu m'as oublié ?

- Jamais je ne pourrais t'oublier. Tu es en moi, pour l'éternité.

- Sache que pour moi il en est de même. Vivre sans toi ces dernières années a été un calvaire. Tant qu'il a fallu que je me batte pour survivre, ton absence était moins douloureuse. Pour rien au monde je n'aurais voulu que tu vives ça à mes côtés. C'est quand ils m'ont annoncé que tu étais morte que j'aurais préféré mourir plutôt que de survivre sans toi. Mais je m'étais tellement battu que je ne pouvais plus me laisser aller. J'ai préféré me perdre dans un monde que je ne connaissais pas. Bon, désormais, nous aurons tout le temps pour parler, toute une vie s'ouvre à nous.

 Il faut que tu préviennes Jacky. Elle pourra joindre le commandant plus facilement que toi.

- Je fais ça tout de suite.

Elle se dégage difficilement des bras de Raphaël tant elle s'y sent bien. Avoir accepté que sa vie se fasse sans Raphaël ne signifiait pas qu'elle avait gommé tous leurs instants de tendresse. Elle pouvait fermer les yeux et retrouver le poids de son corps, la douceur de ses mains, la brûlure de sa bouche.

Elle appelle Jacky mais pas de réponse. Elle appelle Philippe au cas où il serait avec elle. Pas de réponse non plus.

- Mais où sont-ils ? Je vais appeler Victor.

Il répond et au fur et à mesure qu'il parle, le visage de Sabine se défait. Elle est obligée de s'appuyer contre Raphaël qui demande ce qu'il se passe. Elle embrasse Victor et lui dit à bientôt.

- C'est impensable. Victor n'en connaît pas la raison, mais Jacky et Philippe sont partis pour le Népal en urgence. Victor pense que c'est pour un reportage. Ils sont ici !!!!

Kami ne comprend pas tout ce qui se passe sous ses yeux. Sabine perçoit son trouble.

- C'est un vrai roman Kami, je vais tout te raconter.

- Tant mieux ! Ce que j'ai compris c'est que nous repartons à la recherche de quelqu'un !!!

Trois personnes s'arrêtent devant l'hôtel, intriguées par l'attroupement qui s'est formé. Ils s'approchent afin de découvrir ce qui fait l'objet de tant de curiosité. La grande taille de Philippe Marchand lui permet de voir la scène en premier. Il pousse un "AH" tellement énorme que tous les spectateurs se retournent vers lui. Impatiente Jacky demande,

- C'est quoi !!! C'est quoi !!!

Christian Mérieux qui vient aussi de les apercevoir sent d'un coup la tension accumulée s'effondrer et se met à pleurer en criant,

- Ils sont là !!! Ils sont là !!!

Le spectacle a changé de côté et c'est maintenant Sabine, Kami et Raphaël qui se demandent ce qui se passe derrière les badauds qui se sont tous retournés vers la rue.

Une tête plus haute que les autres. Sabine n'y croit pas. Mais si, c'est lui !!!

- Philippe !!! Philippe !!!

Les regards des curieux passent d'un côté, de l'autre en se demandant pourquoi ces personnes crient, pleurent et rient en même temps. Ils comprennent très vite, en les voyant tomber dans les bras des uns et des autres, que ces cris sont tout simplement une explosion mais cette fois, une explosion de joie !!!!!!!!!!!!

.

Merci à mes filles, Alexandra et Géraldine, à mon amie Jacqueline, à Michèle et à Patrice pour l'aide qu'ils m'ont apportée ainsi qu'à Christian, mon mari pour la patience dont il a fait preuve.